Diogenes Taschenbuch 23656

Philippe Djian
100 zu 1

*Frühe Stories
Aus dem Französischen von
Michael Mosblech*

Diogenes

Die Originalausgabe erschien 1981
bei Éditions Bernard Barrault, Paris,
unter dem Titel: ›50 contre 1‹
Das Motto in der Übersetzung von
Harry Rowohlt ist dem Band
Leonard Cohen, ›Die Energie von Sklaven‹
entnommen
Mit freundlicher Genehmigung von
Zweitausendeins, Frankfurt am Main
Umschlagzeichnung von
Tomi Ungerer

Alle deutschen Rechte vorbehalten
Copyright © 2008
Diogenes Verlag AG Zürich
www.diogenes.ch
100/08/44/1
ISBN 978 3 257 23656 9

Inhalt

Die alten Kameraden   9
Ich hab alle andern ausgestochen   22
In Lebensgröße   46
Slip oder Schlüpfer   63
Der Preis dafür   81
Das Leben in Hochform   92
Liebling, immer weniger   104
Das Ding, das ganz von allein hielt   125
Der dicke Stab   153
100 zu 1   182
Drei Nächte, ein Paar Beine und ein paar
   blaue Schriftzüge   214

*Some men find strength
by going their lonely ways
let us be what we can to them*

> *Leonard Cohen,
> The Energy of Slaves*

Die alten Kameraden

Als ich Sonia zum erstenmal traf, war ich gerade an eine Bande von üblen Zeitgenossen geraten, die mich in die Mangel genommen hatten. Es war dunkel, es regnete, und ich lehnte mich gegen eine Mauer, ich wollte nicht auf diesem Bürgersteig zusammenbrechen, alles, nur das nicht, ich stemmte mich gegen den Boden, ich rutschte ab, keine Ahnung, was ich mit meinen Armen anfangen sollte, da war nur dieses tote, auf zwei wacklige Beine geschraubte Gewicht. Besonders dieser teuflische Schlag, den ich aufs Ohr bekommen hatte, Mamma mia, ich spürte, daß es bergab ging, KOMM, HALT DURCH, es wurde interessant und ganz hell in meinem Kopf, ich holte tief Luft, und das rettete mich gerade noch vor dem Absturz.

Ich schloß die Augen. Ich hörte Autos, die wie tollwütige Schwertfische durch die Straße zischten, diese Spaßvögel verlängerten meinen Leidensweg an diesem Freitagabend.

Irgendwann stand sie neben mir. Ganz nah, ich sah Tropfen über ihre Wimpern kullern und ihre helle Haut, haha, an so was glaubte ich nicht, eigentlich glaubte ich an gar nichts, ich versuchte mich wieder aufzurichten, sie half mir dabei, ich dachte, sag ihr, sie soll abhauen, aber ich klammerte mich an sie, mit meinem ganzen Gewicht, und wir taumelten im Licht der Laternen, ich übertrieb's ein wenig.

Ich lehnte mich gegen die Beifahrertür, als sie den Schlüssel suchte. Manchmal packte mich das, ich überließ den Leuten mein Leben und guckte zu, was sie daraus machten. Sicher, da waren ein paar Schweinehunde drunter, die hatten mich ganz schön in Panik versetzt, anderen habe ich verziehen, Schwamm drüber, ich muß sagen, sie fuhr ziemlich gut. Wir waren in Null Komma nichts raus aus der Stadt, sie hatte es geschafft, den Bekloppten auszuweichen, die von einer Straßenseite zur andern schlingerten.

Wir fuhren am Strand entlang und dann in einen Wald, ich machte auf Typ, der wortlos leidet, in Wirklichkeit fiel mir nur nichts ein, klar, ich hatte mich nicht in einer Stunde geändert.

Nach einer Weile machte ich mich doch bemerkbar, sie hatte keine üble Figur.

»Wohin bringst du mich?« fragte ich.

»Zu mir. Ich wohne in einem Baum.«

»Haha«, meinte ich. »Dann können wir Blattsalat essen.«

»Wenn du willst.«

»Und weißt du was, ich bin ganz wild darauf, Eicheln zu knabbern.«

»Wir sind da«, sagte sie.

Sie hielt an. Wir waren mitten im Wald, lauter riesige Dinger, die hoch oben verschwanden, ich verdrehte spaßeshalber den Hals, es war noch dunkel. Ich war an eine Komikerin geraten, aber das war längst kein Grund, sich vor Lachen den Bauch zu halten, ich wurde langsam müde. Außerdem hörte man oft genug von armen Teufeln, die blutigen Attacken zum Opfer fallen, so was gab's bestimmt, wilde Weiber, die dir ein Rasiermesser in den Nacken rammen, nachdem sie dich auf einem Bett aus Laub vergewaltigt haben. Als sie ausstieg, fühlte ich kurz unter dem Sitz nach, ob ich nicht einen Schraubenschlüssel oder was anderes aus Eisen auftreiben konnte, sie hatte bereits den Zündschlüssel abgezogen und bei mir zündete es gerade.

Ich ließ sie nicht aus den Augen. Sie ging rund zwanzig Meter weiter, dann lehnte sie sich gegen einen Baum, ein wahres Prachtstück. Und als sie mich dann rief und als ich SAH, daß diese Tür den Weg ins Innere des Baumes freigab, da begriff ich, das könnte hinhauen, und ging mit.

Am nächsten Morgen haben wir einen kleinen Rundgang durch die Äste gemacht, ich war topfit, gut erholt und alles, trotzdem hatte ich ein wenig Bammel, mir den Hals zu brechen, der Boden war nicht zu sehen, es waren bestimmt dreißig Meter oder mehr, ganz zu schweigen von den morschen Ästen, den steifen Beinen, dem ganzen Arsenal von Superman.

»He, gehn wir einen trinken?« fragte ich.

Sie lachte und rannte los, sie RANNTE über einen kleinen Ast bis zur Hütte, und ich auf Knien hinterher, so schnell ich konnte, ich schwöre es.

Das Teewasser war schon fertig, als ich schweißgebadet die Tür aufstieß, ich schielte eine Weile auf ihre engen Jeans, enge Jeans liebe ich über alles, gebt mir ein Mädchen in engen Jeans und ich bin bereit, mich in ihre Seele zu verlieben, und dann, na ja, dann haben wir angefangen zu quatschen, sie hat mir alles erklärt, die Hütte, und warum und wie, und ich habe gelächelt, ich bekam nichts mit, dieser Scheißtee machte mich richtig besoffen, ich konnte das gar nicht alles auf einmal schlucken, gottogott, ich hing in einem dieser bunten Kissen, und da war ihr kleiner, heißer Körper, wir hatten noch Sommer, und es war schön und mild, ich suchte nach einem Weg, diese Hütte zuzumauern, ich hörte die Vögel, und es kam Wind auf, die ganze entzückende Kaschemme schwankte im Takt, aber sie hielt, ich fing an, ganz brav an ihre Spalte zu denken, ganz behutsam, und der Wind richtete ein wahres Unheil an, einmal hin, einmal her, Backbord, Steuerbord, ich segelte wie ein Papierdrachen.

»Soll ich dich massieren?« fragte sie.

Ich verstreute meine Klamotten in der ganzen Bude. Ich spürte eine Art Öl zwischen meinen Schulterblättern und ihre Hände, sie saß rittlings auf mir, das war dermaßen schön, daß man die Wahl hatte: einschlafen oder sterben, was anderes fiel mir nicht ein, bin leider nicht mehr dazu gekommen, mich zu entscheiden.

Diese Scheißvögel haben mich aufgeweckt. Ich war ganz allein. Ich ging raus. Hey, stellt euch vor, da war nur dieser Ast vor mir, nun denn, ich bin also raus, aber ich hab ganz schön aufgepaßt, ich hatte mich gegen das Sterben entschieden, eine bescheuerte Wahl, na klar, aber ihr wißt ja, wenn man die Wahl hat, ich machte mich auf die Suche und landete auf einer Plattform, und da war sie, sie bräunte sich splitternackt, sie streckte die Hand nach mir aus, ich legte mich neben sie, die Voyeure konnten mich am Arsch lecken.

Die Vögel erzählten sich Geschichten. Wir sagten nichts, aber ich spürte sie neben mir, ich wußte genau, daß sie den Mund gleich aufmachen würde.

»Geht's dir gut?« fragte sie.

Ich sagte mmoangrrnnnn und dachte ooaanngruuiinnnn.

»Ich zeig dir mal was...«

Ich machte ein Auge auf, ich gab mir diesen fürchterlichen Ruck. Das Ganze spielte sich irgendwie ganz woanders ab. In diesem Moment hätte ich euch alle umgebracht.

Sie stolzierte durch diese pulverisierte Milde, ja, bis an den Rand, und ich dachte, mir dreht sich der Magen um, weil, nneiinnnn, doch, SIE SPRANG IN DIE TIEFE, oohh, und es wurde pechschwarz vor meinen Augen, aber es war noch nicht vorbei, ach du Schande, nein, denn statt runterzufallen wie du und ich, schoß sie geradewegs in den zartrosablauen Himmel, höher und höher, und erst als sie nur noch ein kleiner Punkt hoch über meinem armen Kopf war, kam ich zum Glück auf den Gedanken, tief Luft zu holen, und mein Herz ist nicht explodiert, mein Herz, das einzige, was ich habe.

Ich wartete, bis sie zurückkam. Endlich kapierte ich die Sache mit dem Regenwurm, der sich in einen Stern verliebt.

»Puuuuhhh... ganz schön frisch da oben!« sagte sie, als sie sich neben mir niederließ, und ich kriegte eine Gänsehaut. Das war alles, was sie zu sagen hatte.

»Aha«, sagte ich.

»Hihi... Gefällt dir das?«

»Wie hast du das denn geschafft?«

»Och, weiß nicht... Habe ich, glaube ich, den Vögeln abgeguckt.«

»Verstehe. Mir hat nämlich ein Goldfisch das Schwimmen beigebracht. Am Ende ist er ausgeflippt, als ich in das Glas klettern wollte. Ich hab ihn rausgeworfen.«

»Hör mal, ich weiß wirklich nicht, wie das gekommen ist,

ich schwör's dir. Eines Tages hab ich's probiert, und es hat geklappt, das ist alles. Sag, glaubst du mir?«

»Selbst dem mit den Wundern nähme man das kaum ab.«

»Ob du mir GLAUBST?«

»Ja.«

Ich hatte mir einen Kuß verdient. Ich hielt auch die andere Wange hin, wie man es mir beigebracht hatte. Danach, als wir zur Hütte zurückgingen, wäre ich fast auf die Fresse gefallen, es fehlte nicht viel.

»Puuuuhhh... Geht's?« brüllte ich. »Bin ich dir nicht zu schwer?«

»Nein, aber zieh mir nicht so an den Haaren.«

Bestens. Ich hatte hoch gepokert, die reinste Nervensäge, um ehrlich zu sein, ich bin zu allem fähig, wenn ich was will, ich hab da keine Hemmungen, ich halte nichts von Spitzfindigkeiten, und ich war an ein reines Herz geraten, es gab keinen triftigen Grund, warum ich unbedingt der erste sein wollte, aber ich hielt mich nicht damit auf, ihr das haarklein zu erklären, ich war kalt und grausam wie eine verirrte Kugel in einer Menschenmenge. Ich hatte es so gedreht, daß sie selber auf die Idee kam, ich hatte mit aller Macht ein bißchen nachgeholfen, und eines Morgens sagte sie, sollen wir's mal probieren, und ich hab so getan, als wüßte ich gar nicht, was sie meint, sie hat gelächelt, ich bin wirklich ein Schweinehund, aber sie hat gelächelt, und wir haben's probiert, und es hat geklappt, es hat geklappt, es hat geklappt, mein Gott, es hat wunderbar geklappt!

Ich klammerte mich an sie, und wir FLOGEN, das heißt, sie flog, und ich brauchte ihr nur zu sagen, nach da, höher, und jetzt im Sturzflug, noch einmal, und sie schoß zum Meer hinab, ich strich mit den Händen durchs Wasser, ich ließ ihre kleinen Brüste los, um die Haie und Mondfische zu verarschen.

Das war ein feines Leben, ein leichtes Leben, nur Gutes auf dem Programm. Fliegen, vögeln, essen, schlafen, ich kenne welche, die was anderes suchen, Typen, die in ihren Kopf verliebt sind, die sich in ihrem Weltbild verheddern, tschüs Jungs, in mir ist kein Haß mehr, ich war bloß ein wenig müde.

Einkaufen gehen war ein Kinderspiel, ich verrate euch die Methode. In der Stadt gab es einen Riesensupermarkt mit einem großen Hof dahinter, wo Lastwagen Tonnen von Fressalien ausluden, dieses ganze Zeug, das einen auf den Verkaufsständern lüstern anblickt, geschminkt wie aufdringliche Nutten, mit Wachmännern als Luden, die dir am Ausgang auflauern und dich mit breitem Grinsen gegen eine Wand drücken, da kennen die nichts. Dieser Hof war gut bewacht: fünf Meter hoher Drahtzaun, Strom, dickes Tor mit einer Lage Stacheldraht plus ein Fettsack vom Wachdienst in Klamotten wie ein General und mit einer schweren, pechschwarzen Knarre, und in den Augen dieses Kerls lag man schon da mit einer Kugel zwischen den Schultern. Nie rührte er sich von diesem verdammten Tor weg. So 'ne Tüte Chips kann einen teuer zu stehn kommen, sagte ich mir. Ich rauchte eine Zigarette, während ich mir die Festung von unserem Wagen aus anschaute. Sonia lehnte sich an meine Schulter.

Der Supermarkt machte zu. Wir warteten noch ein Viertelstündchen. Die Angestellten kamen raus. Die meisten waren junge Frauen, sie sahen ziemlich fertig aus, sie rasten nach Hause, zu ihren kaputten Ehemännern, zu den Gören, zu Abendbrot und Geschirrspülen, sie kämpften gegen den Wahnsinn. Der Horror ist, ich sag's euch, daß das am nächsten Tag so weitergeht, total bescheuert, diese Frauen machten mir Schiß, schon beim Gedanken an so ein Leben brach mir der kalte Schweiß aus.

Endlich war der Laden leer. Blieb nur der Typ mit seiner Knarre, die sehr tief hing, wie im Kino, ich sah sonst niemand. Ich schlenderte mit Sonia um den Hof herum, wir schlichen uns auf die Rückseite.

»Du wartest hier auf mich«, sagte sie.

»Kann ich dir nicht helfen?«

»Bist du bescheuert, du würdest nur stören.«

Sie hatte vollkommen recht. Sie nahm Anlauf, schwebte über den Zaun und ließ sich auf einem Stapel von Kisten mit Dosenmilch nieder. Ich beobachtete den Hampelmann auf der anderen Seite, er stand mit dem Rücken zu uns, seelenruhig, ein so oberfauler Coup überstieg seine Vorstellungskraft. Diese Leere in seinem Gehirn schützte uns. Wir lebten in parallelen Welten.

Sonia startete fünf-, sechsmal durch, ein hübscher Berg von Vorräten und komischem, fast ungenießbarem Zeug. Das klappte so gut, daß ich am Ende nicht umhinkonnte, ein Liedchen von J.J. Cale zu pfeifen, alle fühlten sich prima, die Witzfigur zündete sich ein Zigärrchen an und blies Ringe zum Himmel, das gefiel mir, uns trennten nur ein paar Meter, das gefiel mir wirklich.

Eines Tages machte ich die Bekanntschaft von Marlon Brando. Wir flogen über den Wald, wir waren nach einem erfrischenden Bad gerade auf dem Rückflug, als ich einen schwarzen Punkt erblickte, der direkt auf uns zupreschte. Ich machte Sonia darauf aufmerksam.

»Verflixt, laß uns schnell abhauen«, sagte ich.

»Oh, Marlon! Das ist Marlon Brando!« erwiderte sie.

»Aha...«

Sie sah richtig glücklich aus. Wir landeten alle drei vor der Hütte. Sonia stürzte sich auf Marlon Brando, mir war ganz mulmig. Dann machte sie uns miteinander bekannt. Er blickte mich mit seinem knallgelben Auge an, klick klack. Ja, so machen die! Er hatte eine Spannweite von mindestens drei Metern, ein Prachtexemplar von einem Adler.

Wir gingen rein und tranken Tee. Marlon setzte sich auf eine Stuhllehne.

»Das ist ein alter Freund von mir«, sagte Sonia.

»Das ist mein Stuhl«, knurrte ich.

Als wir in dieser Nacht zu Zärtlichkeiten übergingen, war ich ein wenig angespannt. Marlon zwinkerte mir immer wieder zu, oder er schüttelte plötzlich sämtliche Federn und stieß einen langen Schrei aus. Ich hätte euch mal sehen wollen.

Er blieb bei uns. Wir wurden sogar Freunde, wir zwei. Dieser Arsch hatte einen Heidenspaß, wenn ich vor ihm die Augen niederschlug.

Eines Abends fuhren wir wieder einkaufen. Marlon war mit von der Partie, wir hatten ihm ein schönes Stück Fleisch versprochen. Es herrschte eine gewisse Hochstimmung in unserer Karre.

Es war spät. Der Supermarkt war geschlossen. Wir huschten schnell zur Rückseite, und als es losgehen sollte, da hatte ich plötzlich diese Schnapsidee. Wir brauchten Marlon bloß einen Korb um den Hals zu hängen, dann konnten wir unsere Ausbeute verdoppeln, ich war froh, daß mir das gerade noch eingefallen war. Ich schaute ihnen nach, als sie sich über den Zaun schwangen. Der Cowboy mit seinem Zigarillo war auch wieder da, er war auf der Hut.

Am Anfang lief alles glatt. Ich verstaute die Sachen schnell im Wagen. Hin und wieder warf ich einen Blick auf den Bullen, der reglos in der Stille stand, wie ein marinierter Ölgötze, ja, ich fragte mich, wo waren eigentlich diese verdammten Autos, die Freitag abends immer unterwegs waren, aber wahrscheinlich lief irgend so ein Länderspiel im Fernsehen, dieser Quatsch, der alle verrückt macht und voller Zuversicht in die Zukunft blicken läßt, irgendwas in der Art mußte es sein, und diese widerliche Ruhe wurde uns zum Verhängnis.

Es war der dritte Abstecher. Sonia und Marlon wollten sich gerade auf den Rückflug machen. Die Tüten waren randvoll, man brauchte sich bloß zu bedienen, Herrgott, ich schwöre euch, wir waren nicht von dieser Welt, schön, aber ich weiß nicht, plötzlich war alles aus, Marlon warf eine Dose um, er hatte sie kaum mit der Flügelspitze berührt, aber jede unserer Bewegungen war zigmal stärker als sonst, weil wir in diesem Moment wie im Rausch handelten, all das kam aus der Tiefe unserer Adern, wir waren überall.

Der Kerl drehte sich um. Er erblickte die beiden. Die Schnelligkeit dieses Kerls rührte daher, daß er gar nicht erst versuchte, etwas zu verstehen. Er wußte auch so, was Sache war. Er zog in einem unvorstellbaren Tempo seine Waffe, wir waren an einen echten Revolverhelden geraten, ich spürte, dieser Scheißkerl war regelrecht aus dem Häuschen.

»HE, DA DRÜBEN!!! STOOOOP!!!« brüllte er.

Sie gehorchten nicht, sie flogen beide los. Oben stand dieser fette weiße Mond, und der Kerl mußte sich vorkommen wie im Training, er hatte alles Licht der Welt. Er hielt seine Knarre mit ausgestrecktem Arm, und PENG PENG zerriß er den Himmel, um die Chips wiederzukriegen.

Marlon fiel wie ein Stein zwischen die Mülltonnen auf der anderen Straßenseite. Ich hörte, wie Sonia ihrem Adler hinterherschrie. Sehen konnte ich sie auch. Sie machte kehrt, und ich sah, daß der Kerl wieder in Stellung ging, ich warf alles, was ich in der Hand hielt, volle Kanne über die Umzäunung, Gott, gib, daß eine Atombombe dabei ist. Das Ding zerplatzte in der Nähe des Bullen. Muß eine Cola-Flasche gewesen sein. Er sprang zur Seite und schaute sich nach mir um, aber ich war im Schatten, und das kostete ihn Zeit, vielleicht eine Sekunde, bis er sich entschieden hatte, auf welcher Seite er sein Massaker fortsetzen wollte.

Sonia fiel über ihn her. Sie packte ihn um den Leib und schwang sich mit ihm in die Lüfte, während er wie blöd über den Dächern grölte, um sich schlug, plärrte. Fenster gingen auf, Hohlköpfe kamen hervor und Küchengerüche, Lauchsuppe, Schweinenieren, Katzenpisse, die versammelte Tristesse der Welt.

Ich verfolgte den teuflischen Kampf, der sich hoch oben abspielte. Auch Sonia schrie jetzt. Der Kerl legte sich mächtig ins Zeug, und ich wußte, ich wußte weiß Gott, wie zart, schmal, zerbrechlich, empfindlich Sonias Körper war, für jeden Schlag, den sie einstecken mußte, hätte ich einen Finger, einen Zahn, ein Auge gegeben, und ich stand da und schaute mit den anderen behämmerten Gaffern zu.

Inzwischen waren sie oberhalb der Grünanlage. Ich rannte dorthin, ich zertrampelte die Blumen, während ich in die Luft guckte, ich stieß gegen eine Bank. Das war mein Leben, ich erkannte es wieder, rennen, zertrampeln, kaputtmachen, fallen. In der Mitte der Anlage stand ein Kriegerdenkmal voll Taubendreck, ein alter Kamerad aus Bronze, der mit einer Fahne aus Bronze vorwärtsschritt, der dieser ganzen Scheiße zu entkommen suchte. Genau da gelang es Sonia, den Kerl abzuschütteln. Er plumpste nach unten wie ein nasser Sack, armwedelnd, ohne einen Ton, und die Fahne spießte ihn auf, TSCHOK, das Ding riß ihn fast in zwei Teile. Die Fahne kriegte eine ganz üble Farbe. Der Krieger schritt weiter, immer der gleiche Scheiß, für ihn war das nur einer von vielen, das konnte ihn nicht aufhalten.

Als die Bullen eintrafen, hielt Sonia ihren Adler in den Armen, ich hatte sie nicht dazu bringen können, ihn loszulassen. Sie hatten da mehr Erfolg, sie zerrten zu fünft oder sechst an ihr, ich dachte, sie reißen ihr die Arme aus. Sie haben Marlon in eine Mülltonne geworfen, und dann haben sie uns mitgenommen. Danach, keine Ahnung mehr.

Ich weiß nicht, was aus Sonia geworden ist, ich habe sie nie wiedergesehen. Ich tippe auf eine psychiatrische Klinik. Sie haben bestimmt Vorkehrungen getroffen. Ich vermute, wenn man sie ab und an in Ruhe läßt, dann kann sie zwischen ihrem Bett und der Decke ihres Zimmers noch ein bißchen mit den Flügeln schlagen, ich liebe sie, hoffentlich ist die Decke nicht zu niedrig. Aber an all das denke ich nicht mehr, ich will mich nicht verrückt machen. Ich habe mir einen Job gesucht. Ich liebe Jobs, die einen schlauchen. Abends bin ich kaputt. Ich denke an nichts mehr. Morgens, wenn's klingelt, kotze ich ausgiebig, aber nicht immer, und ich renne los, damit die Stechuhr nicht rotsieht. Rot kotzt mich jetzt an. Na ja, geht so. Denkt euch eine bessere Farbe für mich aus, Leute.

Ich hab alle andern ausgestochen

Eines Morgens hatte ich die Schnauze voll. Ich brauchte einen richtigen Job. Für mindestens zwei, drei Monate, dachte ich mir, Zeit genug, um aus der Scheiße rauszukommen. Irgendwie hatten mich die Kerle am Wikkel.

Ich ging also raus, kaufte mir eine Zeitung und ging wieder rauf, um mir das in aller Ruhe auf meiner Bude anzusehen. Es gab genauso viele Angebote wie Gesuche, mir war nicht ganz klar, wo das Problem war, wer wollte eigentlich was von wem, aber das Papier roch gut, und ich hielt mich wacker.

Ich besaß damals noch einen Anzug mit Weste, ein zeitloses Ding in vornehmem Schwarz, das jeder Mode spottete, wie ich gammelte es leicht verschlissen vor sich hin, nur daß ich das schneller hinbekam. Als ich dann wegen der Annonce antanzte, die Zeitung lässig unter dem Arm, habe ich alle andern ausgestochen, ich ließ ihnen nicht den Hauch einer Chance.

Wir waren zu dritt und alle mächtig scharf auf diese tolle Stelle bei der Bank BARMS & CO., einer von uns war ein Schwarzer. Ich muß sagen, er hielt nicht lang durch, er ahnte es selbst und wir auch. Gegen Mittag, am Ende der Tests, legten sie sein Blatt an den Rand des Schreibtischs, sie lasen es nicht mal durch. Dann gaben sie uns eine Stunde frei, um was essen zu gehen.

Ich ließ mir Zeit. Das Wetter war schön. Die Leute rannten wild durcheinander. Da ich tatsächlich mal die Zeitung gelesen hatte, wußte ich, daß es sich nicht um eine Luftschutzübung handelte, eine von der Sorte alles Gute kommt von oben, begeben Sie sich bitte unverzüglich in die Keller, hopp hopp, es geht um Ihr Leben. Nein, nichts von all dem, und trotzdem rannten sie herum wie die Bekloppten.

Die erste Kneipe, die ich erblickte, war brechend voll, ich sah Eier, Brote, kalten Braten über den Köpfen schweben, und wenn man da sein Glas umkippte, waren fünfzehn Leute naß und fingen an zu brüllen.

Die nächste war nicht anders. Schweißgebadet, lauthals grölend prügelten sie sich um eine weiche Scheibe Brot, belegt mit einem welken Salatblatt. SIE PRÜGELTEN SICH! Langsam ging mir ein Licht auf, langsam bekam ich fürchterlichen Hunger.

Am Ende hatte ich das ganze Viertel im Laufschritt abgeklappert. Gegessen hatte ich nichts. Weit und breit kein einziges Lebensmittelgeschäft. Das war die Gegend der schicken Läden, Galerien, Kinos, Banken, eine dieser unwirklichen und gnadenlosen Gegenden, wo ein leiser Harndrang in eine Katastrophe münden kann.

Ich kam pünktlich zur Nachmittagsvorstellung. Der Schwarze hatte aufgegeben. Er war frei. Wir waren also nur noch zu zweit an der Front, ich und dieses Arschloch, dieser Typ, den ich überall gesehen hatte, bestimmt hundertmal, als Bulle, als Kontrolleur, als Gerichtsvollzieher, dieser Typ, der einem den ganzen Tag verdirbt, der auf einen herabblickt, der einem seine Scheißfresse vor die Nase hält, wenn man gerade aus einem Traum erwacht, dieser Typ, der leise Mordgelüste in einem aufkommen läßt.

Wir standen beide vor einem Schreibtisch. Auf der anderen Seite waren diese kleinen, runden, goldgefaßten Brillengläser, und sie hatten alle Zeit der Welt. Ich hatte ein schwaches Lächeln aufgesetzt, das mir jedoch schnell erstarb. Ich runzelte die Stirn und schaute auf einen Punkt zehn Zentimeter über der Brille, in die Zukunft, ein tiefer Blick. Aber der andere tat es mir anscheinend nach, es folgte die alles entscheidende Frage.

»Aus welchen Gründen haben Sie sich um diese Stelle beworben?« fragte die Brille.

Der andere legte los wie die Feuerwehr, ich war baff. Er faselte ein wirres Zeug, ich konnte ihm gar nicht folgen, eine Ehre, sagte er mit seiner ernsten Stimme, und dann etwas von sozialer Stellung, Leistungsbereitschaft, Pünktlichkeit und allem Pipapo, ich fragte mich, ob er mir noch was übrigließ. Ich dachte schon, der trickst mich aus wie einen blutigen Anfänger. Ich hatte mir nichts zurechtgelegt.

Als er fertig war, richtete sich die Brille auf mich, mir wurde eiskalt.

»Ich muß heiraten, Monsieur«, sagte ich. »Ich möchte bauen. Ich bräuchte einen Kredit, zwanzig Jahre Laufzeit oder mehr, wenn es möglich wäre...«

Eingestellt haben sie mich. Der Saftladen hatte seine eigene Logik.

Man gab mir einen verantwortungsvollen Posten an einem winzigen Tisch mit einem Stuhl und einer Rechenmaschine.

Ich habe nie begriffen, wozu der Quatsch gut sein sollte, den ich da zu tun hatte, vielleicht hat es mir auch nie einer erklärt, kann sein. Es ging um diese kartonierten Bände, die sich an der Wand entlangreihten, von einem Ende zum andern, und das bis zur Decke, die Dinger wogen mindestens fünf Kilo, und ich fing mit dem ersten oben links an, so ein Scheiß, die hatten mich beim Wort genommen, das reichte gut und gern für zwanzig Jahre!

Ich schlug die erste Seite auf.

Ich legte meinen Finger auf die erste Zahl der ersten Spalte und las 568965455, ich sprach es laut aus und übertrug es auf die Rechenmaschine, ich tippte 578965455, erster Fehler. Ich löschte das Ganze und fing von vorne an. Ich holte tief Luft. Nach den Testergebnissen war ich in der Lage, so was zu schaffen. Und außerdem stand in der Annonce mind.Abit.erf., das war kein Job für irgendwen, das erforderte mindestens zwölf Jahre intensives Lernen ohne Ehrenrunde.

Aus vier Spalten bestand so eine große Seite, und alle zehn Seiten durfte man die Gesamtsumme errechnen und MIT ROTSTIFT eintragen, und dann durfte man wieder loslegen, urkomisch war das.

Nach einer Weile hob ich den Kopf. Außer mir waren da noch drei Frauen. Weder jung noch hübsch, weder alt noch häßlich. Drei. Sie saßen mir gegenüber, in den Papierkram vertieft, und ich sah ihre Beine. Am Anfang hab ich gedacht, das ist eine Falle, bestimmt spioniert mir irgendein Arsch nach, um zu sehen, ob ich meine Arbeit mache. Ich war auf der Hut. Ich legte mich sogar richtig ins Zeug, ich brauchte diese Kohle.

Am Ende des Tages war ich mit dem ersten Band durch. Ich sah mir an, wieviel noch übrig war, ich rechnete kurz nach. Wenn ich jeden Tag arbeitete, hatte ich zweieinhalb Jahre damit zu tun. Vier Spalten pro Seite. Es gab welche, die machten so was ein Leben lang, das konnte nichts Umwerfendes sein, wie konnte es nur so weit mit einem kommen? Was war passiert?

Als ich rausging, zog ich die gleiche Fresse wie die anderen. Das ging schnell.

Nach einer Woche hatte ich mein Terrain abgesteckt. Es war mir gelungen, den Rest meines Schreibtischs zu erobern, ich hatte mein Radiergummi, meinen Rotstift, meinen Stuhl, zwei bis drei Büroklammern und ein Gummiband, das waren MEINE Sachen. Die da oben ermunterten einen zu so was, das ging in eine bestimmte Richtung, und da sie auf die menschliche Idiotie gesetzt hatten, konnten sie weiter auf Sieg spielen. Ihre Idee war, sollen sie doch ihr kleines Universum errichten, sollen sie sich doch ihre Ketten abstreifen, das kostet uns überhaupt nichts und hält ein Leben lang. Sie hatten recht. Man brauchte bloß in der Schublade einer Sekretärin zu stöbern, schon wurde sie vollkommen hysterisch, die Typen brachten Stunden damit zu, mit einer Nadel ihren Namen in ein Lineal zu ritzen und die Wände ihres Kerkers auszuschmücken, und jede Sache hatte ihren eigenen Geruch, jedes Gesicht hatte seinen Geruch, das war so. Das war, als flüchtete man sich in den hohlen Zahn eines Hais.

Jedesmal, wenn ich mit einem Band fertig war, kam ein alter Knacker vorbei und nahm das Ding unter dem Arm mit. Ungefähr eine Stunde später kam er zurück und legte seine Hand auf meine Schulter.

»In Ordnung«, sagte er immer nur.

Was sollte das heißen? Ich brauchte mindestens acht Stunden für den ganzen Vorgang. Wollte er mir etwa weismachen, er habe ALLES GEPRÜFT?

»Danke, Monsieur«, antwortete ich.

»Machen Sie weiter so, junger Mann.«

»Mach ich, Monsieur.«

Ich hatte meinen Schnitt auf einen halben Band pro Tag runtergeschraubt, doch niemand sagte etwas. Bei dem Tempo hatte ich noch gut fünf Jahre vor mir. Eines Morgens, ich nahm gerade meine zweite Woche in Angriff, kreuzte ich nach einer schlaflosen und recht heißen Nacht im Büro auf, unmöglich, mir diesen Kram vorzunehmen, auf einmal war ich allergisch gegen diese Scheißkolonnen. Ich wog kurz das Für und Wider ab, dann nahm ich die Rechnungen vom Vortag wieder auf, ich tauschte zwei, drei Zahlen aus und übertrug den ganzen Stuß auf den neuen Schmöker. Mein Gott, dachte ich. Ich entspannte mich.

Eine Zeitlang richtete sich mein Interesse auf diese drei Beinpaare vor mir, und das war nicht übel, denn bei so einer Anzahl gibt es immer was Interessantes zu beobachten, meine Laune besserte sich, zwei gespreizte Schenkel waren bei der Menge immer wieder mal drin, eine nette Abwechslung. Dann verlor ich die Lust, und sie verloren sie auch, und mein Ständer beruhigte sich wieder, ich verzweifelte an dem Nylon ihrer Höschen, das Leben blieb auf der Strecke. Später habe ich gesehen, daß das alle so machten, leichte Berührungen, verstohlene Blicke, überall der gleiche Kleinkram, es gab für alle was, denn wenn man zehn Jahre hinter dem Schreibtisch hockt, macht eines Tages selbst die Schönste vor irgendeinem Trottel die Beine breit, nur einen Moment lang, um nicht den Verstand zu verlieren. Das Büro wird zu einer Art einsamer Insel, und der andere ist das einzige Lebewesen im Umkreis von zigtausend Kilometern, das letzte, das einen mit dem Leben verbindet, und das, das wissen die da oben auch. Sie reden von einer großen Familie. In jedem Scheißjob setzen sie einem ein Paar hübsche Titten oder Pobacken vor die Nase, damit man es aushält, und das funktioniert. Das Problem ist, daß die sich mit so was auskennen. Das Problem ist, daß man nicht weiß, ob es nach dem Tod etwas anderes gibt. Hoffnung macht Ärsche. Man soll sich hinsetzen und warten.

Kurz vor vier kam der Typ und zog mit meinen Zahlen wieder ab. Ich wartete. Ich dachte an nichts, mir war alles scheißegal. Das war jedesmal das gleiche. Wenn ich einen Job annahm, legte ich immer los wie ein Löwe. Ich ergriff gewisse Maßnahmen, um mein Leben zu regeln, und ich nahm die Sache sehr ernst – das dauerte ungefähr vierzehn Tage.

Danach zerbrach oder vielmehr erschlaffte etwas in mir, ich wurde völlig gleichgültig, und es gab nichts, was mich wieder auf den rechten Weg bringen konnte. Ich war unfähig, mich auf das, was ich da tat, zu konzentrieren. Meistens kamen die Typen dann an, sie versuchten mich ein wenig aufzurütteln, dann schmissen sie mich raus, und sie taten mir fast leid.

Ich war also vollkommen ruhig, euphorisch, als der Alte zurückkam. Ich hoffte bloß, daß die Sache freundlich über die Bühne gehen würde, ich hatte einen Horror vor lautem Gebrüll, und ich wollte gern der Dämlack sein, der nicht mal bis drei zählen konnte, wenn es nur ohne Gebrüll abgehen würde.

Er legte den Band auf seinen Platz und legte eine Hand auf meine Schulter.

»In Ordnung«, sagte er.

»Ich paß ja auch ganz schön auf, Monsieur, das kann ich Ihnen sagen.«

»Ja, machen Sie weiter so.«

»Keine Sorge, langsam hab ich den Dreh raus.«

Jaja, als Drückeberger hatte dieser Alte eine satte Länge Vorsprung, vielleicht hatte er auch ein feines Paar Titten vor Augen. Verstehen Sie, ich glaube, die da oben können nicht an alles denken, und es kam vor, daß die Kiefer ins Leere schnappten. Ich kapierte allmählich, wo unsere Kraft war, sie war schwach, aber wirksam.

Das ging eine Zeitlang so weiter und verlor langsam seinen Reiz. Manchmal blickte ich stundenlang aus dem Fenster, ich sah nur ein Stück Himmel, das ab und zu die Farbe wechselte, aber das war der Himmel meines Jobs, er war wie eine Mauer, eine Mauer wäre mir lieber gewesen, das war derselbe Himmel für alle, wenn ihr versteht, was ich meine. Aber entweder das oder die drei Ärsche vor mir, es gab keine Abwechslung mehr, ACHT STUNDEN LANG saßen sie so da, breitbeinig, ihre Spalten zeichneten sich in den Höschen ab, aber mir galt das nur indirekt. Das war eine Sache, die sich zwischen ihnen abspielte, ZWISCHEN IHNEN, wie bei einem Schönheitswettbewerb, ich sollte die Schönste bestimmen, ohne was dafür zu kriegen, ich zählte nicht, das war von einer unerträglichen Traurigkeit, und ich kannte nicht mal ihr Gesicht, das war überall das gleiche, und das Scheißhaus war der einzige Ort, wo man ein wenig leben konnte, der letzte Zufluchtsort gegen die Melancholie, das erzählten einem die Wände. Einmal habe ich die Tür des Damenklos erwischt, und in diesem Geruch nach Parfüm und Scheiße bin ich dann eingeschlafen, ich habe einen Moment lang geträumt, und jemand klopfte an die Tür, klopfte und klopfte, ich ging raus und sie starrten mich an, als hätte ich ein dreijähriges Kind vergewaltigt, ich wurde Der, Der Sich Auf Der Damentoilette Einschließt, die Geschichte machte die Runde, und man fing an, mich anzuschauen, ich bekam diese typischen Blicke aus den Augenwinkeln ab, einige waren gut, andere böse.

Und vielleicht war da ein Zusammenhang. Es geschah zwei Tage später, die Brille kam zu mir rein.

»Vom heutigen Tag an stellen Sie sich bitte Mademoiselle Solange zur Verfügung, siebte Etage, in der Direktion. Sie erwartet Sie.«

Mir war nicht klar, ob es sich dabei um eine Beförderung handelte oder um eine Maßregelung. Ich nahm den Aufzug, ich stieg zu den Gipfeln auf, wo der Teppichboden richtig dick wurde, und ich klopfte diskret an die Tür von Mademoiselle Solange, der Privatsekretärin des Großen Chefs, ein Typ, den ich noch nie gesehen hatte, die Leute redeten nur ganz leise über ihn, ich mußte ständig nachfragen, WER???

Ich wartete zwei Minuten ab, ich hörte nichts, ich trat ein.

Solange war da, das Ganze war nett, ruhig, an den Wänden ein paar Bilder, echt schlecht, zweckmäßig, ich versank bis zu den Knien in einem tiefen Wollteppich, ich betrachtete die Dame, die sich über irgendwelche Schriftstücke beugte, sie hatte nicht einmal aufgeblickt. Solange war ein

Fräulein, das die Fünfzig überschritten hatte, eine gelackte Blondine mit HARTEM Gesicht, Brille und geplatzten Äderchen.

Als sie ihren Blick auf mich richtete, fand ich das gar nicht angenehm.

»Ich habe Sie nicht aufgefordert einzutreten«, zischte sie.

Ich trat den Rückzug an, ich ging zur Tür hinaus. Ich machte noch einmal POCH POCH an der Tür, ein sanftes, sehr angenehmes Geräusch.

»Herein!«

Ich bahnte mir einen Weg durch den Teppich und stand stramm.

»Ich soll Ihnen zur Verfügung stehen, Mademoiselle.«

Ihr Blick durchbohrte mich.

»Junger Mann, ich bin es nicht gewohnt, schlampige Mitarbeiter um mich zu haben. Würden Sie bitte hinausgehen und Ihre Kleidung in Ordnung bringen?«

Klar, meine Weste stand offen, ich war es auch nicht mehr gewohnt. Ich ging wieder raus, hopp, sechs Knöpfe, Krawatte zurechtrücken, durchatmen, POCH POCH, die Giftschlange gab grünes Licht, das gleiche zwei Minuten später.

»Schön, bringen Sie diese Unterlagen in die Buchhaltung zu Monsieur Schwang, erste Etage, und kommen Sie dann zurück.«

Sie reichte mir einen Stoß Papiere, und ich sauste los. Bei BARMS & CO. liefen die Dienstboten in Anzügen herum, mind. Abit. erf., diese Wichser!

Das war kein anstrengender Job, und ohne diese Zimtzicke hätte ich sogar sagen können, ein angenehmer Job, kein Drecksjob. Ich kam überall rum, ich wurde langsam berühmt, und ich kannte Gott und die Welt. Es gab keinen Streit, von dem ich nicht wußte, ich sah zu, daß ich bei jedem Anschiß dabei war, bei jeder Abrechnung, ihr könnt euch nicht vorstellen, wie es bei BARMS & CO. abging, nichts als Haß, Tiefschläge und Beleidigungen, einfach widerlich, das stank zum Himmel, und die Leute hatten ihren Spaß daran. Ich behaupte nicht, daß ich viel besser war, natürlich nicht, nur durch diesen Job als Pendler zwischen den Büros war ich ein bißchen außen vor. Ich gehörte zu nichts und niemand, ich steckte in ihren Angelegenheiten nicht MITTEN drin, oft nahm man mich zum Zeugen, aber es stand mir nur zu, die Klappe zu halten und einfach zuzuhören, ich war nämlich damit betraut, die Berichte über die Kämpfchen weiterzugeben, und ich konnte der Versuchung nicht widerstehen, ein bißchen dick aufzutragen, ich gab mir Mühe, ihren Zwist anzufachen, ich hielt sie auf Trab.

Das schlimmste war, wenn ich in Solanges Büro warten mußte. Es kam vor, daß sie mich stundenlang auf einem Stuhl in einer Ecke verhungern ließ, und ich hatte dann nichts anderes zu tun, als auf ihre Anordnungen zu warten, ich schlug die Beine übereinander und wieder auseinander, ich rutschte auf meinem Stuhl hin und her, und sie kultivierte dieses gräßliche und vernichtende Schweigen, nie redete sie auch nur ein Wort mit mir, außer wenn sie mich durch die Stockwerke scheuchte, los, beeilen Sie sich, Herrgott, eine Erlösung, manchmal hätte ich sie knutschen können.

Eine Leidenschaft hatte sie doch, und das waren Übungen zur Entspannung. Ich hab das Schauspiel ein paarmal mitbekommen, sie ließ sich von mir nicht stören, ich glaube, sie wußte nicht mal, daß ich da war. Sie nutzte die Viertelstunde Pause. Ich sah, wie sie hinter ihrem Schreibtisch hervorkam, sie kniff die Nase zu, und dann legte sie sich auf den Teppichboden, ICH WAR DA, sie streckte die Arme aus und atmete sanft, ich nehme an, sie schaltete TOTAL ab, und das war schon urkomisch, diese Übungen mit der hochgeschlossenen Bluse und ihrem langen, engen Rock, dieser Körper konnte tausend Jahre alt sein, er hatte etwas Ewiges, etwas tieftraurig Ewiges.

»Hier, das ist für Monsieur Henri.«

Ich rannte los.

Den alten Henri besuchte ich gern. Weniger ihn selbst, denn er sagte nie einen Ton, so Typen gab es, juckte mich auch nicht weiter, sondern weil ich so Gelegenheit hatte, den Raum mit den Safes zu betreten, und das war wie im Kino. Als erstes mußte man in den Keller runter, und da gab's einen Muskelprotz in Uniform, der einen mit schwachem Grinsen an der Aufzugstür empfing, hätten hundert Mäuse vor seinen Füßen gelegen, ich hätte sie nicht aufgehoben. Dieser Killer führte dich durch ein Gitter, dann übergab er dich einem Kumpel, der dich durch ein weiteres Gitter brachte, das war lustig, und dann konnte man gehen, wohin man wollte, sie ließen einen in Frieden, nur daß man in einen gepanzerten Gang geraten war, einen Gang ohne jede Öffnung, und die Gitter hatten sich hinter einem wieder geschlossen.

Hinten links war ein kleiner Raum, dort war Monsieur Henri. Dort konnte man ihn besuchen, er saß hinter einem Tisch mit einem BERG von dicken Scheinen zur Linken und einem BERG von dicken Scheinen zur Rechten. Er streckte die Hand aus, schnappte sich ein Bündel, zählte mal eben mit den Fingern, fffffttt… ein wahres Wunder, schnell wie der Blitz, echt UNMÖGLICH, und dann warf er das Bündel auf die andere Seite, nahm sich das nächste und ging auf die Sechzig zu.

Ich fuhr also in den Keller, schenkte den beiden Gorillas ein Lächeln und kreuzte vor Henris Tür auf. Ich klopfte leise an. Nichts. Also machte ich die Tür auf, und dann sah ich ihn. Ich glaube gern, daß er mich nicht gehört hat, dieser Arsch. Zum einen war da noch mehr Kohle als sonst, ein Haufen, der fast bis Augenhöhe reichte, bloß nicht anfangen zu träumen, zum andern steckte Henri in diesem Haufen DRIN, nur seine Füße guckten raus, und er grunzte vor Vergnügen, er ruderte in Milliarden, kkkrrrschhhh machten die Scheine, rrroooaaaarrr machte Henri.

»Öh… hmmmmm«, machte ich.

Er sprang auf, die Bündel flogen umher. Er stand reglos da, versunken bis zum Gürtel, seine Augen sagten alles.

Zuerst HÄÄÄ?

Dann O NEIN!

Und schließlich ERBARMEN!

»Na, Henri, alles klar?« fragte ich ihn.

In seinen Augen stand immer noch ERBARMEN ERBARMEN ERBARMEN. Erbarmen.

»Amüsierst du dich?«

»…«

»Scheint Spaß zu machen. Darf ich, Henri? Was dagegen?«

Er hatte nichts dagegen, glaube ich. Ich ließ meine Unterlagen fallen und hüpfte in den Haufen, plof. Keine

Ahnung, was ich mir dabei dachte, was in mich gefahren war. Eins war sicher, eine solche Gelegenheit würde sich mir nie wieder bieten, und das reichte mir. Während ich da drin mit den Armen ruderte, sah ich, daß Henri wieder Farbe bekam, es ging ihm besser, wir wurden Komplizen. Ich nahm eine Handvoll und warf sie ihm mitten ins Gesicht.

Er zögerte.

»Na los, mach schon. Scheiße, MACH SCHON!!!«

Ich geriet in Fahrt.

Er gab mir einen Wink, ich solle ruhig sein, und deutete zum Flur, ich nickte, und dann schnappte sich dieser Alte ein paar Bündel mit seinen Zauberhänden, mit dem ganzen Schwung seines alten Herzens, und peng, Millionen knallten gegen meine Nasenspitze. Er war richtig ausgelassen.

Wir hatten einen Heidenspaß. Henri war plötzlich für jeden Quatsch zu haben, und diese zerknitterte alte Visage, die mir noch nie ein Lächeln geschenkt hatte, wurde so schön, daß ich meinen Augen nicht traute, die Freude machte ihn zwanzig Jahre jünger, der Tod wich zurück.

Die da oben mußten sich ein paar Falten glätten lassen.

Solange bereitete mir mal wieder einen besonders frostigen Empfang.

»Wo treiben Sie sich herum? Ich warte seit einer Stunde auf Sie!«

»Der Aufzug, Mademoiselle. Er ist steckengeblieben.«

»EINE STUNDE LANG???«

»Ja, vielleicht ein Selbstmord, Mademoiselle.«

»WIE BITTE?«

»Ich kann mich mal erkundigen, wenn Sie möchten.«

»Na gut... Aber beeilen Sie sich.«

Ich fuhr runter in die Cafeteria, ich genehmigte mir ein Bier und fuhr wieder rauf.

»Und?« fragte sie.

»In der Tat, Mademoiselle, ein Selbstmord.«

»Ach du meine Güte! Wer denn? WER?«

»Ich weiß es nicht, Mademoiselle. Man hat die Leiche nicht gefunden. Wahrscheinlich eine arme Seele, die's leid war.«

Sie gab keine Antwort, aber sie schaute mich an. Zum ersten Mal überhaupt. Sie muß gedacht haben, ich sei verrückt geworden oder ein totaler Schwachkopf, und irgendwie beruhigte sie das wieder, ich zählte nicht mehr viel in dem Großen Kampf, ich war ein junger, hinkender Wolf, ich hatte ihr meine Blessuren gezeigt. Mein Freund, oberhalb von dreihunderttausend Mäusen im Monat wird dieser Geruch von Blut unerträglich, glaub mir, das ist ein erbarmungsloser Krieg, noch viel widerwärtiger als dieser andere, das Lächeln ist eine wahre Waffe voller Gift, überall lauern Gefahren, es heißt alle gegen alle, der Frieden hat sich für immer aus dem Staub gemacht, er hat nie existiert. Alles hat zwei Seiten, aber die andere Seite unseres Krieges ist der Weg zurück nach Hause, diese ganze Tristesse aus Wochenende, Ferien, Fernsehen, diese Augenblicke, wo man nur seine Wunden leckt, bevor man sich wieder ins Getümmel stürzt, wo man sich, wütenden und mageren Hunden gleich, an das Leiden gewöhnt, einsame Hunde, vom Fieber gezeichnet, jaja, nennt das, wie ihr wollt, in diesem kleinen Stück Leben, da kriegt man von links und rechts einen drauf. Na gut, das muß jeder selbst wissen, und träumen kann man auch. Es gibt ja auch schöne Augenblicke. Freude, Ärger, Glück, Unglück, Lachen und Weinen, das kommt und geht, immer hin und her, echt bescheuert ist das, nichts ist endgültig, Tag, Nacht, Sommer, Winter, alles der Reihe nach, schlaft nicht ein, ich sag's euch in aller Freundschaft, schlaft nicht ein.

An jenem Tag hing ich schon seit einiger Zeit auf meinem Stuhl in der Ecke, und mir wurde klar, daß ich ihnen ein Stück meines Lebens für einen lausigen Gegenwert überließ, ihr versteht schon, was ich meine, aber ich war noch nicht reif genug. Ich brauchte diese Kohle, ich verdiente alle drei Sekunden ungefähr einen Centime, und mein Herz schlug wie verrückt. Solange sortierte ein paar Blätter, ich schaute ihr zu, ich schaute durch sie hindurch, nichts war zu hören, nichts war besonders lebendig, nichts wirklich tot in diesem Zimmer, alles irgendwo dazwischen, und ich wartete auf gar nichts.

Dann ist sie aufgestanden. Sie preßte einen Stoß Blätter gegen ihre Brust, wie ein totes Kind, dazu dieser ebenso leere wie feurige Blick, das kannte ich schon.

»Kommen Sie«, meinte sie zu mir. »Wir gehen in die Buchhaltung.«

»Ich weiß, wo das ist«, sagte ich. »Geben Sie mir die Akten, ich bin in fünf Minuten wieder da.«

»Nein. Ich begleite Sie.«

Da war nicht dran zu rütteln, ich wußte, wann ich gehorchen mußte, da war zwar dieses kleine Samenkorn in mir, aber reden wir nicht mehr davon.

Dann standen wir zu zweit im Aufzug, das Ding war nicht besonders groß und fuhr nicht gerade schnell, ein alter blankpolierter Holzkäfig, der ächzte und schwankte, eine alte Rakete, die im Dunkel der Nacht versank, die in alte Zeiten zurückflog.

Ich rührte mich nicht, ich schaute zur Decke. Solange rührte sich auch nicht, sie schaute auf ihre Füße. Dann segelten die Blätter der Akten zaghaft, fast lautlos zu Boden, und Solange sank auf die Knie. Nein, nichts war wirklich tot. Meine Hand schnellte zu den Knöpfen und drückte auf STOP, ich wagte nicht mal, meinen Finger von diesem verflixten roten Ding zu nehmen. Das ließ mich erzittern. Solange machte meine Hose auf und stopfte sich alles in den Mund. Ich packte mit der freien Hand ihren Kopf, mir war, als zerspringe er in tausend Stücke wegen des ganzen Haarsprays, das klebte fürchterlich, und ich tat mein möglichstes, ich zog mir mit dem linken Fuß den rechten Schuh aus und den Strumpf, die Kabine machte bing bong, aber diese langen, enganliegenden Röcke, unmöglich, zwischen ihre Beine zu gelangen, sie rieb sich an meinen Zehen, Herrgott, ich wollte ein wenig mehr, mehr war aber nicht drin, ehrlich, ich streichelte ihren Kopf, kkkrrriiisssss, ich streichelte ihren Unterleib mit meinem Fuß, ich war an eine Sirene geraten, an eine Sirene mit Pfennigabsätzen. Das war gut. Außerdem wurde ich weiter bezahlt, und das war noch besser, das war gestohlenes Geld. Als es mich dann überkam, war die ganze BARMS & CO. daran beteiligt. Ich verteilte es ein wenig in alle Münder.

Sie richtete sich wieder auf, und ich bückte mich, um meine Sachen wieder in Ordnung zu bringen. Ich fand keine Worte mehr. Es gab keine Worte. Ich nutzte die Gelegenheit, um ihr eine Hand unter den Rock zu schieben, nicht daß ich besonders scharf darauf war, aber mir fiel nichts Besseres ein.

Sie preßte die Beine zusammen.

»Nein«, sagte sie.

Das war ihre Alltagsstimme, ihre Stimme, die auf mich herabsank wie ein Stückchen Fleisch an einem Angelhaken. Na gut, dachte ich, so wichtig ist es mir auch nicht, und ich fing an, ihre Papiere aufzusammeln.

Ich versuchte ihr in die Augen zu sehen, aber die huschten überallhin, nur nicht auf mich. Ich setzte den Aufzug wieder in Gang, wir machten da weiter, wo wir aufgehört hatten.

»Solange... Stimmt was nicht?« fragte ich.

Scheiße, da schwang ein bißchen Gefühl mit. Gleichzeitig hatte ich eine Hand auf ihren Arm gelegt. Sie riß sich los, sie wich in die Tiefe der Kabine zurück. Und dann blickte sie mir fest in die Augen, sehr fest, wie eine Irre.

»Ich verbiete Ihnen, mich Solange zu nennen«, zischte sie.

»Schon gut, reg dich nicht auf, ich wollte es uns bloß ein wenig leichter machen. Du tust gar nichts, um die Sache einzurenken.«

»ÖFFNEN SIE DIE TÜR!«

Wir waren angekommen. Ich raffte mich auf, ich öffnete die Tür, und sie stürmte hinaus wie ein Wirbelwind.

»Warten Sie in meinem Büro auf mich«, sagte sie.

Ich fuhr wieder hinauf, ich setzte mich in meine Ecke. Ich konnte sie einigermaßen verstehen. Sie hatte ihr Leben zu verteidigen, all diese Jahre, die über ihr zusammenzubrechen drohten, diese Leute, die zu nichts mehr zu gebrauchen waren, das Leben, es wartete nicht mehr, es hatte längst abgelegt, in etwa so, als stünde man lange, ganz lange mit seinem Taschentuch am Ufer.

Ich saß da schon über eine Stunde, verschmolz mit der Wand, ich atmete langsam, ich fragte mich, wo sie abblieb. Vielleicht erzählte sie, wie ich sie vergewaltigt hatte, was für ein gemeingefährlicher Irrer ich war, vielleicht war sie die bekannte Schwanzlutscherin, die ihre Runde drehte, vielleicht hatte ich geträumt, vielleicht hatten mich die da oben endlich geschafft und ich wurde verrückt, vielleicht dämmerte ich weg. War es so weit mit mir gekommen? Ich betrachtete meine Hände, als die Tür des Direktors aufging.

Vierzig Jahre, fett, fesch, eine Fresse, wie ich sie liebe. Er sog die Luft ein, sein Blick strich durch das Büro, dieser Typ funktionierte wie ein Ochse, alles voller Kraft. Er sah mich. Er zeigte mit einem Finger auf mein Herz.

»Sie da. Folgen Sie mir«, sagte er.

»Ich, Monsieur?« fragte ich.

Diese Typen hielten uns für bescheuert. Und die Gelegenheit wollte ich mir nicht entgehen lassen. So was liebte ich. Von mir kriegten sie nichts geschenkt.

»Sehen Sie hier sonst noch wen?«

»Nein, Monsieur.«

Ich folgte ihm in sein Büro. Sehr gut, das Büro. Die Sonne strömte voll herein, wie Eiweiß. Ich kniff die Augen zusammen.

Er stellte sich an das große Fenster. Er winkte mich zu sich.

»Sehen Sie das?«

»Was denn?«

»Da, dieses Mistding von Markise. Sie klemmt.«

Ich sah dieses rote Ding mit den Fransen, diesen dicken

Schlauch voller Blut, der an der Fassade klebte. Es freute mich, daß das Ding klemmte. Ja, ich weiß.

»Das ist ärgerlich«, sagte ich.

»Wir bringen das in Ordnung. Machen Sie mir eine Räuberleiter.«

Ich fragte mich, ob ich richtig gehört hatte.

»Wie bitte?«

»Stehen Sie nicht so rum, meine Güte. Ich habe noch anderes zu tun.«

»Aber das ist gefährlich, Monsieur.«

»Hören Sie, mein Freund, wenn Sie sich immer so anstellen, bringen Sie es nie zu was.«

Sicher, ich war nicht derjenige, der durchs Fenster steigen sollte, aber ich würde wegen Mordes angeklagt, kein Mensch würde mir so etwas glauben, o nein, aber da war dieses kleine Samenkorn.

Ich lehnte mich mit dem Rücken gegen die Wand, ich verschränkte die Finger, ich spürte den Krokoschuh, der weinend in meine Hände stieg, und hopp, ich hievte ihn in die Höhe, verdammt, achtzig Kilo, würde ich sagen, ich wußte, das würde ich nicht lang durchhalten. Ich hörte ihn über mir hantieren und fluchen, das tat allmählich weh, ich machte langsam schlapp, außerdem zerquetschte er mir die Eier, he, Monsieur, er gab keine Antwort, er scherte sich einen Dreck darum, er wollte mit diesem Ding zu Rande kommen, Monsieur, ich laß gleich los, ach, Scheiße, sagte er, und ich he, ich kann nicht mehr, ich laß Sie fallen, einen Moment noch, NEIN, ICH LASS LOS!!

Er kam runter. Knallrot. Schweißgebadet. Meine Hände waren taub.

»Ah, nur einen Moment noch, und ich hätte es geschafft. Meine Güte, ich in Ihrem Alter...«

Leck mich doch am Arsch, du Saftsack, dachte ich. Du warst nie in meinem Alter.

»Für solche Tätigkeiten bin ich nicht eingestellt worden, Monsieur. Lassen Sie jemanden kommen.«

»Genug gequatscht. Stellen Sie sich wieder da hin, ich war so gut wie fertig.«

Herrgott, warum nur brauchte ich diese Knete? Herrgott, wie kommt es, daß uns eine Handvoll Typen so an der Kehle packt? Wie Legst Du Vor Dir Selbst Rechenschaft Ab?

Ich baute mich wieder auf, und das ganze Theater ging von vorne los. Es dauerte eine Weile, mittlerweile war ich überzeugt, daß dieser Schwachkopf nicht mal in der Lage war, eine Glühbirne rauszuschrauben, aber er war stur, und es sah nicht danach aus, daß sich das so schnell ändern würde. Erneut brüllte ich, mir tut alles weh, ich schaff das nicht mehr, und er, ich hab's gleich, dieser Wichser redete nur Blech, ihm ging's prima da oben, das machte dem Spaß, ein bißchen rumzubasteln, ETWAS ZU TUN, und er konnte es sich leisten, ein paar Pferde zuschanden zu reiten. Also flehte ich ihn an runterzukommen, ich habe ihm gesagt, kommen Sie runter, VERDAMMT NOCH MAL, aber das nutzte nichts, er wollte nichts davon wissen, er glaubte, wir seien im Mittelalter, etwas fuhr mir durch den Kopf, ein Blitz, SCHEISSE, sagte ich, ich riß meine Arme nach oben, und der blöde Fettsack flog auf den Boden und rollte schimpfend weiter, dabei hätte ich ihn einen Moment lang am liebsten zum Fenster rausgeworfen, das wäre ein leichtes gewesen, wir hätten beide ein paar außergewöhnliche Sekunden erlebt, er im Flug und ich über die Straße gebeugt. Na gut, das Ganze endete auf dem Teppich des Büros, diese Kerle kommen immer davon, na ja, oft genug.

Bevor er sich aufrappelte, schaute er mich an. Ein Ochse. Ich fühlte mich wohl.

»Sie sind gefeuert«, meinte er mit diesem gewissen Lächeln.

»AUCH GUT! IST MIR SCHEISSEGAL!« brüllte ich. »MICH HAST DU NICHT VERARSCHT, MICH NICHT, DU DRECKSACK!!!«

Hatte er irgendwie schon, das wußte ich, aber vielleicht war er sich darüber nicht im klaren, hoffte ich jedenfalls. Keiner von uns rührte sich, wir waren wie zwei im Eis gefangene Idioten, ich schaute ihn an, das war eine gewaltige Farce, die nicht mehr aufzuhalten war, das war sonnenklar. Aber ihm würde es nicht schwerfallen, das Ganze zu vergessen.

Als ich ging, war er immer noch nicht aufgestanden. Ich hab mir gedacht:

a) Der ist bescheuert.
b) Der fühlt sich prima.
c) Der denkt nach.
d) Der ist krank.
e) Ich werd ihm seine Scheißtür zuknallen.

Ich schaffte es nicht wegen des Teppichbodens, der die Tür bremste. Ich durchquerte Solanges Büro, sie war da, glaube ich, ich hörte nichts mehr, ich sah bloß eine Art leuchtenden Pfad direkt vor mir, und ich stampfte wie ein Zombie geradewegs in die Cafeteria. Ich fühlte mich halb-halb. Ich brauchte diese Kohle wirklich, und in der Hinsicht war die Sache verratzt. Natürlich hatte ich mich nicht gerade darum gerissen, wieder in den alten Trott zurückzukommen, ich war ja nicht total geschädigt. Es war zum Kotzen. Und doch, ich wußte, mir hätte noch Schlimmeres passieren können, nämlich in diesem Laden weiterzumachen. Wer hatte mir die Hand gereicht, wer warf mich immer aus dem Gleis, um mich auf diesen dunklen Weg zurückzuführen, auf dem ich allein war, auf dem ich nicht über meine Fingerspitzen hinausschauen konnte? Ich verspürte einen unbändigen Drang, laut zu lachen. Ich lächelte.

Ich habe ein großes Glas lauwarmes Wasser getrunken, und dann bin ich abgehauen. Ich hatte Zeit gewonnen, es war eine Stunde vor Büroschluß.

Als ich rauskam, krachte nichts hinter mir zusammen, das Wetter war noch schön, es war niemand zu hören, der sich aus dem Fenster stürzte. Ich hatte all diese Existenzen liegen- und stehenlassen, nie werde ich die Fortsetzung erfahren, sagte ich mir, ich fragte mich, wer hier der Verlassene war. Was mich betraf, kein Zweifel, ich würde noch was erleben, nur eine Frage der Zeit. Ich hatte gehörig Schiß, aber so schlimm auch wieder nicht, ich hatte eine schlechte Phase hinter mir.

Ich sitze immer noch in der Scheiße, ich komm da nicht raus. Ich habe keinen Weg gefunden, all diese kleinen Probleme zu lösen, ohne daß mir das Fell über die Ohren gezogen wird. Tja. Und obendrein bin ich vielleicht auch nicht freier als jeder andere, also, ich weiß nicht, ob es die beste

Lösung ist, sich immer nur aufzulehnen. Ich habe dazu nichts zu sagen, ich versuche mich durchzuwursteln. Also bin ich ein bißchen durch die Gegend geschlichen, und dann bin ich nach Hause gegangen, ich habe gut geschlafen. *Play it again, Sam.*

In Lebensgröße

»Nein, nein, nicht hier.«
»Wie das, nicht hier?«
»Die Bettwäsche ist sauber.«
»Scheiße, hättest du sie lieber dreckig?«
»Josy würde es morgen früh sehn, ich will nicht.«
»Ach was, wir passen auf.«
»Ich will nicht.«

Scheiße, mir reicht's. Ich schleudere die Bettdecke zur Seite und stehe auf. Es ist nicht zu glauben. Wenn Josy uns mit ihrem Macker ins Haus reinschneit, gucke ich dann nach, ob sie IRGENDWELCHE HÄSSLICHEN KLEINEN FLECKEN IM BETT hinterlassen haben? Ich schaue Sylvie an, ihre Wangen sind ganz rosig, ich sehe ihren Körper, der sich unter der dünnen Decke abzeichnet.

Ich lege mich wieder ins Bett. Ich werde ganz zärtlich. Ich kenne Sylvie gut, und ich weiß, wie ich's anstellen muß. Als erstes streichle ich ihren Bauch. Sie windet sich sofort.

»Nein, nein.«

Ich versuche meine Hand zwischen ihre Beine zu schieben. Wir haben ein wenig getrunken, und ich bin bemüht, mich nicht über diese Sache mit der Bettwäsche aufzuregen. Ich sage mir, wir werden es trotzdem tun, ich habe volles Vertrauen in die menschliche Natur, dieses ungewohnte Zimmer, den Gin und das Leben, das so kurz ist. Aber sie preßt wie eine Irre die Oberschenkel zusammen.

»Komm, das ist lächerlich. Hast du keine Lust?«
»Nicht hier.«
»Hauen wir ab.«
»Nein. Du wirst wegen einem Mal nicht sterben...«

Was weiß sie schon davon? Heute abend ist mir das sehr wichtig. Ich möchte es ihr sagen, aber ich merke, sie ist zu weit weg. Und es ist auch zu kompliziert.

Ich springe wieder aus dem Bett, ich ziehe mich an und mach mich aus dem Staub. Als ich an Josys Tür vorbeikomme, höre ich ein Stöhnen, leise seltsame Geräusche, das Übliche.

Da, siehst du...!

In dieser Gegend sind sämtliche Häuser von Gärten umgeben, die Autos schlafen friedlich in den Garagen, und alles ist bestens, ja, schlaft gut, ihr lieben Leute. Ich gehe ein wenig spazieren. Es ist schön. Die Hecken sind fein säuberlich geschnitten. Und was die Straßenbeleuchtung angeht, das sind nicht diese aggressiven Dinger, die wie eine eiskalte Dusche über einen herfallen. Hier haben sie milde, angenehme Lampen, die schmal sind wie Fangarme und der Straße diesen leicht unwirklichen, bläulichen Touch verleihen. Unter einem dieser Dinger sehe ich eine Frau im Abendkleid, nicht mehr ganz jung, mit einem Blick, der einiges über die vergangenen Jahre verrät, schlank, nicht übel, geschminkt. Sie paßt gut in die Umgebung, finde ich.

Ich gehe an ihr vorbei, ich tue noch einen Schritt, da höre ich:

»Entschuldigen Sie...«

Es ist zwei Uhr morgens. Ich traue meinen Ohren, weil um diese Zeit alles möglich ist, die Gesetze sind nicht mehr dieselben und die Trottel alle im Bett. Da kriegt man das Leben fast geschenkt. Ich drehe mich um.

»Ja?«

»Darf ich Sie etwas fragen?«

»Nur zu.«

»Was halten Sie von all dem?«

Sie macht eine unbestimmte Handbewegung. Meint sie die Hütten, die Straße, die Hecken, woher soll ich das wissen?

»Ich mache mir da keine Gedanken. Scheint eine ruhige Gegend zu sein.«

»Das ist nur heiße Luft. Sonst nichts.«

Ich schaue mich um. Ich fange an, diese Ruhe ein wenig widerwärtig zu finden.

»Ja, vielleicht. So kann man es sehen.«

Und dabei läßt sie mich nicht aus den Augen, sie versucht sich ein Bild zu machen. Ich warte. Die Stille stört uns nicht, ich schaue sie an. Das ist ein schöner, aufregender Moment, die erste Kontaktaufnahme. Was danach kommt, ist nicht mehr so spannend. Das Wesentliche hat man schon erfahren.

Sie hat eine sehr helle Haut, etwas tiefliegende, feurige Augen, einen angenehmen Mund. Ich habe es nicht eilig, ich weiß, das wird sehr schnell gehen.

»Ich würde Ihnen gern etwas zeigen. Wollen Sie?«

»Hier?«

»Nein, bei mir.«

»Okay, bei Ihnen.«

Sie geht vor. Es sind nur ein paar Meter.

Es gibt einen Plattenweg, der um die Blumenbeete herum zum Haus führt, aber wir gehen direkt über den Rasen. Das ist kürzer. Bis zur Tür sagt sie kein Wort. Die Nacht ist noch eine Weile bei uns, zwei kleine Sterne, und ich sage mir, endlich mal sind die Dinge, so wie sie sind, ganz in Ordnung, und wenn das nur heiße Luft ist, habe ich auch nichts dagegen, das bin ich gewohnt.

Sie zieht einen Schlüssel aus ihrer Tasche, stochert nicht unnötig herum und führt mich in ein großes, chinesisch eingerichtetes Wohnzimmer, ringsum Intarsien, Perlmutt, Drachen, Lack und Bambus.

»Trinken Sie ein Glas. Ich bin sofort zurück«, sagt sie.

Und sie steigt diese Treppe am Ende des Zimmers hinauf und verschwindet in der Decke.

Ich finde die Bar, sie ist neben dem in die Wand eingelassenen Aquarium. Ich nehme mir einen Gin pur, um nichts zu vermischen, und schlendere neugierig mit meinem Glas durch das Zimmer. Die Wände sind voll von kleinen, auf Holz gemalten Bildern, die Folterszenen darstellen, alte Schule, aber die Typen mit den Schlitzaugen lachen nicht. Sie benutzen alle möglichen Dinger aus Eisen mit seltsamen Formen, sogar Tiere sind dabei und Wasser, Feuer, alles fein ausgeklügelt. Der Kerl, der als Versuchskaninchen dient, hat immer den gleichen Kopf, sein Mund ist weit aufgerissen, die Augen verdreht, das muß der Moment sein, wo es am meisten weh tut. Ich sehe vor allem seine Seele, die in Ohnmacht kippt. Ich trinke mein Glas aus.

»Gefällt Ihnen das?«

Sie kommt in aller Ruhe die Stufen runter. Sie hat ein schwarzes, glitzerndes Ding angezogen, das ihr knapp über den Hintern reicht, und eine Art Strumpfhose, ebenfalls schwarz, und ihre Haare sind wie aus schwarzem Bernstein. Ihr Gesicht scheint mir noch weißer. Und ihre Lippen, man könnte meinen, sie hat sie in eine Schale mit Blut getaucht, muß man mögen, ich mag's. Sie stellt sich neben mich.

»Nun, gefällt Ihnen das?«

»Sehr, Sie kennen sich mit Ihrem Gesicht aus.«

»Nein, ich meine das hier.«

Sie spricht von den Horrorszenen an der Wand.

»Offen gesagt, könnten Sie mir nachschenken?«

»Den meisten meiner Freunde gefällt es.«

»Ich kenne Ihre Freunde nicht. Sind das Spaßvögel?«

»Sehen Sie diesen Mann dort. Er leidet, weil seine Seele in seinen Körper hinabgestiegen ist.«

»Ich habe das anders gesehen, ich dachte eher, sie hätte sich aus dem Staub gemacht. Aber ich bin ein Träumer.«

Sie bleibt noch einen Moment vor einer dieser süßen Folterungen stehen, vergräbt fast ihre Nase darin, dann schwirrt sie plötzlich hinüber zur Bar. In diesem Moment kommt ein Junge die Treppe runtergerannt, einer von der schüchternen Sorte.

»HE, MAMA, WER IST DENN DAS?« schreit er.

»Janus, geh wieder schlafen.«

»SCHEISSE, DER IS' WIRKLICH KOMISCH.«

»Hallo, Janus«, sage ich.

»Was will der, Mama?«

»Janus, geh wieder schlafen!!«

»NEE!«

»Na schön, fünf Minuten, dann gehst du wieder schlafen, versprochen?«

Und Janus baut sich neben mir auf und zieht mich am Ärmel, und das nicht zu knapp. Man könnte meinen, er will mir den Arm ausreißen. Ich halte stand, ich möchte, daß seine Mutter etwas tut, aber sie ist mit der Bar beschäftigt. Wir sind unter Männern.

»Wie heißt du?« fragt er und hängt sich dabei an meinen Arm.

»Philippe.«

Ich schüttele meinen Arm. Er hält sich wacker.

»Ich bin Julie«, ruft sie mir über ihre Schulter zu.

Ich nutze die Gelegenheit, um mich zu befreien, muß aber dem Sieger meine Jacke abtreten.

Ich verzieh mich aufs Sofa. Er folgt mir.

»Was willst du?« fragt er.

»Nichts, ich trinke ein Glas und verschwinde wieder.«

»Wohin denn? Es ist dunkel.«

»Irgendwohin, wo Licht ist, draußen.«

»Hast du keine Angst?«

»Doch, sicher.«

»Hast du auch Angst vor Spinnen?«

»Kommt drauf an. Weberknechte mag ich ganz gern.«

»Was sind das, Weberknechte?«

»Spinnen.«

»Aha. Und meine Mutter, magst du die?«

»Ich weiß nicht. Sie scheint nett zu sein.«

»Du magst also Spinnen?«

»Jaja, ich mag alles, Spinnen, Kröten, Eidechsen, Krabben und auch Raupen, Nacktschnecken, Wanzen...«

»Bäh, ist das wahr?«

»Natürlich, und auch...«

»Nein, die Spinnen meine ich.«
»Hast du Alpträume?«
»Was ist das?«
»Blöde Sachen, wenn du schläfst.«
»Hey, willst du mir angst machen oder was?«
In diesem Augenblick kommt der Gin, ein großes Glas. Das ist nett, wie hat sie das nur erraten? Julie nimmt mir gegenüber in einem großen Sessel Platz, sie kreuzt die Beine und setzt sich darauf. Janus schmiegt sich in ihre Arme. Ich schaue ihnen zu. Sie küßt ihren Jungen auf die Haare, und er fängt an, ihr gähnend eine Brust zu massieren. Ich kann ihn verstehen, das ist rund, das ist warm, weich, das ist das Gegenteil des Todes, toll anzufassen. Was habe ich hier zu suchen? Für mich ist kein Platz in dieser Zärtlichkeit. Ich sage mir aber auch, daß ich nicht weiß, wo mein Platz ist, also rühre ich mich nicht, ich nippe an meinem Glas, und ich schaue ihnen zu.

Ich bin fast dreißig, ich habe nichts vergessen, Scheiße.

»Warum guckst du uns so an?« fragt Janus.

»Achte nicht drauf. Ich bin eigentlich nicht da. Das war nett.«

»Was war nett?«

Ich werfe Julie einen Blick zu, sie schaut mich merkwürdig an, ich meine, ich weiß nicht, was ich davon halten soll. Ich finde die beiden sehr stark. Ich fühle mich wie in einer Falle und müde, ich bin wirklich nicht gerade toll, aber das Ganze hat was Lustvolles an sich, ja, ich weiß, lassen wir das. Unmöglich, dieses Schweigen zu brechen, ich versinke darin. Ich habe das schon ein paarmal erlebt, diese Klinge, die sich unter deine Rüstung schiebt, auf deinen scheißweichen Körper, und du kannst immer noch laufen, du sitzt in der Falle. Dabei kannst du jedenfalls was über deine Seele lernen, und das ist entsetzlich, na klar, aber was hast du dir erhofft?

Janus hat die Sache geschnallt. Er nutzt die Chance.

»Sagst du nichts mehr?«

»Das ist kompliziert, Janus.«

»Du hast gesagt, das war nett.«

»Ja, hab ich. Ich weiß es nicht mehr.«

Und sie, sie macht nichts, nichts, sie sieht mich an, sie sieht mir in die Augen. Worauf wartet sie?

»Hast du wohl gesagt.«

»Ich hab an was anderes gedacht. Ich hatte vorhin Streit mit einer Freundin, weißt du, und dann ihr zwei, ich hatte Angst, etwas kaputtzumachen... Scheiße, es bringt nichts, sich darüber zu unterhalten, du siehst doch, ich schaffe es nicht.«

»Warum schaffst du es nicht?«

Diesmal rettet sie mich.

Es gibt Kinder, die gehen bis zum Ende, und wenn einem danach ist, sich fertigmachen zu lassen, kann man sich ganz auf sie verlassen, sie kennen ihre Kraft nicht. Und ich, keine Ahnung, wie ich damit klarkommen soll, ich fall jedesmal drauf rein.

»Komm, Janus, du gehst jetzt wieder ins Bett«, sagt sie.

Er nörgelt ein wenig, aber weniger, als ich erwartet habe. Der Schlaf hat ihm behutsam eine Hand auf den Rücken geschoben. Julie nimmt ihn in die Arme.

»Ich brauche nur fünf Minuten.«

Ich warte nicht erst, bis sie zurückkommt, ich renne sofort zur Bar. Ich kippe einen Gin runter und gleich noch einen, und dann gehe ich die ganze Sache noch mal durch. Fazit, all diese Existenzen, all diese Dingsda, die kommen und suchen und klammern und schreien, mir ist kalt, mir ist warm, ich hab Hunger, ich hab Angst, mir tut dies weh, mir tut das weh, das ist ja ganz nett, aber ich werde daraus nicht schlau. All die Dreckskerle, die mir gesagt haben, ich versteh dich, Phil, o ja, ich versteh dich, ALTER, nun ja, ich frage mich, was sie DAMIT MEINEN, ich frage mich, was für ein elender Scheiß denen durch den Kopf geht. Das war nur ein Fenster zu ihrem eigenen Ich, das sie da aufmachten, diese Blödmänner, und das überraschte sie, ich versteh dich, Phil, Alter, o ja, oohhh.

Ich stecke meine Nase in das Glas. Das ist dermaßen leicht zu durchschauen, daß mir der kalte Schweiß ausbricht, diese Welt hat was Klares an sich, den gleichen Eindruck hab ich, wenn ich mitten in der Nacht die Augen aufschlage, schrecklich ist das, die Schwärze fließt dir in die Augen und füllt dich aus.

Drei Minuten sind vergangen, sie kommt zurück. Ich finde sie beinahe schön, ich geb mir ja alle Mühe, aber in dieser Frau ist eine Kälte, die mich an den Tod erinnert, ich weiß nicht, was es ist, vielleicht dieser Mund, der niemals lächelt, aber das, das ist fürs Auge, nein, ich glaube eher, das kommt von ihrer Seele, ich wäre für eine Lobotomie.

Ich bin mal über eine Baustelle geschlendert, die Typen hatten ein paar alte Häuschen abgerissen und machten gerade Pause, ich sah sie mit ihrem Eßgeschirr hantieren, während sie Schutz vor dem Staub suchten, sie hatten alles unter dem blauen Himmel liegen- und stehenlassen. Ich ging mitten rein, ich drang da ein, mir war danach. Irgendwann gelangte ich zu einem niedlichen kleinen Haus mit grünen Fensterläden und altem Efeu im Gesicht. Das war die einzige Bude, die noch stand, alles, was noch übrig war. Ich trat näher, ich öffnete die Tür und blieb wie angewurzelt auf der Schwelle stehen und dachte nur ach du je, na klar.

Statt eines Häuschens war da nur noch eine Fassade, sonst nichts, mit einem kleinen Mauerrest an der Seite, an dem eine geblümte Tapete klebte, ganz altmodisch, armselig, und dann diese Tür, die sich lautlos öffnete und wieder schloß, die nichts wissen wollte, die ins Reich des Todes übergegangen war.

Bei Julie hatte ich auch Angst einzutreten.

»Geschafft«, sagte sie zu mir. »Er schläft.«

»Ich hab mich nicht gerade gut geschlagen, glaube ich...«

»Er fand Sie nett. Er sagt, Sie seien unglücklich.«

»Was soll das, Julie?«

»Ich glaube, er hat recht.«

»Wenn ich allein trinke, ist mir nie zum Lachen zumute. Ich kann nicht mehr reden. Janus hat mich überrumpelt, aber unglücklich, nein, das nicht, Julie.«

»Nein?«

»Hör auf, Julie, mir geht's gut.«

»Janus hat gesagt, Sie seien auch allein...«

»So langsam wird mir klar, warum er Janus heißt!«

»Hat er richtig geraten?«

»Was bedeutet das schon?«

»Nichts, ich kenn das. Es gibt keine Männer hier. Alle ausgeflogen, dumm, tot.«

»Schön, ist das ein Fortschritt?«

»Nein.«

»Julie, ich weiß nicht, was du willst, aber was es auch ist, ich glaube nicht, daß ich da mithalten kann. Ich habe nie etwas für andere getan, ich schaff das nicht. Ich tue nie, was man tun soll, und wenn, dann zu früh oder zu spät, es haut einfach nie hin. Ich weiß schon, warum, aber das ändert nichts. Besser, du sagst mir sofort, was du willst, Julie, ich mag dich, das ist wirklich alles, was wir tun können.«

»Ich wollte dir etwas zeigen.«

»Ach ja, dann mach, laß sehn.«

»Komm, setz dich.«

Ich kehre zum Sofa zurück. Man verbringt seine Zeit mit Aufstehen, Hinlegen, Setzen, jaja, und die Bäume brauchen Jahre, um ihre Äste auszustrecken, die Kontinente bewegen sich ganz, ganz langsam, und die Tiere halten sich auch zurück, klar, aber wir, wir sind die großen Schlaumeier, na klar. Julie stellt sich vor mich und kehrt mir den Rücken zu, sie fängt an, ihre Hose auszuziehen und den Slip gleich mit. Ich bin nur halb überrascht. Ein Blick weiter oben hatte mich vorgewarnt, mit Blicken kenn ich mich aus, doch, manchmal hätte ich meine Hand ins Feuer gelegt.

Im ersten Moment bin ich ein wenig enttäuscht, ich weiß nicht genau, was ich erwartet habe, dann sage ich mir, nein, das ist normal, das ist nun mal so, da läuft's immer drauf hinaus, eine Art Endstation, du würdest gern weiterfahren, aber es heißt aussteigen, es geht nicht mehr weiter, Schluß, und das stinkt dir ein bißchen, das bringt dich um, aber du steigst aus.

Uns stehen wirklich nicht viele Mittel zur Verfügung, manchmal ist die Natur beschissen. Wie auch die Schönheit und alles andere, außer der Häßlichkeit. Die Häßlichkeit ist nie beschissen, weil sie nie lügt. Ich würde gern wissen, ob Gott SCHÖN ist, ich meine eine dieser Leinwand-Visagen, wie Sein Sohn, das wäre prima für die, die weniger Schwein hatten, die Bekloppten, die Lahmen, die Dreckvisagen und die Mißgeburten, diejenigen, die Nacht für Nacht flennen, die sich nach einem Wunder sehnen und die den Blick senken.

Julie legt nichts Sinnliches in ihre Bewegungen, ein bißchen so, als wäre sie allein, ohne Spiegel, ich hab wirklich den Eindruck, ich hab etwas Falsches gesagt.

Als sie nackt ist, dreht sie sich um, und ich laß mein Glas fallen.

Normalerweise hätte ich es aufgehoben, selbst sturzbetrunken verliere ich nie ganz die Kontrolle, würd ich zwar gern, aber dem ist leider nicht so. Ich bin dermaßen in Julies Anblick vertieft, daß mein Körper ein paar Sekunden lang sich selbst überlassen bleibt, ich verlasse ihn, und er stößt einen leisen Schrei aus, halb Schrei, halb Stöhnen, ich hab damit nichts zu tun.

Ich hab nichts gegen Tätowierungen, nein, gefällt mir sogar. Bei anderen wenigstens. Ich bin da nicht selbstbewußt genug, ich finde, ich bin auch so schon gebrandmarkt genug. Julie hat solche Probleme vermutlich nicht, denn sie, na ja, sie ist tätowiert, und wie! – die ganze vordere Seite ihres Körper außer den Armen und den Beinen, außer ihrem Gesicht natürlich. Bunt. Dargestellt ist das INNERE ihres Körpers, in LEBENSGRÖSSE, jedes Teil an seinem Platz, sämtliche Organe, die Lunge, das Herz, die Nieren, die Leber, die Milz, die Hohlvenen, die Aorta, einfach ALLES, detailliert, lebendig, hauchzart, aber schön ist das nicht, das ist viel zu gut gemacht, aber DA IST NOCH ETWAS ANDERES!!! O JA!!! Janus hat keine Alpträume, herrjemine, jetzt verstehe ich.

Stell dir vor, eine ist mitten auf dem Herzen, pechschwarz, eine tolle Nachbildung, eine andere auf der rechten Lunge oder in der Lunge, ich weiß es nicht, eine weitere sitzt auf dem Zwölffingerdarm, und bei der da kann man genau sehen, daß sie angefangen hat, das Ding zu fressen. Die letzte krabbelt behutsam über den Unterleib, ihre Vorderbeine schieben sich schon zwischen die Härchen. Selbst als Tätowierung haut das einen fast um, ich hätte nicht gedacht, daß sich jemand derart verunstalten kann, verdammt noch mal, SPINNEN!

»Und?« fragt sie mich.

»Das geht nicht mehr ab, oder?«

»Nein.«

»Sonst hätt ich das ja noch lustig gefunden, aber so...«

»Faß mich an.«

Sie ist ganz nah, ich brauche nur die Hand auszustrecken. Ich lege sie auf ihren Unterleib, auf die Spinne. Ich erlebe keine Überraschung. Bescheuert.

»Warum hast du das gemacht?« frage ich.

»Um es nicht zu vergessen.«

»Du bist bekloppt, ehrlich. Das weiß man doch alles.«

»Ich will daran denken. Jeden Tag, wenn ich mich betrachte, WEISS ich es. Ich rücke die Dinge wieder an ihren Platz.«

»Dafür brauchst du das nicht. Keine Spinnen.«

»Du magst sie doch, oder?«

»Nicht so, nicht an dir. Ich glaube, du bist verrückt, DU

bist unglücklich, nicht ich. Man weiß ja, daß das nicht lange dauert, aber die, die nach uns kommen, diese verdammten Drängler, die noch nie was geschnallt haben, glaubst du nicht, das ist noch viel schlimmer? Glaubst du nicht, daß die uns wahrlich aussaugen? Scheiße, Julie, nein.«

»Das macht nichts, schau mich an.«

»Ja, ja, ich schau dich an. Ich hab Durst. Ich hab die Nase voll.«

»Was siehst du?«

»Ich seh nichts. Ich seh Spinnen.«

»Vergiß die Spinnen.«

»Unmöglich.«

»Und was nun?«

»Nichts, ich hab zuviel getrunken.«

»Mir wird jetzt kalt.«

»Tut mir leid, Julie. Es ist nicht deswegen, ich hab wirklich zuviel getrunken.«

»Ist das besser?«

»Ja.«

Wir quatschen noch ein bißchen, ich finde einen Weg, die Gläser noch mal zu füllen, aber es ist vorbei, wir verschließen uns beide, und das ist nicht mal die körperliche Distanz. Ich würde gern etwas tun, ich könnte sie auch mit diesen verdammten Spinnen nehmen, die würde ich schon übersehen, das ist trotz allem bestimmt angenehm, ich könnte uns auf eine weniger schmerzliche Ebene führen, ich kann sie nicht so sitzenlassen, da bin ich sicher. Aber ich rühre mich nicht, ich tue nichts, ich muß versteinert sein. Jeder würde das im Moment besser hinkriegen als ich.

Das einzige, was ich noch schaffe, und auch da brauche ich meine ganze Kraft, meine ganze Seele, das ist aufstehen. Ich tue es und stoße den kleinen Tisch um. In diesem Stadium macht der Körper nicht mehr mit, alles um dich herum kracht zusammen, scheißegal, was passiert, ich will nur noch zu diesem Dreckfenster und Luft schnappen, ich will nur noch raus. Also laufe ich los, packe den Vorhang und PENG schlage ich mit dem Kopf durch die Scheibe. Ich bin dermaßen fest dagegengeknallt, daß das Teil buchstäblich explodiert ist. Julie schreit auf. Julie kommt. Julie.

»Laß, schon gut«, sage ich. »Ich wollte mich nicht umbringen, Scheiße, das war keine Absicht.«

Das stimmt. Ich hab nicht an die Scheibe gedacht, nur ein bißchen Luft, so schwer schien mir das nicht. Sie klammert sich an meinen Arm, ich spüre nichts, ich bleibe einen Moment an der frischen Luft und schnaufe wie ein Büffel, ich höre die leisen Geräusche des Dschungels, ich knurre:

»Ich muß ins Bad.«

Julie führt mich, es ist weit.

Ich schau in den Spiegel, ich seh kein Blut, ich habe nichts. Ich trete näher. Als ich zu nahe rankomme, erkenne ich mich nicht mehr. Ich fahre zurück. Ich pralle gegen Julie.

»Laß mich, Julie.«

Ich gehe zum Waschbecken zurück, ein letzter Blick auf mich, zehn Jahre gealtert, und ich kotze. Heftig. Das tut mir in der Nase weh. Ich lasse Wasser laufen, ich knalle mich drunter und da, da spüre ich ihre Hand auf mir wie ein blankes Stromkabel. Sie preßt sich an mich. Ich spüle mir den Mund aus.

»Scheiße, ich hab gesagt, du sollst mich lassen.«

»Das ging zu schnell.«
»Ja. Na gut...«
»Gehst du?«
»Ja, es ist bestimmt schon hell.«
»Du kannst bleiben, wenn du willst.«
»Das bringt nichts.«
»Ich weiß. Du kannst trotzdem bleiben.«
»Julie...«
»Ja?«
»Halt dir die Wichser vom Hals.«
»Aha... Und wie?«
»Keine Ahnung, hab ich nur so gesagt. Tut mir leid wegen der Scheibe.«
»Ich hab Angst gekriegt.«
»Brauchtest du nicht. Das ist ein Trick, den ich einstudiert habe, um auf mich aufmerksam zu machen.«
»Wie ich mit den Spinnen.«
»Ja?«
»Ja.«

Ich überquere den Rasen. Es wird Tag. Ich habe noch diese ganze Nacht auf dem Buckel. Es ist windig. Typen sind zu sehen, wollen wohl mal schauen, ob die Hecken in der Nacht nicht zu sehr gewachsen sind, und die schönsten, die allerzartesten Blätter, TSCHACK. Ich höre Schlüssel, Autos, Türen, und ich seh die Kisten aus den Garagen schleichen und in die Straßen einbiegen, ich seh die Spinnen, ich bin immer noch knülle, überall seh ich welche, ich lach mich tot.

Ich öffne die Tür, ich husche direkt ins Schlafzimmer. Sylvie ist auf und auch ihre Haare, hundertmal geht sie mit der Bürste durch, sie sind schön.

»Paß auf, daß du keins vergißt«, sage ich, während ich mich ausziehe.

»He, du willst doch jetzt nicht ins Bett, oder?«

Ich bin schon im Bett. Ich schenke ihr ein breites Lächeln.

»Josy steht gleich auf.«

»Ach ja?«

»Ich koch jetzt Kaffee«, sagt sie. »Steh auf.«

Sie verschwindet Richtung Küche und wackelt dabei mit dem Arsch.

Ich stütze mich auf den Ellbogen.

»SCHEISSE!« brülle ich. »LECK MICH AM ARSCH MIT DEINER JOSY!!!«

Und ich zieh mir die Bettdecke über die Augen, wie es jeder tut, der mit dem Kopf durch eine Scheibe geknallt ist, ohne sich zu schneiden, und die anderen auch. Sie ist strahlend weiß, wie neu.

Slip oder Schlüpfer

Ich war mit Véro zusammen, sie zeigte mir, GENAU DA hatte sie dieser Dreckskerl gekniffen, und ich machte ooohhhh, massierte ihr eine Hinterbacke und schaute mir die Sache gerade genauer an, als das Telefon klingelte.

»Phil?«

»Ja. Wer da?«

»Vincent.«

»Ach du Scheiße!«

»Tut mir leid. Der Alte dreht durch. Du mußt kommen.«

»Ich kann nicht. Gibt's sonst noch was?«

»Wir kriegen den Kram nicht fertig. Eine Seite von *Brandwunden in der Nacht* ist verschwunden. Die totale Scheiße.«

»Na und? Bricht jetzt die Welt zusammen?«

»Ja, wir brauchen dich hier auf der Stelle. Ich mein's ernst.«

»Ich auch. Scheiße, ruft doch Henri an. Der hat bestimmt eine Kopie...«

»Henri ist grad für vierzehn Tage weg. In den Bergen.«

»Ach nee, Ruhe, Frieden, lange Wanderungen, um auf andere Gedanken zu kommen, ich seh schon. Das kannst du nicht verstehen.«

»Und, kommst du jetzt?«

»SCHEISSE, ICH HAB ÜBERHAUPT KEIN PRIVATLEBEN MEHR!

ICH HAB ÜBERHAUPT NICHTS MEHR!!! IHR SEID EKELHAFT, JUNGS, EINER WIE DER ANDERE, DA VERGEHT EINEM ALLES, VERFLUCHT NOCH MAL!!!«

Ich hab aufgelegt. Ich mußte hin. Sie wußten, daß ich kommen würde. Sie wußten, wir hatten alle Schiß, diesen Job zu verlieren. Es gab massenhaft Typen, die wer weiß wie hinter unserer Stelle her waren, flinke Rotznasen, zu allem bereit. Für die war das eine feine Sache, sah ja auch ganz danach aus, jaja, ein Artikel pro Woche, eine Menge Schotter, ein paar Stunden am Nachmittag an der Schreibmaschine, umgeben von Blut und den schönsten Ärschen der Welt, von wegen, manchmal möchte man am liebsten die Stirn auf die Tasten hauen rtzuiofghj und eine Runde heulen.

Véro kam und setzte sich auf meinen Schoß. Klar, sie wußte schon, was los war, war ja auch nicht das erste Mal. Die kleinen Klugscheißer hatten keinen blassen Schimmer, wie's hinter den Kulissen aussah, o nein, die Klugscheißer legten sich in ihr warmes Bett und träumten. Eines Tages würden sie es genauso machen wie ich, sie würden einen letzten Blick werfen auf das, was ihnen noch etwas wert ist, zwei Schenkel oder *Schöne Verlierer* oder sonst was, sie würden den Schwanz einziehen, einen Seufzer ausstoßen, schwer wie die Welt, und auf der tiefschwarzen, knallharten Straße aufprallen wie diese Dinger, die aus dem Nest gefallen sind und sich an den Zipfel einer Seele klammern.

Ich fuhr am Ufer entlang. Das war eines dieser Jahre mit dreizehn Vollmonden und einem echten Sauwetter, und dieser ewige Nieselregen fiel ganz sanft und drang überall ein, ich sah so gut wie nichts, nur jede Menge Licht. Ganz schön

VERSCHMIERT, die Windschutzscheibe. Die Scheinwerfer machten sich drauf breit, sie verschmolzen, und ich sagte mir, Scheiße, UND WAS JETZT?, ich wollte anständig fahren. Ich tat so, als ginge mich das kleine rote Benzinlämpchen nichts an, das wie ein Schrei war, der letzte Schrei des Abendlands, aber Herrgott noch mal, MICH PACKTE DIE NACKTE ANGST, ich sah nichts anderes mehr, jeden Augenblick konnte ich am Bordstein annibbeln, fix und fertig in einem Hagel von Beschimpfungen, und als ich ankam, als ich meinen kribbelnden Hintern aus dem Wagen hob, fühlte ich mich sehr, sehr gut. Manchmal schenkt uns das Leben solch einen kleinen Trost. Also, laßt euch nicht unterkriegen.

Na gut, ich ging also direkt zum Portier, ich unterschrieb meinen Kram und trat in eine schöne Wolke aus blauem Rauch, am Mittwochabend war er immer besonders blau, und dann die ewig gleichen Sandwichs, die in den Ecken verschimmelten, das schale Bier, immer der gleiche Geruch und diese verzerrten Visagen, IMMER WIEDER DER GLEICHE FILM, KLAR, alle rannten in Hemdsärmeln rum und mit einem Gesicht, Gott, als hinge die Welt von ihnen ab, völlig entrückt, gequälte reine Geister, die sich mit viel Liebe über irgendwelche Scheiße beugten. Um der Wahrheit die Ehre zu geben: Sie suhlten sich darin. Ich kam, um ihnen zur Hand zu gehen.

Ich schlenderte auf seinen Schreibtisch zu. Er blickte instinktiv auf. Nach vierzig Jahren, vierzig Jahren seines Lebens am selben Platz, ließ er sich nicht mehr überraschen, und niemand hatte noch Lust, es zu versuchen. Er hatte graue, fast weiße Augen, bei denen mir immer ganz komisch wurde, und damit guckte er fast durch einen durch, bevor er den Mund aufmachte, das dauerte eine Weile, fast zu lang sogar, aber dann war's um dich geschehen, er hatte dich in der Hand. Eine Art von Macht oder Kraft, würde ich sagen. Typen wie der waren ein wahrer Fluch für Typen wie mich.

»AH! Wir dürfen keine Sekunde verlieren«, sagte er und reichte mir einen Stoß Blätter.

Daraufhin knöpfte er sich was anderes vor, und ich stand da und guckte schlau aus der Wäsche, ich war nicht so fix wie er, letztlich kapierte ich dann doch, daß das Gespräch beendet war, und verdrückte mich in den hinteren Teil des Raums, ich setzte mich hinter meine dicke JAPY, in die ich regelrecht verliebt war (nach all der Zeit, die wir zusammen verbracht hatten, nur sie und ich), und ich zückte meine Schachtel Zigaretten wie andere ihre Knarre, ihr Scheckheft oder die Bibel, es ist verflixt schwer, ohne ein Minimum an Zubehör zu Rande zu kommen.

Dann fiel mir die Zigarre ein, die ich seit einem Tag mit mir rumschleppte. Ich zündete sie an. Dicke Wolke. Große Wirkung.

Vincent kam zu mir rüber, er zwängte sich zwischen den Tischen durch. Hundert Kilo behendes Fleisch und so gut wie kein Hirn, obendrein ein großes Problem in puncto Sex, wie alle Welt, nur simpler. Er lebte in der beständigen Angst, eines Tages eine zu zerquetschen, vor allem, wo er Frauen bevorzugte, die zart und anmutig waren, GERTEN-SCHLANK, ich weiß das, weil wir uns nämlich mal zu zweit die Nacht um die Ohren geschlagen haben, sehr spät, angeblich eine dringende Sache, der Pförtner schlief mit der Stirn an den Löchern der Sprechscheibe und drückte seine

Seele platt, und wir sind noch mal los und haben uns was zu trinken geholt, ein bißchen nur, schließlich haben wir den Kram sausenlassen und nur noch gequatscht, ich hab gespürt, daß es ihm auf der Zunge brannte, er ließ mich nicht zu Potte kommen, ich hatte es kommen sehen, Mensch, die letzte, erzählte er mir, das war ein ganz zartes Persönchen, Alter, bei der mußte ich mich richtig mit den Armen abstützen, stell dir vor, die war wie ein kleiner Vogel, ich hab die ganz vorsichtig durchgebumst, und die hatte keine Spur von Angst, irre, ich hätte sie platt walzen können, verdammt noch mal, aber du hättest mal meine Arme sehn sollen, das Dach hätte mir auf den Arsch krachen können, ein echtes Paar Kolben, hier, fühl mal, sie hatte nichts zu befürchten, nein, nein, erst als ich gekommen bin, da hätte ich sie fast vergessen, Scheiße, da fehlte nicht viel, ich hab mich auf die Seite geschmissen und abgerollt und hab gezittert wie der letzte Trottel. Ach, Alter, ich glaube, eines Tages ...

»Du bist bescheuert«, sagte ich zu ihm. »Mach dich doch nicht kirre.«

»Sag das nicht, Mann, sag das nicht. Ich WEISS, irgendwann ist es soweit. Ich bin einfach zu DICK für diese kleinen Puppen. Scheiße.«

Dabei schlug er sich mit voller Wucht auf den Wanst, er rammte seine Fäuste in diese Masse von Fett, das an ihm pappte, und ich erblickte zwei dicke Tränen, die nicht kullern konnten, zwei dicke Steine, die für das ganze Elend dieses Mannes standen, ich trank weiter und konnte den Blick nicht von ihnen abwenden, ich mußte an dieses Mädchen denken, das noch einmal davongekommen war, und an das, das sterben würde.

Er baute sich also vor mir auf. Er legte beide Hände flach auf den Tisch und beugte sich zu mir runter.

»Tag, du Arsch«, sagte er zu mir.

Ich hüllte ihn in Rauchschwaden ein.

»Das kriegst du zurück«, sagte ich.

»Ach, komm, ich kann nichts dafür.«

»Verdammt, ich bin doch nicht der einzige Ghostwriter in dem Laden hier. Wenn's drauf ankommt, kennst du immer nur eine Telefonnummer, und ausgerechnet MEINE, du verdammter Idiot!«

Er machte ein Gesicht, als hätte ich ihm weh getan.

»Stimmt doch gar nicht, du Arsch. Der Alte hat nach dir verlangt. Du bist der Schnellste.«

»Hör auf, mich Arsch zu nennen. Ich bin nicht der Schnellste, ich bin der Beste.«

»Ah ja?«

»Ich hatte einen Riesenerfolg mit *Playboys sterben einsam*. Dan Miller. Daran erinnert sich jeder. Nur deshalb bin ich heute abend hier, mein Freund. Ich rotz euch das in fünf Minuten runter, wär doch gelacht.«

Ich packte meinen Stuhl und wippte nach hinten.

»Hast du den Kram schon gelesen?« fragte er.

»Noch nicht, Alter, noch nicht.«

»Dann beeil dich, du Arsch.«

Ich warf als erstes einen Blick auf die dritte Episode von *Brandwunden in der Nacht*. Sieben Seiten, es fehlte die Nummer sechs, die sollen mir bloß nicht blöd kommen, ich hol mir erst mal ein Bier, vorher setz ich mich da nicht dran.

Ich stand auf, ich erwischte eins, das so richtig lauwarm

war, und dabei geriet ich dem Alten unter die Augen, der sich an dem Tisch mit den Layouts rumtrieb. Ich nickte zu ihm rüber, ja, ja, alles bestens, du guter Engel, und sah zu, daß ich wieder an meinen Tisch kam.

Diese dritte Episode war hochgradiger Schwachsinn, Ton und Inhalt ganz nach dem Geschmack des Lesers. Die kleine Nutte hatte eine Zwillingsschwester, sehr unschuldig und keinen blassen Schimmer vom Leben, sie hieß Sandrine, und eines Tages, als sie einkaufen geht, trifft sie zufällig einen Freier ihrer Schwester, einen richtigen Hornochsen, und dieser Typ kriegt schlagartig eine irre Lust, mit ihr in die Kiste zu steigen, und als sie ihm sagt, das muß ein Irrtum sein, donnert er ihr SEINE FAUST ins Gesicht und packt sie auf sein Mofa. Die Nutte ist unterdessen bei ihrem vierundzwanzigsten Kunden angelangt, und das ist der schmierige Teil der Story mit Sätzen wie: »In einem Orkan wilder Sinnlichkeit stürzte sie sich in die aufbrandende Woge des Orgasmus.« Verdammt, Henri, wie kommt man eigentlich auf so 'nen Scheiß?

Es folgte das große schwarze Loch, Seite sechs, und danach durfte man den beiden Schwestern beim Turteln zugucken, Sandrine ist doch nicht geschändet worden, weil die Nutte sie aus höchster Not errettet hat. Phantastisch! Man brauchte bloß die einzelnen Teile wieder zusammenzukleben.

Tja. Das war er also, der Scheiß, den sie mir aufgebrummt hatten, die große Mauer aus Dreck, gegen die ich mit meinem schlauen Köpfchen rennen sollte. Das war immer dasselbe, und das ging schon eine ganze Weile so. Zum Glück schrieb ich damals auch Gedichte, um nicht total abzustumpfen.

Leider stumpfte ich trotzdem ab, denn meine Artikel wurden immer besser, der Rest dafür um so schlechter. Ich stand in der Blüte meiner Jugend. Ich hielt mich für unantastbar da oben, in Wirklichkeit war ich schon am Boden. Ich glaubte, auf die Leute herabzusehen, tief unten waren sie, winzig klein, dabei standen sie neben oder über mir, die meisten wahrscheinlich über mir. Jetzt bin ich kuriert. Ich interessiere mich nicht mehr für den Himmel, nur für die Vögel, und ich versuche ihrer Kacke auszuweichen. Alles andere kann mich mal.

Der Alte rief mich zu sich. Ich sprang auf.
»Und?« fragte er.
»Das klappt schon, Monsieur.«
»Woran denken Sie?«
»An nichts.«
»Sehr komisch. Ich wollte wissen, wie kriegen Sie das hin, daß die Schwester sich einschaltet?«
»Och... ganz einfach.«
»Na wie?«
»Via Telepathie.«
»Aha...«
»Genau...«
»Und dann?«
»Ich denk mir die Sache so: Der Typ sperrt Sandrine in seinem Zimmer ein und geht runter, um sich an der Ecke was zu trinken zu holen. Sie wird wach, erfaßt ihre entsetzliche Lage und tritt mental mit ihrer Schwester in Verbindung. Die läßt ihren fünfundzwanzigsten Kunden mittendrin versauern und kommt schleunigst angetanzt. Sie findet

eine Leiter, klettert durchs Fenster und befreit ihre kleine Schwester. Sie setzt Sandrine in ein Taxi, ehe der Typ zurückkommt, stiefelt wieder rauf und hüpft artig unter die Decke. Der Typ merkt von all dem nichts, an dieser Stelle könnte man eine gute Nummer einfügen und dann die letzte Seite anhängen.«

Er schaute mich an. Ich stand kerzengerade vor seinen weißen Augen. Es gab welche, die konnten erkennen, wie er drauf war, je nachdem ob seine Augen eher gen Weiß oder Grau tendierten, aber ich habe mich auf dieses Spielchen nie eingelassen.

»Na schön«, sagte er. »Nur eins paßt mir nicht.«

»Ja... Das glaubt kein Mensch, nicht wahr?«

»Doch, doch, das ist sehr gut... Aber der fünfundzwanzigste Freier...«

»Ja?«

»Mir wäre lieber, sie brächte das mit dem zu Ende.«

»Kein Problem, Monsieur.«

»Verstehen Sie... Dieser Mann hat im voraus zahlen müssen, und der Leser würde es bestimmt nicht schätzen, wenn...«

»Das würde niemand, Monsieur.«

Zurück zu meiner schweren JAPY. Sie hatte einen prima Anschlag, ganz leise, und ich ließ zwei flinke Finger darüber fliegen, die anderen ballte ich zur Faust, der Rest der Bude scherte sich eigentlich einen Dreck um mich, aber ich legte mich damals ziemlich ins Zeug und war immer als erster aus dieser Hölle wieder raus, und damit machte ich sie wirklich WAHNSINNIG, denn der Alte mußte mir ständig wegen aller möglichen Tippfehler, Ungereimtheiten und dem ganzen

Scheiß, den ich überall eingestreut hatte, nachlaufen, und alle dachten, er habe mich in sein Herz geschlossen und wolle mir irgendwelche Ideen entlocken, ich sei bestimmt unentbehrlich, und ich ließ sie schwafeln, ich goß das seltsame und übelriechende Pflänzchen ihrer Eifersucht.

Ich war gerade dabei, besagtem Kunden einen schönen Abgang zu bereiten, ich gönnte ihm einiges für seine Kohle – und jetzt werden alle Liebesdienerinnen mit dem Finger auf mich zeigen und sich schlapp lachen, weil ich zu dick aufgetragen habe, und das auch noch für einen lumpigen Schein –, da sah ich Leclerc reinkommen. Ich machte mich auf meinem Stuhl ganz klein, und jetzt denkt ihr sicher, daß es eine Menge Leute gab, die mir das Leben bei Polective zur Hölle machten, ach Gott, weit gefehlt, ich erzähl euch längst nicht alles, nein, vielleicht ein andermal, na ja, eins noch, da war nämlich auch so eine typische kleine Sekretärin mit heißen Brüsten und übernächtigter Visage, die einen langen schwarzen Ledermantel trug und euch in einer Ecke abgemurkst hätte, nur um euch die Lust auszutreiben, es bei ihr zu versuchen, die hielt sich lieber an die graumelierten Geldsäcke und ließ sich gern im Aufzug ficken, aber nicht von Leuten unseres Kalibers, unter einem Redaktionsassistenten, unter, sagen wir, 7000 im Monat tat sie's nicht, anscheinend hielt sie ihre ausgetrocknete, arrogante Möse für ein Weltwunder, ich kann das ruhig sagen, ich hab nämlich nichts zu befürchten, mich hat die nie angeguckt. Liebling, ich komme zurück, sobald ich diese Zeitung gekauft habe, alle fünf Etagen, verachte mich in der Zwischenzeit bitte nicht zu sehr, gib dir Mühe. Du wirst gerade mal fünfzehn Jahre älter sein als ich, Liebling, das wird wunderbar mit uns.

Kurz und gut, ich saß da auf meinem Stuhl, und Leclerc wetzte zu seinem Schreibtisch und stellte seine große Aktentasche aus weichem glänzenden Leder neben sich auf den Boden. Keine Ahnung, warum, aber diese Aktentasche machte mir angst, ich stellte mir vor, da seien Karteikarten drin, und auch eine von mir, auf der stand, was ich so trieb, wohin ich ging, wen ich bumste oder auch nicht, einfach all die pikanten Sachen und Details, die man nur im finstersten Verlies seines Kopfes aufbewahrt. Mein Gott, woher wußten die das alles, zum Beispiel diese eine Sache damals, ich war erst zwölf, ein Kind noch, wo ich die Blumen rings um das Kriegerdenkmal rausgerissen hab, um sie diesem wunderbaren kleinen Mädchen zu schenken, oh, oh, ICH TU DAS AUCH NIE WIEDER!

Ja, ich weiß, ich weiß, aber würde euch das helfen?

Leclerc setzte sich, er faltete die Hände und schaute lächelnd zu mir rüber. Ich kannte dieses Lächeln.

Es gab ein Mißverständnis zwischen uns. Ich hatte zu dieser Zeit einen wüsten Haarschopf und Bart, ich hatte nicht vor, irgendwem damit auf den Keks zu gehen, aber so konnte ich morgens noch ein bißchen im Bett bleiben und zuhören, wie meine Haare wuchsen, und Véro fand das auch toll, sie meinte, das kitzele so schön, und wir hatten unseren Spaß, ich hatte einen dieser irren Bärte, und meine Haare, na ja, das waren echt Haare, aber die Leute lassen einen ja nie in Ruh, Haare im Gesicht, so was mögen sie nicht, da stellen sie sich gleich wer weiß was vor, die haben einen richtigen HORROR davor, und das kann ein übles Ende nehmen, ich für mein Teil kann zwar ihr Gesicht auch nicht ausstehen, aber ich sage nichts, ich gucke weg, ich hab keine

Lust, mir aus Jux und Tollerei irgendwelche Schererereien einzuhandeln, ist nicht mein Ding. Ich krieg auch so schon jeden Tag mein Teil ab. Ist doch klar, man kann nicht schon am frühen Morgen anfangen zu schreien, selbst wenn der Kaffee zum Kotzen ist und der Nachbar gegenüber auch, kann man nun mal nichts dran ändern.

Ich wollte mich wieder an die Arbeit machen, aber wenn so ein Typ dauernd zu dir rüberguckt und nicht aufhört zu lächeln, dann macht dich das nervös, das macht den Geist stutzig, und im Zweifelsfall läßt man die Arbeit liegen. Er hatte mir schon mal übel mitgespielt. Der hatte mich auf dem Kieker, dieser Kerl, es juckte ihn, wenn er den Raum inspizierte, er fing rechts an und drehte langsam, unerbittlich den Kopf, einfach perfekt, und zu guter Letzt hatte er mich im Visier, ich sah immer zu, daß ich bis zum Hals in Arbeit steckte, ZEHNMAL MEHR Arbeit als die anderen, aber das machte nichts, half aber auch nichts, denn er ließ mich nicht mehr aus den Augen und fing an zu lächeln, und am Anfang lächelte ich noch zurück, ich hielt das für eine Art Sympathiebekundung, ich war jung, und er lächelte dann nur noch mehr, ich nickte ihm zu, hallo, hallo, wie geht's, man sah sein ganzes Gebiß, er saß da an seinem Schreibtisch, und dann ging ich auf den Lokus, ein kleiner Trick, der die Leute NACHDENKLICH stimmt, es fällt nämlich alles hinterrücks auf einen zurück, wundert euch nicht.

Als ich ihn aufstehen sah, wußte ich, daß ich mal wieder fällig war.

»Na, mein Freund, viel zu tun?«

»Pfff...« pustete ich demütig.

»Der Job macht Ihnen Spaß, hmm?«

»Ich mag die Atmosphäre.«

»Ja, das ist ein ständiger Kampf. Da kommt man nicht zum Durchatmen, Sie spüren sicher auch diese Anspannung um uns.«

»Jaja, die spür ich.«

»Sehen Sie, wir sind ein verschworener Haufen, alle für einen, einer für alle. Wissen Sie, es wäre ein Klacks, Sie bei uns einzustellen, oben in der Geschäftsführung schätzt man Ihre Arbeit. Ein junger Mann wie Sie hat doch Ehrgeiz, oder täusche ich mich da?«

»Soll das ein Angebot sein?«

»Nein... Nein. Nicht, solange Sie DAS da haben!«

Er nahm eine meiner Locken und zog daran.

»HE!« rief ich. »LASSEN SIE MEINE HAARE IN RUHE!«

»Tja, sehen Sie, wir haben uns doch nicht verstanden.«

»Was gäbe es denn zu verstehen?«

»Passen Sie auf, mein Freund, nicht mit mir. Ich bin auf der Hut, damit Sie das wissen. Glauben Sie nicht, daß Sie diese Zeitung so mir nichts, dir nichts unterwandern können, Sie und Ihre feinen Genossen...«

»WAS??«

»Ja, ja, ich weiß, bislang hab ich nichts gegen Sie in der Hand, aber ich hab Sie im Auge.«

»Vor ein paar Minuten haben Sie noch gesagt, ich könnte zur Mannschaft gehören.«

»Ich glaube, Sie sind ein schlaues Kerlchen. Aber Ihr Aussehen, damit bringen Sie es nicht weit... Sie sehen aus wie all diese Spinner...«

»Es ist nicht meine Absicht, wie ein Spinner auszusehen.«

Er stand direkt vor mir, ich war in meinem Stuhl eingezwängt, aber ich konnte mich immer noch auf den Boden fallen lassen.

»Eins kann ich Ihnen sagen«, ächzte er. »68, da sind diese kleinen Arschlöcher hier rein, um die Zeitung mit Dreck zu bewerfen. Pech für sie, ich war noch da mit ein paar anderen Leuten, und WIR HABEN DENEN DIE FRESSE POLIERT! Schauen Sie mich an, ich bin über fünfzig, aber ich habe noch genug Mumm in den Knochen, um so kleine Scheißer hier rauszuschmeißen, ich war in Indochina, das können Sie mir glauben. Gucken Sie mal hier, ich kann noch mit der Faust auf den Tisch schlagen, ich bin noch lange nicht am Ende, weiß Gott, das bin ich NICHT!«

Und dabei verpaßte er dem Tisch einen heftigen Schlag, ich konnte gerade noch meine Blätter festhalten.

»Was soll das alles?« fragte ich ihn. »Was ist mit Ihnen los? Ich habe hier zu tun, und wenn Sie mich nicht in Ruhe lassen, werde ich nie fertig. Der Drucker hat schon dreimal angerufen, noch mal ruft der nicht an.«

»Machen die erst zu, wenn Sie fertig sind?«

»In ungefähr.«

»Oh... äh... Dann laß ich Sie besser in Ruhe. Denken Sie darüber nach, was ich Ihnen gesagt habe.«

Er ging wieder an seinen Platz. Vielleicht guckte er weiter zu mir rüber und tobte innerlich auf seinem Stuhl, vielleicht steckte irgendeine Absicht dahinter, keine Ahnung, ich stürzte mich jedenfalls wieder auf meine Seiten, die kleine Nutte wischte sich gerade mit dem Bettlaken ab. Ich fragte mich kurz, wie viele Typen sich an dieser Stelle einen runterholen würden, ein paar bestimmt, hoffte ich zumindest, sonst war das doch alles für die Katz, was ich da machte. Dieses Schundblatt war das meistverkaufte im ganzen Land, man kriegte es selbst in den hinterletzten Ecken, wo die Leute noch wie vor hundertfünfzig Jahren leben, und ich, ich brachte ihnen Neuigkeiten aus der großen, weiten Welt, ich zeigte ihnen, wie's in den Städten zuging, bei den komischen Käuzen, und die Kerle ließen ihre Mistgabel fallen und ihre Hose runter und gönnten sich eine kleine Reise durch die Zeit, total gestört, aber mit dem Schwanz in der Hand wie du und ich. Das hoffte ich jedenfalls.

Ich brachte das Zeug zu Ende. Der Alte immer noch an den Layouts. Ich legte die Blätter auf seinen Schreibtisch und setzte mich wieder auf meinen Platz. Leclerc war mitsamt seiner unheimlichen Aktentasche verschwunden, ich entspannte mich, fragte mich, was ich hier verloren hatte. Eine gute Frage. Eine Frage, die 50 000 wert war.

Die Typen zogen nach und nach in kleinen Gruppen ab. Ich wartete darauf, daß ich auch endlich gehen konnte, aber der Alte hatte es nicht eilig, er hatte kein anderes Leben. Er ging immer als letzter, zu den unmöglichsten Zeiten, immer nachts, er stand noch einen Moment auf dem Bürgersteig und zündete sich eine lange amerikanische Zigarette an, die letzte, das war das Signal, der Pförtner sah zu, daß er schnell die Türen verrammelte, er schickte den ganzen Sauhaufen zum Teufel und brach seine erste Flasche an.

Endlich gab er sich einen Ruck. Er schleppte sich an seinen Schreibtisch und las meine Seite. Das dauerte eine halbe Minute. Er winkte mich zu sich.

»Was haben Sie denn da geschrieben?«

Ich guckte hin. Er hatte ein einzelnes Wort rot eingekreist: SCHLÜPFER.

»Schlüpfer, Monsieur.«

»Ich hab Ihnen schon mal gesagt, daß ich solche Wörter nicht leiden kann. Schreiben Sie lieber SLIP.«

Ist ja gut, ich hätte auch HOSE da hingeschrieben, wenn er es so gewollt hätte, ich dachte nur noch daran, endlich abzuhauen, zu Véros winzigen Schlüpfern, Pech für die abgeschiedenen Höfe und die einsamen Hütten in den Bergen, sollten sie sich selbst aufgeilen, jeder ist sich selbst der nächste.

»Der Rest ist in Ordnung?« fragte ich.

»Ja, das ist gut, fehlt nur noch das Foto. Sind die blond, die Mädchen?«

»Ich glaub schon.«

»Sind Sie sicher?«

»Ja, ganz bestimmt.«

Er drehte sich um und nahm einen Stapel Fotos. Alle wer weiß wie retuschiert, die Mädchen sahen nach nichts mehr aus. Ich suchte eine aus, die ich ganz süß fand.

»Nein, die nicht, da sieht man ja die Brustwarzen«, meinte er.

Hatte er recht. Der BH war VIEL zu klein, kein Mensch achtete noch auf ihre Augen.

»Die hier hat einen zu dicken Arsch, oder?« sagte er.

»Puh…«

»Nein, die sieht blöd aus.«

Er pfefferte sie in eine Ecke, zu häßlich, keine Hüften, zu flach. Vielleicht die hier??? Nein, da sieht man ja die Härchen, ach du Schande, ich hatte keine Ahnung, was er überhaupt suchte, aber irgendwie verstand ich ihn doch.

»Ach je!« ächzte er. »Da ist keine einzige Schlampe bei,

die man halbwegs gebrauchen könnte. Na gut, nehmen Sie irgendeine, Sie kommen schon klar.«

Er kehrte zu den Layouts zurück. Es war niemand mehr da außer uns. Ich hob die Fotos auf. Ich suchte meine kleine Freundin mit den nackten Brüsten. Ich fand sie. Auf der Rückseite stand rot SYLVIE. Siehst du, Sylvie, sagte ich, du kriegst deine Chance. Aber ich wußte genau, das letzte Wort würde der Alte haben.

Ich spannte ein Blatt in die Maschine. Ich brachte meinen Text auf Vordermann. Die ersten dicken Tropfen prasselten auf das Dach. Ein Glasdach, aber so dreckig, daß man kaum noch durchgucken konnte, und jetzt war es ohnehin finster. Ich hörte meine Maschine nicht mehr. Ich existierte kaum noch. Ich heftete die Blätter zusammen. Ich schrieb *Brandwunden, Kap. III* auf die Rückseite des Fotos und legte dem Alten alles auf den Schreibtisch, genau in die Mitte, fein säuberlich.

Ich schaute mich nach ihm um. Er war nicht mehr bei den Layouts, er war weg.

Ich wollte gerade abhauen, als ich ein Geräusch hörte. Das kam aus dem Scheißhaus. Ich ging näher ran und hörte ihn hinter der Tür stöhnen. Sie war abgeschlossen.

»Monsieur«, sagte ich, »stimmt was nicht?«

Keine Antwort. Er machte nur hinnn hinnn, wie ein Tier, das im Sterben liegt. Wie ein Hilferuf klang das nicht, eher wie eine Klage, wie ein Gedankenaustausch mit dem Tod, und das auf dem Scheißhaus, einem ruhigen Ort.

Ich rannte runter und weckte den Pförtner. Während ich ihm die Sache erklärte, kam seine Frau aus der Bude raus, total versiffter Bademantel und geblümte, ausgelatschte Pantoffeln, und fing laut an zu zetern, direkt vor meiner Nase, ich fragte mich, was sie wohl gegessen hatte, was die Leute so alles in sich reinschlingen und wie man nur so werden kann und vor allem WARUM?

Ihr Mann rannte zu dem Scheißhaus. Seine Frau suchte das Telefon.

»Lassen Sie«, sagte ich. »Ich kümmere mich darum.«

Sie war heilfroh. Sie wollte sich das Spektakel nicht entgehen lassen. Ich hörte sie die Treppe raufschlurfen, während er gegen die Tür hämmerte.

Ich schob die Nase nach draußen. Gott sei Dank, die Kneipe nebenan hatte noch auf. Ich rannte los.

»Ich hätte gern ein Bier«, sagte ich. »Aber ein kaltes.«

Ich genehmigte mir einen großen Schluck, dann ging ich zum Telefon. Die Nummer stand auf der Wählscheibe.

»Notruf?« fragte ich.

Ich schickte sie allesamt zu der Adresse, es ist ernst, sagte ich und legte wieder auf.

Ich ging zu meinem Bier zurück. Sylvie hatte jetzt eine echte Chance. Vielleicht, vielleicht auch nicht. Ich konnte da nicht mehr viel tun. Es interessierte sowieso kein Schwein.

Der Preis dafür

»Die sind schön, was?«
»Ja, nicht schlecht, Alter. Fahr weiter.«
Unter einem blauen Himmel. Tack Tack Tack TONG. Er machte das auf dem Handschuhfach, aber er hätte es auch sonstwo gemacht, der Vollidiot. Tack Tack Tack TONG. Manche Mädchen brachte das in Stimmung, die vom Typ Ekstase, ich schließe die Augen, denn der ist wirklich un-wahr-schein-lich, der Rhythmus, den der Kerl drauf hat, er wird dadurch richtig SCHÖN. Oooohhh…

Wir fuhren mit zwanzig Stundenkilometern, und das paßte nicht jedem, klar. Sie düsten in Richtung Trübsal und Wälder. Sie würden auf Bäume klettern, ach du je, paß auf, mein Schatz, guckt euch mal den Papa an, Kinder. Einige würden auf die Schnauze fallen, die anderen kamen nie wieder runter, so stand es geschrieben.

In der Karre schwitzte man sich zu Tode. Das Skai klebte uns am Hintern, und der Sommer ließ sich gut an. So langsam sah man KÖRPER auf der Straße. Nylonstrumpfe schrien laut. Tack Tack Tack… und die Kerle hinter uns tobten. Wir waren bekloppte Wichser, entweder fuhren wir weiter oder wir gafften, Scheiße. Sie waren halt unsere Brüder, trotz ihrer zarten Visage und dem blauen Himmel.

Und dann stiegen diese zwei hinten ein. Blitzschnell.

»…diese Verbrecher!« hörte ich nur.

Und PLONG, die Scheiben zitterten, aber kein Finger dazwischen, ein Glück für die Tür. Ich hörte nur auf mein Herz, und die Nadel schoß über den Tacho, tja, Pech gehabt, die Verbrecher.

»Puuuuhhh…« meinte die Blonde.

Ihre Freundin knackte mit den Fingern und schob ihre Brust raus. Puuuuhhh, dachten wir. Dann bot sie uns mit entspanntem Lächeln ein paar ekelhafte Zigaretten mit Goldfilter an. Glänzend. Verdammt, ein gutes Gefühl, diese beiden Mädchen so nah. Wirklich klasse, die zwei. Das drang mir ganz sachte in den Schädel. Tack Tack Tack Tack.

Sie haben ziemlich schnell angefangen rumzuspinnen.

Vor einer roten Ampel fragte die Blonde:

»Wollt ihr eine meiner Titten sehn?«

»Na ja…«

»Ooooh, Chris, hörst du? Ich glaub, die wollen… Was machen wir denn da, Chris…?«

Und Chris wußte genau, was zu tun war. Sie machte ihrer Freundin das Hemd auf und zeigte uns die rechte, sie wirkte ziemlich lebendig. Tack Tack, machte Henri. Er war nicht mehr bei der Sache.

Ganz sanft, den Rückspiegel fest im Blick, fuhr ich an. Ein Typ geriet ins Schleudern, als er uns überholte. Wir hörten, wie sich die Karren fröhlich den Arsch rammten und wie rohe Eier zerplatzten. Die Kerle erschauderten, und das rüttelte sie ein wenig auf. Der Tod, das war wie das hier, nur noch schneller und bekloppter. Sie kehrten ganz behutsam, mit diesem leichten Vorgeschmack, wieder in ihr schönes, kaputtes Leben zurück. Ein Blinder hätte die Straße überqueren können, husch husch.

»Hihi, hat euch das gefallen?«

Sie zog Chris an sich und legte ein Bein über sie. Zwei Engel, die den Wagen gekapert hatten. Diese Mädchen waren verrückt, und wir fuhren geradewegs ins Wunderland, sagte ich mir. Die Blonde hieß Marie-Laure, sie hielt ihre Rundung ins Licht, und es gab nur einen Ort auf Erden, wo man das sehen konnte.

Henri bildete sich ein, daß er mit den Knien auf dem Sitz mehr mitbekäme. Er wirkte ruhig, aber ich kannte ihn. Ich hatte mal gesehen, wie er über eine Alte hergefallen war, und ich wußte, wozu er imstande war. Das war eine Sozialarbeiterin, eine rührselige Dicke von gut neunzig Kilo, um die Sechzig, und mit feuchten, von Fettwülsten zusammengedrückten Augen.

Über eine halbe Stunde lang hatte sie ihm eine dieser grauenhaften Moralpredigten gehalten, die jeden zum Mörder oder Irren machen können. Horror und Scheiß, genau die richtige Mischung.

»Seien Sie doch vernünftig, junger Mann. Sie müssen sich eine Arbeit suchen«, sagte sie. »Man kann doch nicht immer... Kinder... denken Sie nach... trotz allem ein MENSCH! Bitte, versprechen Sie mir, versprechen Sie mir...«

Und sie hatte Henris Hände in ihre speckigen Wurstfinger genommen. Hätte mir auch nicht gefallen. Ja, anhören konnte man sich alles, das erniedrigte einen nicht. Die ganze Sache kam einem irgendwie unwirklich vor, und wir versuchten auch nicht, etwas zu verstehen. Mußte man aushalten. Dafür kriegte man ja auch ein wenig Kohle. Aber nicht genug, um diese großen mütterlichen Pfoten zu ertragen.

»DU VERDAMMTE FETTE SAU!« hat er gebrüllt. »NIMM BLOSS DEINE DRECKSPFOTEN WEG. VERPISS DICH. ZISCH AB, SOFORT, ZISCH AB, SCHEISSE!!!«

Und er stemmte sie regelrecht in die Höhe, ja, hundert Kilo, einfach so, rasend vor Zorn, und die Frau stieß einen schrillen Schrei aus und zappelte wie ein großer Käfer, der auf dem Rücken liegt. Henri war blind vor Wut, er übersah den Tisch. Die Dicke landete mit der Visage auf dem rotweiß karierten Wachstuch, neben einem Joghurtklecks. Henri stand da, gegen ihren Hintern gepreßt.

»Der ist ja total SCHLAFF!« sagte er. »HÖRST DU? Dein fetter Arsch ist ganz schlaff!«

Er schien zu wissen, wovon er sprach.

Sie schrie nicht mehr. Sie machte nur noch hhhnnnnn, als er mit seinem ganzen Gewicht anfing zu schieben, daß der Tisch knarrte.

Mit einem Ruck, und das kam recht unerwartet, machte Henri seine Hose auf und schob der Dame den Rock hoch. Mir war das peinlich. Ich überflog eine Weile die Zeitung. An Blut hatten wir uns schon längst gewöhnt. Nichts Besonderes. Aber irgend so ein Typ machte die Bullen total kirre, und solange der frei rumlief, ließ uns das ein wenig Hoffnung. Ich kapierte den ganzen Scheiß nicht so recht, aber endlich mal kriegte es die Welt heimgezahlt, schütze diesen Kerl, arrangiere dich mit den Bullen, aber ihn laß laufen, denn dieser ganze Laden stinkt nach Scheiße und Verarschung.

Henri kam und legte seine Hand auf meine Schulter, ich hatte ihn vergessen.

»Hast du gesehn? Sie hat den ganzen Joghurt gefressen! Ich glaub, mir wird schlecht.«

Er war ganz blau, sein Blick leer. Die Dicke brachte ihre Kleidung ein wenig auf Vordermann. Als sie ging, meinte sie mit ruhiger Stimme:

»Jedenfalls esse ich ihn ohne Zucker.«

Und das haute uns um.

Hinten im Wagen ging es allmählich hoch her. Ich machte mir keine Sorgen. Wir fuhren friedlich durch die Gegend. Ohne Eile. Wir genossen diesen verflixten glühendheißen Nachmittag. Marie-Laure hatte ihr Hemd anbehalten, aber sonst nichts, und Herrgott, die Engel gönnten einem alles. So viel nackte Haut, das ließ uns keine Ruhe, das war der Ruf der Natur, wie der Ruf der Leere nach der Fülle, der Ruf der Nacht nach dem Tag. Ich warf den goldenen Stummel aus dem Fenster. Chris schien einiges für ihre Freundin übrig zu haben. Sie war zwischen ihre Beine geschlüpft, und ich konnte mir gut vorstellen, daß sie das Richtige tat, man brauchte sich nur Marie-Laures Stöhnen anzuhören. Was man in puncto Geheimnis in dieser Hinsicht verliert, das gewinnt man an Klarheit, das heißt, man weiß, wohin es geht, und geht dahin. Sie hatten nicht auf uns gewartet.

Ich dachte, der Moment sei gekommen, etwas zu unternehmen, und langte mit dem Arm über die Rückenlehne, erst mal den Abstand verringern.

»He...! Finger weg«, schrie eine von den beiden.

»Nur mit den Augen, ihr Schlawiner«, gluckste die andere.

Schwer zu erklären, aber wir spürten, das war ernst.

»Ach, Scheiße«, meinte Henri.

Er wirkte wahrlich tief betrübt. Das war ein übler Streich. Man kriegt im Leben nie alles, ich wußte das, oft kriegt man sogar nur ein kleines bißchen, und da mußte man sich mit durchschlagen, das war okay, aber trotzdem, manchmal, da finde ich, Du gehst zu weit, wir haben das alles nicht verdient, es sei denn, Du sagst mir, wann es endlich losgeht. Irgendwie hatte das den Geschmack eines Kaugummis, den man unter einem Stuhl findet.

Diese beiden durchgeknallten Flittchen hatten alles vermasselt. Selbst der Himmel war nicht mehr der gleiche.

»Weißt du was, Henri, die wollen uns wirklich für blöd verkaufen.«

»Ja, sieht so aus.«

»Henri…«

»Mmmmm.«

»Wir halten an.«

»Ja.«

»Wir halten an und steigen hinten ein. Dann sehn wir mal weiter.«

»Alles klar. Halt an.«

Marie-Laure richtete sich mit ihrem nackten Hintern auf. Ich betrachtete ihr kleines Haarbüschel, das vor meiner Nase tanzte, es sah süß aus.

»Tut das, Jungs, und ich mach euch fertig.«

Ohne diese Klinge, die aus ihrer Hand emporragte, hätten wir sie nicht ganz ernst genommen. Es wurde immer schwieriger in dieser gestörten Welt, einfach zu bumsen. Man hatte die Wahl zwischen einem Leben, wie es einem paßt, oder dem Tod. Die Scheiße lauerte überall, ohne Vorwarnung und am liebsten dort, wo man es am wenigsten erwartete. Und damit abfinden will man sich nicht.

Ich kannte mal einen, ein irrer Typ, der war total verrückt nach einem Mädchen, das es mit dem gesamten Viertel getrieben hatte, sie konnte nicht nein sagen, und der Typ, der fing an, von LIEBE zu reden, und sie verstand nur Bahnhof und fragte sich, wann er endlich zur Sache kommen würde, allmählich dauerte ihr das zu lang. Dann hatte sie die Nase voll. Sie wollte nichts mehr davon wissen, und er folgerte daraus, sie sei wirklich unverdorben, REIN, und er kam alle zwei, drei Tage bei ihr vorbei, die Arme voller Geschenke, über beide Ohren verknallt und immer bekloppter. Am Ende hatte das Mädchen keine Hemmungen mehr. Sie machte ihm splitternackt auf, um gleich wieder ins Bett zu hüpfen, wo irgendein Kerl schläfrig an einer Kippe zog. Immer war das irgendein Bruderherz oder ein anderer Typ aus der Verwandtschaft, und dem armen Kerl mußte man doch helfen, der mittellos in dieser beschissenen, menschenfressenden Stadt gestrandet war. Also stellte er die Blumen auf den Tisch und nahm ihre Hand. Er hatte einen ganzen Sack voll Pläne, zu deren Verwirklichung sie nur ja sagen mußte. Sie sagte nie nein wegen der Geschenke, aber meistens sagte sie gar nichts. Sein Blick verlor sich in der Ferne, während ihn der Typ verarschte. Anscheinend läuft das immer noch so, er ist total verschossen und immer bekloppter. Er hat sich nie damit abfinden wollen. Hoffnung ist Gift, und wir kosten alle davon.

»He, immer mit der Ruhe, war doch nur Spaß!« meinte Henri.

»Klar, war doch nur Spaß... He, Chris, wir haben Schwein gehabt, wir sind an zwei Spaßvögel geraten.«

Sie schenkte uns ein eisiges Lächeln und nahm ihren Platz wieder ein. Chris hatte noch einen Job zu erledigen. Wir interessierten sie nicht weiter, was hatte sie schon mit diesen armen Teufeln da vorne am Hut? Man brauchte bloß zum Fenster rauszugucken, die Typen hatten samt und sonders diese verklemmte, rohe Visage. Wir waren auch nicht anders. Wir hatten nur ein bißchen Schiß. Sex hat immer seinen Preis. Jeder weiß das. Man konnte ja seinen zehn Riesen nachweinen, während man seinen noch feuchten Schwanz einpackte, aber es gab keine Überraschung. Anders war das, wenn man mit Herzblut und Tränen zahlen mußte, das war zum Totlachen.

Wir fuhren noch ein Stückchen weiter. Ich ließ mich im Strom treiben wie ein Blutkörperchen. Ihr versteht schon, was sollte ich sonst tun? Das Ganze war traurig banal. Kein Grund zur Aufregung. Es war auch so schon schwer genug.

»He, ihr Süßen, wir haben Durst!« sagte Marie-Laure.

Sie hatte ihren Rock wieder an. Im Grunde konnte man ihr nicht böse sein, und sie hatte das wirklich nett gesagt. Ich meine, so als ob nichts passiert wäre. Wir waren gute alte Freunde, und es war wirklich alles in Butter, wir würden zusammen einen trinken.

»Haben wir gerade auch gedacht«, sagte Henri.

Marie-Laure gefiel mir, und ich krallte mir ihre Augen im Rückspiegel. Ein wahnsinniger Blick. Heiß und innig. Und für mich allein. Ich hätte Säbelschlucker sein müssen. Ich ließ mich durchdringen. Es war noch nicht endgültig ein für allemal aus und vorbei, wißt ihr.

Das war kein Kinderspiel, an die Seite zu fahren. Ich hatte

die Kneipe im letzten Moment gesehen, und ich hing im Verkehr fest, ihr kennt das ja, schön, lassen wir das.

Es war nicht viel los. Vielleicht zehn Typen, die laut lachend hinten um einen Billardtisch hingen, und zwei halbtote Alte auf der Terrasse. Oder auch halb lebendig, konnte man nicht sagen, es gab keine äußeren Anzeichen.

Die Lacher blickten zu uns herüber. Kein Wunder, ich hab schon gesagt, die beiden waren wirklich toll. Wir bestellten unsere Getränke.

Marie-Laure stand auf. Dieses Mädchen lächelte einen an, und schon durchlief es einen heiß und kalt, es war Zauberei. Sie stellte sich vor eine Jukebox und fing sogleich an, das Ding zu füttern. Als erstes kam ein satter, melancholischer Klavierakkord. Marie-Laure wackelte mit dem Hintern, und die Musik schmiegte sich daran wie ein Gummianzug. Einer der Kerle baute sich für einen Masséstoß auf, denn in solchen Fällen guckt man besser hin, was man macht, oder man spielt besser ohne Kugeln. Chris stellte sich neben sie, und sie wackelten zu zweit vor dem geifernden Apparat. Man durfte einen Kurzschluß befürchten.

Ich ging pinkeln. Henri kam mit. Wir waren wie diese Tussis, die immer zusammen pinkeln gehen und dabei eine Strategie aushecken, für die ihr schon bezahlt habt. Wir besprengten die Kacheln, als wir jemanden schreien hörten. Es war Marie-Laure.

»Pfoten weg, ihr Dreckskerle!« kreischte sie.

Alles klar. Wir waren nicht darauf erpicht, uns verdreschen zu lassen, aber wir konnten auch nicht ewig auf dem Scheißhaus bleiben, das wäre verdächtig erschienen. Ich wollte die Tür aufmachen, aber da war nichts zu machen.

Diese Wichser ließen uns nicht raus, man konnte spüren, wie sie sich gegen die Tür stemmten. Ich schob Henri zur Seite. Über der Tür war ein Spalt von drei Zentimetern. Ich kletterte auf das Waschbecken und hatte einen Logenplatz.

Die beiden Mädchen waren in den hinteren Teil des Raums zurückgewichen. Marie-Laure hatte ihr Messer hervorgeholt. Sie hielt die Kerle auf Distanz. Das war eine Angewohnheit von ihr, aber ich versetzte mich in ihre Lage, na ja, ich versuchte es. Die Kerle waren auf der Hut.

»Du Schlampe, du räumst das hier auf, oder wir polieren euch die Fresse!!!« stieß ein Blonder hervor, einer von der üblen Sorte.

Das Mädchen zuckte nicht mit der Wimper. Sie hatte dieses Ding fest in der Hand, und die Kerle waren dabei, das Risiko abzuwägen. Dann flog eine Flasche. Sie explodierte genau zwischen Marie-Laures Augen. Das gab ein merkwürdiges Geräusch. Das Blut malte ihr eine Art Stern auf die Stirn, und eine der Zacken verschwand wie ein Schweif in ihren Haaren. Ihr werdet nie wieder ihr strahlendes Lächeln sehen, nein. Chris schrie auf. Die Kerle gerieten außer Rand und Band.

Ich sah, wie Chris gegen die Wand flog und langsam zu Boden glitt. Die Schläge prasselten von allen Seiten auf sie ein, und ich wußte nicht mehr, wer da schrie und warum, und ich fing auf meinem Waschbecken an zu zittern. Henri hing an meiner Hose. Ich mußte ihm nichts erklären.

Stoffetzen flogen durch die Luft. Haare, Zahnstücke und Fleisch, ja, die Kerle waren wild entschlossen, FLEISCH. Zerborstene Herzen.

Dann hörten wir sie schnauben, so versessen waren sie,

alles bis zum winzigsten Stück Fingernagel VERSCHWINDEN zu lassen. Und das war kein Kinderspiel, diese beiden wundervollen Körper ins Nichts zu befördern. Das erforderte Geduld und große Geschicklichkeit. Und sehr viel Haß. Alle Welt war eifersüchtig. Das durfte nicht zu leicht gehen, sonst hätte es bald keine schönen Frauen mehr gegeben. Die Typen hatten das kapiert. Sie hatten die Dinge wieder ins Lot gebracht. Nichts störte mehr. Der Riß war gekittet.

Wir schritten wortlos durch den Raum. Die Typen widmeten sich wieder ihrer Partie. Das Leben war nicht kompliziert. Die Alten saßen noch da, still und unauffällig. Wir gingen zum Wagen.

»Henri...«

»...«

»Henri, SCHEISSE!«

»Ja?«

»Alles klar?«

»Keine Ahnung.«

»Wir spinnen, Henri.«

»Ja, wir spinnen.«

»Das war trotzdem nicht übel.«

»Toll. Aber hart.«

»Ja.«

Es war sechs Uhr. Die Straßen stanken. Es gab keine Möglichkeit, das Ganze in die Luft zu jagen. Wir reihten uns in eine Kolonne von Verrückten ein, und es pochte in unseren verrückten Adern. Na ja, was habt ihr denn gedacht?

Das Leben in Hochform

S. kotzte sein Hemd voll. Bei jedem Krampf krümmte er sich, und es kam ihm vor, als hörte das nie mehr auf. Es wurde von Mal zu Mal schmerzhafter. Er wartete ab. Er saß auf dem Bett seines Sohnes und atmete heftig. Warum? WARUM ER? Wieder ein Krampf. Herrgott, er entleerte sich hier in diesem Zimmer.

Die Katze kuschelt sich an ihn und streckt sich. Er nimmt sie auf die Arme und geht runter in die Küche. Acht Uhr. Scheiße, Georges kann jeden Moment kommen. Er reißt sich das Hemd vom Leib und zieht das hellrosa T-Shirt an, auf dem in schwarzen Lettern LEGALIZE IT steht. Ein Geschenk seiner Exfrau.

> Arbeite darin, mein Held
> Ich bumse wie verrückt
> UND DU???
> Wie geht es Georges?
> Ich denke an Euch.
> Sandra.

Das Foto zeigt einen langen Sandstrand. Blauer Himmel, blaues Meer, blaue Kokospalmen. Er kann sich auf sie verlassen.

Er hält gut eine Minute lang den Kopf unter den Wasserhahn, die Nase zwischen schmutzigen Tellern. Das ist kalt. Erneut überkommt es ihn, seine Augen brennen. Die Katze streicht um seine Füße.

Zurück ins Zimmer. Er beseitigt die Spuren, so gut es geht, und schließt den Schrank, dabei wendet er den Kopf ab. Bleibt nur noch der Geruch. Mach das Fenster auf, du Idiot. Der Mond ist rot. Er steigt.

S. hat sich aufs Sofa plumpsen lassen, einen Arm vor der Stirn. Das geht alles sehr schnell in seinem Kopf. Er ist benommen. Er ist unfähig, einen klaren Gedanken zu fassen oder abzuschalten, außerdem brächte das nicht viel. Wenigstens darüber ist er sich im klaren.

»Mein Gott, mein Gott!«

Er kommt da nicht raus.

Schlüssel in der Tür, dann Georges auf dem Weg durchs Wohnzimmer. Groß, dunkelhaarig, Brille, weder schön noch häßlich, wenn's interessiert. Bedächtige Bewegungen.

»Ah, du bist da? Tag.«

»'n Abend, Georges.«

»Wieso sitzt du denn im Dunkeln? Haben die Idioten den Strom abgestellt?«

»Nein, nein, ich...«

»Geht's dir nicht gut?«

»Doch, doch, es geht.«

»Ich kapier nichts mehr. Hier, war bei der Post.«

Blauer Umschlag. Empfangsbescheinigung, Rechnung, letzte Mahnung, und im Hintergrund die Typen, die einen platt machen wie eine Maus, und denen geht's gut, danke, das wär's.

S. horcht auf die Geräusche seines Sohnes in der Küche, als könnte er ihnen etwas entnehmen. Nein, selbst dafür fehlt ihm die Übung. Oder das Feingefühl. Sandra wußte immer HAARGENAU, was er im Haus und besonders im Badezimmer trieb. Selbst wenn er das Wasser voll aufdrehte oder seinen Rasierapparat anstellte, sie erriet es immer. Sagenhaft!

»Schluß damit. S., komm sofort raus, du Schweinehund. Ich habe alles, was du brauchst, das weißt du.«

Und er war gezwungen, die Tür zu öffnen. Nie hatte er versucht, sich zu wehren. Er bumste sie auf dem kalten und feuchten Fliesenboden, und was sie betraf, keine Ahnung, aber er, er fand das einfach schrecklich. Auch das hatte sie ihm, unter anderem, genommen.

»Georges...?« (Sieh an, seine Stimme klang ziemlich normal.)

»Ja, willst du etwas?«

»Hab keinen Hunger.«

Tief durchatmen, dann:

»Georges, ich war in deinem Zimmer.«

»Ja? Scheiße, kein Brot mehr.«

Schranktüren, die auf- und zugehen.

»Hast du gehört, Georges?«

»Ja, du warst in meinem Zimmer.«

»Ich hab... Ich hab sie GESEHEN, Georges.«

Georges stiefelt ins Wohnzimmer, ein Bier in der Hand, und schaut seinen Vater an.

»Aha«, sagt er.

»Das ist grauenhaft, Georges!«

»Jaja, das Blut und all das... Ich weiß.«

»GRAUENHAFT!!!«
»Trink was, S.. Sie hat mich wahnsinnig gemacht.«
»Kann ich mir denken, Georges.«
»Sonst hätte sie mich irgendwann drangekriegt.«
»Sonst hätte sie dich drangekriegt, Georges.«
»Ich konnte nicht anders.«
»Nichts zu machen.«
»Sie oder ich.«
»Kein Vorwurf.«

Am nächsten Morgen eine Karte von Sandra:

>Meine lieben Gauner
Ich bin blendend in Form
Man könnte mich für zwanzig halten
Mein Geheimnis, nur für euch:
Ich vernasche jeden Tag einen anderen
Hihihihi
Sandra

S. steckt die Karte in die Tasche und stellt die Tüte mit den Lebensmitteln auf den Küchentisch. Er macht Frühstück und geht rauf in Georges' Zimmer.
»Tag, Georges.«
»Tag, S.«
»Geträumt?«
»Eine Überschwemmung im Haus. Eine rosa Wolke auf der Straße. Schön draußen?«
»Grau und mild.«
S. setzt sich aufs Bett. Nach einer Weile:

»Darf ich, Georges?«

»Hmmmm... Wenn du willst.«

Er beugt sich vor und öffnet die Schranktür.

»Sie ist schön, was?«

»Ein bißchen dick, aber schön, ja.«

»Gebleicht?«

»Natur.«

»Ah...! Darf ich, Georges?«

»Na klar, stell dich nicht so an.«

»Sag mal, die hat aber schwere Brüste.«

»Ja, findest du?«

»Ja. Das ist lustig.«

»Was ist lustig?«

»Na, weiß nicht, daß man die einfach so anfassen kann. Das ist was anderes, als wenn sie nur eingeschlafen wäre. Da, guck mal...«

»Nein, lieber nicht.«

»Wir können sie nicht so dalassen, Georges. Wir müßten sie ein bißchen saubermachen, kämmen...«

»Scheiße, mach doch, was du willst, S.«

S. hat sich mit der jungen Frau in dem Zimmer eingeschlossen. Georges ist im Wohnzimmer, vor der Glotze, vor einer Tüte Chips.

Das Blut geht nur schwer ab, aber so langsam kriegt er es hin. Bürste, Haare, Bürste, Haare. Bürste. Haare. Er legt sie aufs Bett, auf die Seite, damit man die Wunde nicht sieht. Schläft sie? Ein schwacher Parfümduft hängt noch an ihr. S. schnüffelt ein wenig an seinen Fingern, das ist alles. Er fragt sich, wo das Leben ist. Das Parfüm? Was hat sich da eigentlich aus dem Staub gemacht? Da er keine Erfahrung mit dem Tod hat, zieht er das Laken bis zu ihren Schultern. Sein erster Kuß geht neben das Ohr, wie eine Feder auf den Bauch einer Angorakatze. Fffffiuuuu...

S. geht ins Wohnzimmer. Er fühlt sich ein bißchen seltsam, nervös. Das auch. Zwei Stunden mit der Toten.
»So. Ich bin fertig... Georges, wie hieß sie eigentlich?«
»Willst du das wirklich wissen?«
»Jetzt ja.«
»Jetzt ja... Scheiße, paß lieber auf, S., du redest nur Stuß.«
»Sag's mir, Georges.«
»Carol. Ihre Freunde haben sie Stilles Licht genannt. Lustig, was?«
»Stilles Licht...«
»Oh, Schluß jetzt, S. DIE SACHE IST GEGESSEN! HÖR MIT DEM VERDAMMTEN SCHEISS AUF!«
»Okay... Sandra hat geschrieben.«
»Die schreibt doch nur, mit wem sie's treibt.«
»Hier, guck.«
»Überflüssig. Laß mich damit in Ruh, ich will nichts mehr davon wissen.«
»Auch gut. Ich geb dem Kater was zu fressen.«
»Laß dich nicht gehen, Alter. Wir müssen sie wegschaffen.«
»Bin zu kaputt, Georges, ehrlich. Morgen.«
»NEIN! Wir machen das jetzt. Ich hol den Wagen. Bring sie schon mal runter.«
»Wie du willst, Georges... Georges?«

»Nein, du machst das auf der Stelle.«

S. macht die Tür hinter sich zu und geht zum Bett. Da ist diese Frau unter dem Laken, wißt ihr, und SONST NICHTS. Sandra hat sich manchmal schlafend gestellt, und das hat ihm gefallen. Er konnte sich selbst dabei von Anfang bis Ende zugucken, während der schmale weiße Körper seinen Schwanz berührte.

Er reißt das Laken zur Seite und dreht Carol auf den Rücken, einfach so. Und der Körper hat sich ganz langsam geöffnet. Worauf wartest du, S.? All diese verflixten Jahre, und so weit hat er es nun gebracht. Na und? NA UND?

S. wird langsam etwas klar.

Er ist auf das Bett gestiegen.

Er denkt an nichts mehr.

Er streicht einigen Speichel durch die blonden Härchen

und dringt in Carol ein

zitternd

Habt ihr alles mitgekriegt? Er ist mit ganzem Herzen bei der Sache, mit aller Kraft, und was soll ihn jetzt noch aufhalten?

Worte fahren ihm durch den Kopf:

KATZE

HAUS

PISSE

STILLES LICHT

und andere mehr, die langsam wie ein Funkenregen auf ihn herabsprühen. Und das, einverstanden, nichts gegen, das ist angenehm

KATZE

HAUS

Und wwowwwwww, Scheiße!

Lange Spritzer, fast schmerzhaft, endlos, geistige Bröckchen, wie das manchmal passiert, die Augen können dabei offen oder geschlossen sein, das kommt wirklich nicht drauf an. Und S. schaut Carol an und denkt, Georges kommt bestimmt gleich rein, denn der Zauber ist verflogen, und das, das wollen sie nicht verstehen, das Schweigen interessiert sie nicht, du sagst ja gar nichts mehr, doch doch, mein Schatz, aber warte EINEN MOMENT, und selbst das hier mit Carol ist nicht viel anders, nur weniger schwierig, der Tod begnügt sich mit einem Murmeln.

Laß dir Zeit, S. Atme durch. Das Zimmer ist wie ein ruhiger Sauerstoffbeutel. Dein Schweiß ist überall. Ein irrer Augenblick, Alter, ein irrer Augenblick. Die Nacht draußen ist pechschwarz, phantastisch. S. könnte einen Finger hineinstecken. Ein alter Traum von ihm.

Er sagt: »Tschüs, Carol, werd ich nie vergessen.«

Und er zieht sich behutsam zurück. Aber die Arme des Mädchens schlingen sich um seinen Rücken, UM SEINEN RÜCKEN, und schließen sich, als wären sie miteinander verwachsen. S. sieht sich gegen zwei weiße Brüste gequetscht, und seine Nase versinkt in der Bettwäsche, neben einem Ohrläppchen. Er stößt einen entsetzlichen Schrei aus. Hätte jeder gemacht.

»AAAAAAAAAAAAHHH!!!!!«

Ihr kennt so was aus Filmen. Dann versucht er sich aus diesem Horror zu befreien und beißt sogar in einen Arm, natürlich vergebens, und Georges, wo steckt der bloß, Herrgott noch mal? Und Georges kommt rein und erstarrt zur Salzsäule.

»GGEEOOORGES!!!«

Die Salzsäule gibt keine Antwort. Wenn sie überhaupt noch atmet.

»Georges, unternimm was, Scheiße. Siehst du nicht, was los ist?«

»Ich wußte es«, stößt Georges schließlich hervor.

»Komm, hilf mir, schnell!«

»Ich wußte es, ich wußte es, ICH WUSSTE ES!!«

»Georges, beruhig dich, komm. Zieh einfach an einem Arm, zusammen schaffen wir's, du wirst sehn. Das ist vielleicht ein Scheiß. Eine Muskelkontraktion. Total idiotisch.«

»Warum hast du das gemacht, S.? Das durftest du nicht.«

»Jaja, schon gut, reden wir später drüber. Jetzt komm, HILF MIR, VERDAMMT NOCH MAL!«

»Nein, nein… Ich kann nicht.«

»Natürlich kannst du, GEORGES!«

»Du kapierst gar nichts, was? Ich will sie nicht mehr berühren, nie mehr, NIE MEHR, hörst du?«

»Mach keinen Quatsch, Georges. Georges, mein Kleiner… Ich bin's, dein Papa…«

»Nein, unmöglich. Tut mir leid, S. Tschüs.«

Und Georges zieht leise die Tür hinter sich zu und haut ab. Während sein Vater aufschreit.

Unten angekommen, hat Georges den Fernseher volle Kanne aufgedreht. Die Nachbarn können ihn am Arsch lecken. Aber die haben auch ihre Probleme, also…

Am Morgen eine fahle und zerknautschte Sonne. Oben ist nichts mehr zu hören. Georges kocht Kaffee. Er hat eine Karte unter der Tür gefunden.

Kuckuck!
Ihr schert euch nicht um meinen Kram, was?
Aber jetzt ist es ernst
Ich habe ihn endlich gefunden!!!!!
Er ist wunderbar, wun-der-bar.
Und ich werde ihn auf gar keinen Fall laufenlassen.
Gruß und Kuß
Sandra

Ja, er hat sie zu Ende gelesen. Was sonst? Ich rede nicht von Blutsbanden, sondern von Liebe, versteht ihr? Davon bleibt immer noch genug für ein paar Zeilen nach Sonnenuntergang, und die Welt läuft auch den Krümeln hinterher, damit sag ich euch nichts Neues.

Georges hat das Zimmer betreten. Er schaut sich eine Weile das magere Hinterteil seines Vaters an, ein Kinderpo mit Haaren? Nichts Aufregendes. Carol umklammert ihn. Sie war ein großes und schönes Mädchen, und sein Vater wirkt auf ihr wie eine tote Eidechse. Er würde gern an etwas anderes denken und zieht sich langsam zurück. Er geht geräuschlos hinaus. Ganz einfach.

»Bist du das, Georges?« S. hat geschlafen, und wenn euch das komisch oder unglaublich vorkommt, so wisset, es ist die reine Wahrheit. Georges' Anwesenheit hat ihn in seinen Körper zurückgebracht, das heißt, nein, vielleicht hat er sich getäuscht. Ihr seht, wie anstrengend und angenehm das Leben trotz allem ist. Kaum hat S. sich gerührt, kaum hat er sich auf Carols unendlich kaltem Körper hin und her bewegt, kriegt er auch schon wieder einen hoch, ein ganzer Schwall lauwarmes Blut ist in seinen Unterleib geschossen.

Und S. stößt wild zu, und die quer gespannten Härchen teilen sich oder werden mit in die Tiefe gerissen, und S. spürt keinen Schmerz, denn der Schmerz verwandelt sich in Wut und nie, niemals hat er das Gefühl gehabt, sich selbst so nah zu sein, im absoluten Bedürfnis nach dem Ganzen.

Und

Als er nach Atem ringt

Als das Zimmer um ihn herum friedlich wieder seinen Platz einnimmt

Als er sich erneut aus Carol zurückzieht:

»Und Nun, Mein Gott, Ist Dein Wille Geschehen, Ich Habe Ihr Alles Gegeben –«

Das Mädchen drückt immer fester zu, es ZERQUETSCHT ihn, und ihr wißt ja, die Luft ist etwas KÖSTLICHES – S. riß vorsichtig den Angelhaken heraus und legte alles behutsam hinten in den Kahn, das hüpfte in allen Ecken, und er versuchte sich ihre Qual vorzustellen, manchmal hielt er es über eine Minute lang aus, bevor er explodierte, kam der wirklich am Ende von so was, der Tod?

S. hielt nicht lange durch. Er wehrte sich ein bißchen, obwohl er wußte, daß nichts zu machen war. Das Leben hielt ihn nur lasch zurück. Das Leben hat nicht die richtigen Worte gefunden, die Lügen, die einen wütend machen und süchtig nach Licht, Vögeln, Blumen, Fernsehen, Autos und Krediten mit zwanzig Jahren Laufzeit. Das Leben war müde, und S. nutzte einen Moment der Schwäche, um sich zu entscheiden.

Es war kurz vor Mittag. Georges hing über diesen zwanglosen Magazinen voll großartiger und retuschierter Hintern, behandelt mit Schlankheitscremes, Bräunungscremes, Enthaarungscremes, Cremes zum Glänzen, Glätten, Bumsen, Träumen, Eindringen. Scheiße, wie schaffen die das nur, so schön zu sein, natürlich gab es diese Mädchen gar nicht, das Leben war in Hochform und ließ einem das Wasser im Mund zusammenlaufen, es zwinkert mit den Augen und packt euch an der Kehle, meine Täubchen.

Georges suchte auch nach einem Weg, aus diesem Scheißdreck rauszukommen.

»Mein Vater hat Mist gebaut«, sagte er den Bullen am Telefon.

Er wartete auf sie.

Die Nachbarin spazierte nackt vor seinem Fenster.

Jeder hat seine kleinen Tricks.

In dieser Welt stecken wir alle mit einem Arm oder sonstwas in der Falle, aber das macht nichts. Nur die Füchse kriegen es hin, sich die Pfote abzubeißen. Kleine Schlaumeier.

Liebling, immer weniger

Der Hund verlor sämtliche Haare, und wenn er klatschnaß in die Bude kam, na schön, ich geb zu, das war nicht angenehm, der Geruch und so weiter, aber der Ärmste konnte doch nichts dafür, oder? Außerdem hielt er den Teppich für ein prima Plätzchen, auf dem sich gut fläzen ließ. Das war eine Sache, die konnten sie nicht leiden. Dabei war das nur ein Vorwand, in Wirklichkeit konnten sie ihn einfach nicht ausstehen, und ich nahm ihn noch in Schutz. Ich konnte dieses Tier nicht aufgeben, das war mein letztes Bollwerk, und ich konnte nicht schnell genug rennen, um die Dinge auf mich zukommen zu lassen.

»Laß den Hund in Frieden!«

»Hör mal, Clovis geht mir langsam auf den Keks. Ich hab die Nase voll, diese Büschel von Haaren jeden Morgen. Sieh zu, wie du deinen Haushalt allein hinkriegst. Scheiße, ich bin doch nicht dein Dienstmädchen.«

Da hatte ich drauf gewartet. Wenn dir eine Frau so was sagt, Alter, dann kannst du die schönen Dinge allmählich abhaken, und dann, dann wird man richtig cool, weil man nicht mehr viel zu verlieren hat.

Ich krallte sie mir.

»Das habe ich nicht gesagt. Ich hab gesagt LASS IHN IN FRIEDEN!«

»Jetzt paß mal gut auf. Du kannst mich mal mit deinem Köter, ja, fick dich doch ins Knie. Ich bin doch nicht bescheuert. Ich hau ab, ja.«

»Genau, verpiß dich.«

Im allgemeinen schloß ich dann die Augen und zählte bis zehn. Wenn ich sie wieder aufmachte, waren sie noch da. Aber die hier mußte ihren Abgang geplant haben. Ich kam gerade bis zwei, da fiel die Tür ins Schloß. Das war wohl überreif.

Drei Tage und drei lange Nächte war ich nun also allein, und kein Ton zu hören, kein Geräusch, ich hatte mir nichts laut zu sagen, und ich plagte mich mit einer Geschichte rum über drei Typen, die in der Metro steckenblieben und anfingen, die Türen als Souvenirs abzumontieren, und die Zeit verging schnell. Ich brütete stundenlang über einem Wort und stopfte mich mit Erdnüssen voll, Geräusch kann man das nicht nennen, aber immerhin, meine Hände hatten zu tun, ein wenig auch mein Kopf. Von Zeit zu Zeit machte ich dem Hund die Tür auf, und das verschaffte mir eine Ahnung von der Uhrzeit, ich lag immer fünf, sechs Stunden daneben, das hing von meinem Erdnußvorrat ab, na schön, eigentlich brauchte ich das auch nicht zu wissen. Im übrigen hatte ich mich auf Toastbrot und Konserven gesetzt, denn ganz allein essen ist eine der traurigsten Sachen des Daseins, also brachte ich es schnell hinter mich.

Ich drehte mir einen Joint. Entweder das oder ein Bier, und Bier mochte ich nicht mehr. Das Telefon klingelte.

»Du wirst sterben, mein Freund.«

»Puuh«, machte ich.

»Du wirst verrecken.«

»Jaja.«

»Ich hab's soeben deiner Frau besorgt, und jetzt mach ich dich kalt.«

»Beeil dich, ich kann's kaum erwarten.«

»Ich geb's dir mit dem Rasiermesser, Freundchen.«

»Puuh.«

»Es wird dir dreckig gehn.«

»Jaja.«

»Ich schneid dir die Eier ab!!!«

Ich hatte die Stimme des Typen wiedererkannt. Das war das vierte Mal. Ich kannte ihn nicht. Schließlich sagte ich:

»He, Mann, bist du krank?«

»Was?«

»Ich bin auch krank. Gib's auf.«

»Ich krieg dich.«

»Ja, ich mach mir in die Hose, tschüs.«

Ich legte auf. In was für einer Welt lebten wir eigentlich, Herrgott, lauter Spinner, das wurde langsam bedenklich. Eine Chance von eins zu zig Millionen, aber dieser Schwachkopf mußte seinen Kram ausgerechnet bei mir loswerden.

Als es erneut klingelte, ging ich raus, ich ließ ihn am anderen Ende zappeln, und quer durchs Land ließen irgendwelche Kerle nicht locker und taten was für ihre Telefonrechnungen, und dabei war es doch einfach so, daß sie sich nicht genug ins Zeug legten, die Leute hatten keine Phantasie.

Es war dunkel. Ich ging in eine Kneipe am Ufer des Kanals und bestellte ein Sandwich und einen Kaffee. Ich warf ein paar Münzen in den Flipper, aber ich war nicht in Form, und so ging ich wieder nach Hause. Seit es diese Schweinerei mit hundert Kugeln auf einmal gab, hatte jeder Blödmann eine Chance, und wenn man das Pech hatte, über ein bißchen Fingerspitzengefühl und Raffinesse zu verfügen, hatten sie das auch schon eingeplant, unmöglich, noch eine normale Kugel zu spielen, entspannend war das nicht.

Ich machte mir noch einen Joint und legte mich hin, will sagen, ich ließ mich in voller Montur aufs Bett fallen. Ich hatte nur noch Lust, ins Dunkel abzugleiten. Ich hatte das Gefühl, daß ich zunehmend Scheiß baute, seit gut sechs Monaten hatte ich nichts Gutes mehr zustande gebracht, bloß ein paar Gedichte, die quer durchs Zimmer geflogen waren und die ich immer noch nicht in den Mülleimer geworfen hatte. Ich war wirklich bescheuert, aber nicht mal das konnte ich tragisch nehmen. Ich alterte ohne Anstand. Und da war immer noch kein Schwein, das mich verstanden hätte, ich war allein, ich erregte nicht mehr Aufsehen als einer, der ein Streichholz in den Trümmern anzündet, und der hat wenigstens seine Gründe. Kurz gesagt, ich hatte nichts mehr unter Kontrolle.

»Ach Scheiße«, sagte ich.

›Übertreib mal nicht‹, dachte ich.

›Hmm...?‹ machte meine Seele.

Alles klar?

Mir blieben trotz allem noch ein paar Freunde, und zwei von ihnen kamen rein, ohne anzuklopfen, wie man das unter Freunden so macht, und schmissen mich aus dem Bett.

Ich knurrte im Fallen, ich sprach mit meiner Seele, und

ich spürte, daß mein ganzer Schädel dröhnte. Ich landete auf der Nase und verspritzte Blut, nicht mal Zeit, guten Tag zu sagen, super, Leute.

»Kopf hoch, du Idiot!«

Der größte Blödsinn, den man machen kann, immerhin kann man so die Dinge aus einer anderen Warte sehen, je kleiner man ist, desto besser.

»Wir wollten mal sehen, was du so treibst.«

Felix. Stellt euch Groucho vor mit langen Haaren, dann habt ihr eine ungefähre Ahnung. Er war im Zimmer auf und ab marschiert. Er blieb direkt vor meiner Nase stehen, aus der das Blut nur so herauslief.

»Nichts Gefährliches«, meinte ich.

Jeanne lachte sich in ihrer Ecke schief. Das ging bei ihr schnell. Sie kicherte den lieben langen Tag, und wenn man ihr mit einer ernsten Sache kam wie Nach der Vollendung oder Das Durchbeißen, ging das nach spätestens fünf Minuten wieder los.

»Hihihi...«

Felix gefiel das. Er hatte sofort kapiert, daß er auf ein ganz seltenes Exemplar gestoßen war.

»Stell dir vor, Alter, dieses Mädchen... Die ist den ganzen Tag so, ich hab sie beobachtet. Alter, das Leben ist zum LACHEN, dieses Mädchen kann einen ERRETTEN! Da erklärst du ihr, es ist alles hinüber, die Typen haben einen am Wickel, und die lacht sich kaputt, da kann wer weiß was passieren, die lacht sich kaputt. Die krall ich mir, Alter, die krall ich mir.«

Ich wußte, er würde es tun.

Wir waren beide Jahrgang 49, wir hatten die Mittelstufe

im gleichen Waggon hinter uns gebracht. Schon damals war er nicht der Typ, der ins Blaue redete, das wußten alle.

»Wenn mir dieser Arsch von Pauker weiter auf die Eier geht...« hatte er gedroht.

Und dieser Pauker hatte es drauf angelegt.

Als er in seinem weiten weißen Kittel und mit dieser verächtlichen Miene einer verkrachten Existenz, aber das kapierte ich erst später, die Reihe abschritt, sprang der freche Felix auf und flaaatsch war der Kittel voll, eine feine Spur aus blauer Tinte, tausend Waterman-Sternchen, die aus dem Füller gespritzt waren, meine Fresse, bestimmt eine halbe Patrone.

Das ging eine Stunde so weiter, der Typ kam vorbei und Felix flitsch flatsch immer hinter ihm her, wir kamen ihm zu Hilfe, der Typ sah bald aus wie ein geschecktes Monster, bis zu dem Moment, wo es Felix übertrieb, er wollte ihm den Gnadenstoß verpassen, doch die Sternchen schossen über den Kittel hinaus und flogen dem Kerl wie Leuchtspurgeschosse in den Nacken, ein prächtiger, üppiger Schweif. Der Pauker blieb stehen, garantiert hatte er die Tropfen gespürt, und er fühlte nach, schaute, schnupperte, und dabei schwenkte er auf uns zu. So sind sie, die Beknackten, denen man unsere Kinder anvertraut, oder nicht? Er fauchte:

»Ihr kleinen Mistkerle!«

Und er riß sich den Kittel vom Leib, daß alle Knöpfe absprangen, und wir waren geistesgegenwärtig genug, alles verschwinden zu lassen, was schneiden oder weh tun konnte, Scheren, Zirkel, metallene Lineale, Stühle, Schlagringe, Schraubenschlüssel, Granaten, Bullen und die Hunde der Bullen.

Der Kerl forderte unsere Köpfe. Wir flogen von der Schule. Als wir das Büro des Direktors verließen, glaubte Felix mich daran erinnern zu müssen:

»Ich hab gesagt, ich schaff das...«

»Ja, hast du toll gemacht.«

Und wir fingen beide an zu heulen, denn die Fifties, die waren gar nicht komisch, für niemand.

Als Felix mir also sagte, die kralle ich mir, hätte ich keinen roten Heller auf die Blondine gesetzt, und er kam direkt zur Sache. Er scharwenzelte fünf Minuten um sie rum, ohne einen Ton zu sagen, dann blaffte er sie von hinten an:

»Kommen Sie mit?«

»Hihi...«

»Okay, folgen Sie mir.«

»Wohin gehn wir?«

»Wer geht vor?«

»Hihihi...«

»Schon gut, gehen Sie vor.«

Meine Nase hatte sich beruhigt, ich geronn ganz gut. Felix kam zum Thema:

»Michel macht 'ne Fete.«

»Unmöglich. Der Typ hockt doch immer bei andern rum.«

»Er hat sein Stipendium gekriegt.«

»Ja?!«

Ich war nicht in der Stimmung für eine dieser magischen Nächte, in denen alles wie von selbst geht und man sich alles mit Vergnügen anguckt, jaja, das ist alles schön und gut bis zum nächsten Morgen, das findet ihr wohl lustig, hm? Ich hing an meinen eigenen Rockzipfeln, und das ist hart, wenn niemand da ist, der einen beschützt, darauf sind wir nicht vorbereitet.

Michel war bescheuert, und es bestand Aussicht, daß es seine Fete auch sein würde. Das paßte mir schon eher.

Ich stieg hinten ein, und Felix fuhr geschmeidig los, von einem kleinen Scheinwerferglas mal abgesehen, wir schmuggelten uns in die Nacht. Das machte mich nervös, all diese Lichter. Wir sahen aus wie Bekloppte, grüne Zähne und eine Visage wie eine Leiche, aber irgendwann gewöhnte man sich daran. Wir hatten alle einen Sprung in der Schüssel.

Wir stellten den Wagen ab. Im Aufzug wäre mir fast schlecht geworden wegen der Beschleunigung, und ungefähr im dreißigsten Stock machte es rrruuummms, wir waren gelandet. Durch den Türspalt floß ein wenig Musik auf den Teppichboden im Flur.

Ein Mädchen mit roten Haaren und ganz in Lamé machte uns auf, ich hatte ihr Gesicht irgendwo schon mal gesehen, kam aber nicht drauf.

»Na so was, hallo«, sagte ich und trat ein.

Sie schaute weg, auf meine Schuhe.

»Mit dir red ich nicht.«

Man kann nicht drei Monate mit jemand zusammenleben, ohne daß etwas bleibt, folgerte ich und drang in die Wohnung vor.

»'n Abend allerseits«, brüllte ich.

Es war nicht viel zu sehen, diese Typen liebten es schummrig, das gefiel ihnen, das erleichterte die Kontakte. Ich spürte, daß sie allesamt an den Wänden niedergesunken waren, und ich konnte all diese Schatten und Visagen beim Namen nennen, ein bekloppter Spielchen. Jeder kennt jeden, einfach Spitze. Und ein Wunder brauchte man nicht zu befürchten, diese kleine Clique war alles andere als amüsant, sie waren bloß gekommen, um sich diesen Abend gemeinsam zu Tode zu langweilen, das versprach einiges, himmlisch. Ich genehmigte mir rasch einen Tequila.

»Mensch, Michel, hast du dich in Unkosten gestürzt!«

»Pah, halb so wild...«

»Doch, doch...«

»Kostet zwar ein HEIDENGELD. Der helle Wahn, aber das soll's mir wert sein.«

Das brachte ihn ins Schwitzen. Dieser Typ hatte nie Kohle, aber wenn ihm zufällig ein lumpiger Schein in die Finger geriet, weinte er jedem Centime nach, den er ausgab. Man kann vom Alkohol dahingerafft werden, ohne auch nur ein einziges Mal besoffen gewesen zu sein, oder? Ich kombinierte messerscharf: Wenn so was von ihm kam, dann war er hinter was her, und ich brauchte keine dreißig Sekunden, um den Grund für seine Opfergabe auszumachen. Er hatte die Kleine auf sein bestes Kissen verfrachtet und fühlte sich als Star des Abends bemüßigt, sie ein wenig zu betatschen. Das Mädchen fand das normal und ich auch. Allen war es wurscht, nur ihm nicht. Er bebte.

Ich machte einen Abstecher in die Küche. Bei solchen Feiern ist das mit einiger Sicherheit der Ort, wo man die interessantesten Leute trifft, die, die noch leben. Sarah war da. Sie nagelte mich neben dem Geschirrschrank fest. Drei Monate Zusammenleben, ein paar tolle Nummern und eine Prise Haß, wir hatten beide die Nase voll gehabt.

»Was macht dein Hund?« murmelte sie.

»Was macht das Bumsen?« murmelte ich.

Solche Bemerkungen konnte sie nicht vertragen. Ich kannte sie trotz allem ein wenig. Ich brachte sie damit schlagartig auf die Palme.

»Das ist alles, was dich interessiert, was?«

»Nur so kann man sich der Seele nähern«, sagte ich.

»Glaubst du das? Im Ernst, glaubst du diesen ganzen verdammten Humbug?«

»Hinter den Türen öffnen sich weitere Türen.«

»Dann laß dir gesagt sein, du warst Meilen von meiner Seele entfernt...«

»Sicher. Ich habe von meiner Seele geredet, Sarah.«

Sie schaute mich durchdringend an. Dann verzog sie sich, und ich konnte den Kühlschrank aufmachen und mir ein paar Oliven klauben.

Tequila und Salz, das macht hungrig.

Felix kreuzte auf, der gute Felix.

»Ich glaub, wir sitzen in der Tinte«, sagte er. »Ich hab nirgends auch nur ein Häppchen gesehn!«

»He, und ich muß wieder Blut bilden.«

»Vielleicht finden wir noch einen Schuppen, der offen hat, wenn wir uns beeilen.«

Während wir zum Wagen rannten, fragte ich:

»Und Jeanne?«

»Wir sind gleich wieder zurück«, sagte er, ohne den Schritt zu verlangsamen.

Er ließ den Motor an.

Das war es, das Leben, teils steif, teils gebuttert, teils klar. Losgelöst in der Nacht und rasend schnell in Richtung Licht.

Das turnte uns an. Wir brauchten nur die Türen zu verriegeln. Konnte auch nur einer von uns sagen, wo er landen würde? Man würde uns irgendwo wiederfinden, total erledigt oder Sterne lutschend. Man hatte die Wahl und die Überraschung. Wir wollten mehr davon.

Wir nahmen die Straßen, wie sie kamen. Eingezwängt in unsere Sitze, ließen wir uns fortreißen, und die Strömung wurde immer stärker, wir waren in eine Hauptverkehrsader geraten. Wir kamen an einer kleinen Pizzeria vorbei, ich warf Felix einen Blick zu. Er lächelte in der Dunkelheit.

»Ich such einen Parkplatz«, sagte er.

Er sah aus, als hätte er Fangzähne.

Wir hatten einen vielbeachteten Auftritt, weil ich mich der Länge nach hinlegte. Vielleicht ein Typ, der seine Beine ausgestreckt hatte, ich hatte nicht aufgepaßt. Diesmal gelang es mir jedoch, meine Nase in Sicherheit zu bringen, zum Glück, ich hatte keinen Bock mehr auf Kleenex und an die Decke starren, keinen Bock mehr auf Blut, das andauernd hervorspritzt, keinen Bock mehr.

Die Kellner trällerten ihre übliche Leier, während sie um die Tische kurvten, Parmesan und Co., und die Gondeln versanken im Schlick.

Wir aßen hopphopp und verzogen uns schleunigst.

Die Nacht hatte sich nicht von der Stelle gerührt, und der Wagen stand noch da, seelenruhig verrichtete er seinen Job, ich hatte einiges für Autos übrig. Sie waren zu jeder Verrücktheit bereit, man konnte mit ihnen nachts durchs Land düsen, und sie schnurrten dabei. Hier waren wir auf eine gute Gelegenheit gestoßen, klar. Wir hielten höchstens zwei-, dreimal an, pissen gehen und tanken, der Staub, den wir aufwirbelten, hatte sich noch nicht gelegt oder gerade erst, der Typ brauchte eine halbe Ewigkeit, bis er das Wechselgeld rausgerückt hatte.

Wir nahmen Kurs auf den Turm zu Babel.

Jeanne machte uns auf. Die Bude war ganz schön verqualmt, ein Wunder, wenn überhaupt noch wer lebte. Ich machte eine Bemerkung in der Art und Jeanne nur hihi, na schön, ich hakte nicht weiter nach. Ich machte die Runde. In allen Ecken wurde gebumst. Ich hatte keinen Grund, mich nach Sarah umzusehen, aber man kann nicht alles erklären, nicht alles verstehen, es gibt Momente, da muß man sich ranhalten, ich eilte in die Küche. Die Typen hatten das Licht ausgemacht. Das war eine fixe Idee.

Ich fand sie. Sie stand da, mit dem Rücken gegen den Kühlschrank gelehnt, und unten schimmerte es hell, sie hatte ihr Kleid bis zu den Hüften hochgeschoben, und der Kerl gefiel sich in der Haltung eines Boxers, der einem ein paar Aufwärtshaken in den Magen verpaßt, Oberkörper leicht zurück und die Knie gebeugt. Er hatte sich nicht mal die Mühe gemacht, seine Hose runterzuziehen. Ich stellte mich neben sie und nahm mir ein Glas. Als das Wasser ins Spülbecken spritzte, schlug Sarah die Augen auf. Ich stand keinen halben Meter neben ihr, ich betrachtete ihre weiße Wange, die sie an der Kühlschranktür platt drückte. Der Typ machte irgendwelche Geräusche.

»Alles klar?« fragte ich.

Ich stand da nicht drüber, und ich hab mich sogar beeilt, den Hahn aufzudrehen, ich wollte sie ein bißchen nerven, das mit dem Leidtun war für später, ja, wir sind elende Sünder, Er hat uns nicht verwöhnt.

Sie schloß die Augen. Der Typ hatte wohl nichts gehört oder tat zumindest so, ich konnte ruhig weiter spinnen, wenn es mir Spaß machte, ihm konnte das nichts anhaben.

Ich blieb noch einen Moment mit meinem Glas wie angewurzelt stehen, doch als ich spürte, daß der Typ am Drücker war, daß Sarah unantastbar wurde, hörte ich auf, mir irgendeinen Scheiß auszudenken, den ich anbringen konnte, und ging einfach nur raus.

»Trinkst du jetzt Wasser?«

Felix hatte mich am Arm gepackt. Er sah happy aus. Niemand würde ihm Jeanne wegschnappen, garantiert nicht. Einen, der Manns genug war, es mit ihr auszuhalten, fand man nicht an jeder Ecke. Er wirkte wie jemand, der ein wenig Sicherheit in puncto Sex gefunden hat und die Tour der Leiden und Probleme nicht kennt.

»Ich hab genug«, antwortete ich.

»Jaja, das haben wir alle«, meinte er.

»Hat nichts damit zu tun, daß sie rumbumst, nur mit meinem Seelenheil.«

»Ich versteh das, Alter.«

Ich trank noch ein paar Schlückchen Wein mit ein paar Typen, die über ein altes Stück von Ferré Grignard redeten, dann ließ ich mich in eine Ecke fallen, in der ein Platz frei war. Irgendwen muß ich gestört haben, denn dieser Stiefel traktierte eine ganze Weile meine Rippen, und ich kämpfte bis zum Schluß dagegen an, träge, ich hatte keine Kraft mehr, aber ich kämpfte, bis ich schließlich aufgab, ja, ich gab auf, ich ließ mir die Sohle in den Bauch stoßen, ich hatte keine Kraft mehr zu nörgeln, und Sarah verging in der Küche Hören und Sehen.

Als ich erwachte, wurde es gerade wieder dunkel, und viel hatte sich nicht geändert, ich erblickte ein paar neue Gesichter, die auf den Zug aufgesprungen waren und sich eifrig um die letzte Chance rissen. Ich stand auf.

In der Küche hatten die Typen ein paar Fressalien aufgebaut und schlitzten Toastbrote in Zellophan auf, lächerliche, traurige Schnitten. Sarah schälte eine Apfelsine in einer Ecke. Ich schnappte mir im Vorbeigehen eine Handvoll Sandwichs und stellte mich neben sie. Ihr Boxer hing groggy auf einem Stuhl, sie hatten sich anscheinend voll verausgabt, und sie blickte nicht auf, das wurde richtig spannend, sie löste die Stücke mit dem Fingernagel. Ich sah, daß der Typ es gebracht hatte, ihr Atem ging langsam, sie war ganz ruhig, und ich war auf der Hut, ich spürte, sie hätte mich eiskalt runtergeputzt. Ich hielt die Klappe. Ihr fehlte nichts mehr, sie war wie ein mit Lebensmitteln und Munition vollgestopftes Blockhaus, und ich schlich draußen herum ohne jede Deckung. Für Selbstmord hatte ich nichts übrig.

Also konzentrierte ich mich auf eine kleine schwammige Pastete und verschluckte mich fast, diese Schweinehunde, der Schweinekram machte mich krank, doch ich setzte eine entspannte Miene auf und machte einen auf starken Mann bis zu dem Moment, wo sie mir eine Gabel in den Arm stieß. Ich sah mir das Ding an, das mit seinen Zinken ganz in meinem Fleisch steckte, ich stellte mir vor, wie sich das Metall durch meine Adern zwängte und alles andere zerfetzte, und fast wäre mir wieder schlecht geworden, ich schlitterte zehn Sekunden lang mit der Gabel bis zu einem Stuhl.

»Haltet seinen Arm...«

»Alkohol her, Scheiße!«

»Ach du je, wie das blutet, guck dir das an!«

»Stell dir vor, die hätte ihm das in die Fresse gestoßen...«

»Klar zieh ich die grade raus. Wenn du dich für schlauer hältst, dann mach du's doch.«

»Was hat der?«

»Der hat sich mit einem Messer in den Finger geschnitten.«

»So weit kommt's noch mit uns allen.«

»Befreit B.H. Lévy.«

Sie rührte sich nicht, und auch ihr Macker stürzte sich nicht auf uns, war mir auch lieber so. Das zog bis in die Schulter, und ich dachte, ein Arzt vielleicht, Quatsch, du spinnst ja, warum nicht gleich ins Krankenhaus, ja, schon gut, einverstanden, trotzdem, das zog mir bis in die Schulter.

Der letzte Krach, den ich mit Sarah gehabt hatte, lag einen Monat zurück. Ich weiß nicht mehr genau, wie das angefangen hat, am Ende reichte uns schon eine Lappalie, der Hund vielleicht, oder ich hatte sie schlecht gebumst, das kam vor, ich war mit den Gedanken woanders, wir befanden uns nicht im gleichen Boot.

Es passierte beim Essen. Wir hatten uns schon wegen allerlei Scheiß ereifert, und sie sagte:

»Du bist nichts als ein mieser Egoist. Du denkst nur an DICH!«

Zu neunzig Prozent hatte sie ja recht, aber so was gibt man nicht zu, wenn man die Situation im Griff und einen klaren Kopf haben will.

»Haha, das ist ja wohl ein Witz«, meinte ich.

Wir schalteten einen Gang höher.

»Schweinehund!«

»Schlampe!«

Sie packte das erstbeste Teil, das ihr zwischen die Finger geriet, eine Gabel, und fuchtelte damit vor meiner Nase rum.

»Ich weiß wirklich nicht, was mich davon abhält«, zischte sie.

Ich ließ ihr keine Zeit zum Nachdenken und streckte ihr auf gut Glück einen Arm entgegen, die Adern traten hervor, das Blut zirkulierte blau und lebendig.

»Na los! Mach schon. Nur keine HEMMUNGEN, mach schon!!«

Sie erstarrte, und das Ding in ihrer Hand wurde lächerlich. Ich ließ sie einfach sitzen. Aber dieses Mädchen war stur, und vor allem hatte sie es nicht eilig. Garantiert hatte sie mit ihrer Orange nur auf mich gewartet, das Ding hatte einen langen Weg hinter sich, sie hatte nichts vergessen.

Ich saß da mit meinem steifen Arm, als wäre er ein verfaulter, überflüssiger Ast, und Herrgott noch mal, die hat ihre ganze Wut reingelegt, dachte ich, und die Küche verstand das, die Nacht und die Sirenen verstanden das auch, wir waren uns einig. Die Typen gingen einer nach dem andern raus, nebenan schien einiges los zu sein. Ich war nicht mehr interessant, ich stand nicht mehr im Scheinwerferlicht, ich hatte genug geblutet. Scheiße, was mußte man eigentlich tun, um ein bißchen mehr zu bekommen? Was für Tricks mußte man sich ausdenken? Ständig durfte man sich den Kopf zerbrechen, stimmt doch!

Bald waren wir unter uns, Sarah und ich, selbst ihr Makker hatte sich aus dem Staub gemacht. Sie kam auf mich zu, von hinten, und ich sagte mir, Junge, es ist soweit, du hast großen Bockmist gebaut, dabei hättest du dich in acht nehmen können, und ich war wie gelähmt, allein die Vorstellung, diese Irre mit einem Messer, sie konnte mich nicht verfehlen.

Doch sie sagte schlicht:
»Hab ich dir weh getan?«
Ich drehte mich nicht um.
»Ja. Vor allem am Arm.«
»Du hast es drauf angelegt.«
»Man macht nicht immer, was man will«, sagte ich. »Gerade habe ich gedacht, du wolltest mir noch eine verpassen.«
»Nein, das tu ich nie wieder.«
»Ich bin froh, daß ich der letzte bin, Schatz.«
»Bist du böse?«
»Bin ich mir nicht ganz sicher. Es tut noch weh.«
Ich spürte, sie war sanft und nett, voller Gewissensbisse. Ich trug noch ein bißchen dicker auf:
»Ach du Schande, ich fühle, wie mein Herz klopft, bis da drin, so ein Mist. Ich kann den Arm kaum noch bewegen. Scheiße, immer weniger.«
Sie kam näher, wie ich erwartet hatte, und legte ihre Hand auf meine Schulter. Ich drehte mich auf meinem Stuhl um. Ich landete an ihrem Bauch. Ich erkannte sie sogleich wieder, mühelos, ich hatte seither nichts Neues mehr gehabt. Ich schob beide Hände in ihren Slip, und ich hielt ihr schmales Hinterteil in meinen Händen, das wog sicher nicht besonders viel, aber mehr verlangte ich nicht. Dann schickte

ich dieses Ding zum Teufel, und ich rieb meinen Dreitagebart an ihren Härchen, das war gut, und ich fummelte in ihrer Spalte, ich hätte wer weiß was dafür gegeben, ein wenig den Schleier des Geheimnisses zu lüften, das mich erwartete.

Sie zog ein Bein an, und ich drang in sie ein, sie nahm mich mit. Und so legten wir ein gutes Stück in der Küche zurück. Wir stießen alles um und wechselten vom Stuhl zum Tisch über, und ich wollte auch mal den Kühlschrank ausprobieren, eine kleine, schäbige Rache, doch wir gelangten direkt ans Fenster in dieser heiklen Stellung, die es einem jedoch erlaubt, etwas vom Land zu sehen. Wir waren ungestört. Sie öffnete den Mund, um schneller zu atmen, und ich sah den Mond daraus hervorkommen, herrjemine, ich schleuderte alles in die Sterne, als ich die Tiefe des Himmels suchte, und sie ließ mich weit davonsausen.

Sie hing noch eine Weile reglos an meinem Hals, und ich wagte mich auch nicht zu rühren, ich hatte kein gesteigertes Verlangen, die Küche und alles andere wieder vorzufinden.

Wir stiegen langsam hinab, naßgeschwitzt, ein kalter Schweiß wie eine eiskalte Dusche, man zittert, und die Lungen brennen einem, wir hatten uns hinreißen lassen.

»Hauen wir ab«, sagte ich.

Sie suchte etwas im Halbschatten.

Ich bekam es ungewollt zu fassen. Das war wirklich so gut wie nichts, ich fragte mich, wozu sie das brauchten, das wog höchstens ein, zwei Gramm inklusive Gummiband. Na gut, ich hatte es gefunden und hielt mich dran fest. Sie stellte ihre Füße in die Löcher, und das Ding kletterte an ihren Beinen hoch, das war toll, das verlieh ihr einen süßen, kleinen, goldigen Hintern.

Wir durchquerten die Wohnung wie Zombies, tschüs allerseits, ja, ja, versprochen, Tetanusspritze, na klar, ganz bestimmt, und im Aufzug sagte Sarah:

»Das klappt nicht, Phil.«

»Scheiße, und ob das klappt!«

Und es hielt gut einen Monat.

Ich ging einkaufen, erledigte einen großen Teil des Haushalts und raffte mich dazu auf, ein bißchen Kohle zu machen, ein paar Reinfälle, ein lausiger Job mit tiefgefrorenem Fisch, meine Finger, brrr!, lauter Scheiß, Umfragen, Füller, Prospekte, nichts von Dauer.

Sarah rührte sich nicht mehr vom Fleck, sie blieb tagelang im Bett oder auf dem Teppich neben dem Hund, das kam mir komisch vor, und wenn ich abends zurückkam, war nie was fertig, ich rannte zum Kühlschrank und stellte alles auf den Herd, ich brachte den Müll runter, blieb gerade noch Zeit, das Geschirr vom Mittag abzuwaschen, ich brüllte aus der Küche:

»Wir können essen!«

Und dann tänzelte sie mit dem Hund an, strahlend, ich war kaputt und außerstande rauszukriegen, was da nicht stimmte, ich war wirklich viel zu kaputt. Clovis schmiegte sich an ihre Füße und würdigte mich nicht mal eines Blickes. Ich fühlte mich ein wenig einsam, aber so ging es Millionen von Typen, ich verstand ihr Elend, das Leben verarschte uns.

Gegen Ende bumsten wir immer schlechter, ich fand, sie war nervös und distanziert. Ich verwöhnte sie stundenlang, ich konnte mir durchaus Mühe geben, wenn ich nicht mehr konnte, aber sie war so viel intelligenter als ich, sie wußte Opfer zu bringen.

»Ist was?« fragte ich sie immer wieder.

Sie gab keine Antwort.

Sie wollte keine Antwort geben, natürlich, und der Hund schlich winselnd ums Bett, was war nur in diesen Blödmann gefahren?

Und eines Abends kam ich wirklich sehr spät zurück, ich kam von einer großen Umfrage in den Vororten über Kaugummisorten, und die Typen hatten mich am andern Ende der Stadt abgesetzt. Ich hatte die Schnauze voll, nie wieder würde ich so was machen, diese Drecksäcke scheuchten einen rum für einen Hungerlohn, und ich hatte nur noch einen Gedanken, mich ins Bett hauen und Ende, aus.

Ich steckte den Schlüssel in die Tür und trat ein. Der Hund stieß ein langes Knurren aus, ganz nahe.

»Halt die Klappe, Clovis!«

Ich wollte gerade die Tür zumachen, da sah ich, wie das Tier aufsprang. Sämtliche Zähne gefletscht und sechzig Kilo Muskeln, ich wußte Bescheid, ich hatte den Hund seit zwei Jahren, wenn das kein Jammer war, was war dann überhaupt noch ein Jammer? Ich kam gerade noch rechtzeitig raus, ich überließ ihm die Tür, ich ließ sie gut zwei Zentimeter auf, um zu brüllen:

»PLATZ, CLOVIS, PLATZ, SCHEISSE! SARAH! SARAH!!!«

Von wegen! Der Hund wollte mich verschlingen, und ihr, ihr war das scheißegal. Ich verpaßte dem, was ich da sabbern und fauchen sah, ein paar Schläge mit einem Dielenbrett, und Clovis verbiß sich in ein Stück Sohle, das ich preisgegeben hatte. Ich zog die Tür zu, nachdem ich meine Chancen ausgerechnet hatte. Dann hörte ich auf der anderen Seite:

»Komm her, Clovis, so ist gut, hierher, braver Hund...«

Oje, dieser Hund war anscheinend nicht mehr ganz bei Trost. Er war total meschugge. Ich wußte nicht, wie sie das hingekriegt hatte und wo ich schlafen sollte, und ich war wirklich müde. Auf der Straße setzte ich mich gegen eine junge Platane, die es wahrscheinlich auch nicht leicht hatte, aber ich hatte ein paar Blätter Vorsprung und wußte, daß man keine Wunder erwarten durfte. Die Dinge waren unwiderbringlich verloren. Man baut sein Leben auf fast nichts auf, und man braucht sich nicht zu wundern, wenn man eins auf den Deckel kriegt. Es gab Typen, die das zwanzig Jahre lang mitmachten, um durchzukommen. Nicht dumm, die Jungs. Ich leistete mir die eine Nacht. Das kostete weniger, logisch.

Das Ding, das ganz von allein hielt

So viele Möglichkeiten gab es nicht, Linda rumzukriegen, und Henri war wie alle andern in dem Laden, er war im Bild. Er wußte, was Linda suchte, er kannte das Zauberwort: einen Ehemann. Sie bewahrte ihre Schönheit für einen auf, der bereit war zu unterschreiben, und Henri stand da, hinter seiner Werkbank, und fragte sich, ob der Preis zu hoch war, ob er wirklich etwas zu verlieren hatte.

»Henri Telski zum Büro bitte!«

Das kam aus dem Lautsprecher, begleitet von einem Knacken und Pfeifen. Henri wischte sich die Hände ab, er ließ seinen Kram liegen und machte sich seelenruhig auf den Weg zum Büro. Das verhieß nichts Gutes, außer an Zahltagen. Man wurde gerufen, bekam die Ohren vollgelabert, immer die gleiche Leier, und am Abend war man einfach noch ein bißchen gereizter, noch ein bißchen müder. Aber Henri scherte sich nicht drum, er ahnte schon den Grund, jaja, bestimmt irgendein Bockmist. Immerhin hatte er so die Gelegenheit, Linda zu sehen, und das war es schon wert.

Henri klopfte an die Scheibe, dann trat er ein. Scheiße, was macht die nur in so 'ner Bude, versteh ich nicht.

»Tag, Linda.«

»Guten Tag, Henri.«

Dieses Lächeln, Hilfe!

»Man hat mich gerufen.«

»Ja, er erwartet Sie.«

Das hieß armer Henri, Corne wird Ihnen eine fürchterliche Standpauke halten, o ja, und ihre Augen sagten viel Glück, ihre grünen Augen, ich wünsche Ihnen viel Glück, Henri.

Als er das Büro des Leiters betrat, fühlte er sich beinahe wohl.

»Ah! Da sind Sie ja...« sagte Corne.

»Ja...«

Das unangenehme an dem Kerl war, daß er immer so vergnügt aussah, wenn er einen in die Enge trieb. Das stand in seinen Augen.

»Sie können sich sicher denken, warum ich Sie habe rufen lassen, nicht wahr?«

»Nein, keine Ahnung. Ich wüßte nicht.«

»Zwei Schränke in heller Eiche, Auftragsnummer 6032, geliefert gestern nachmittag, sagt Ihnen das nichts?«

»Doch.«

»Der Kunde hat gerade angerufen. Er ist sauer. Und wissen Sie, warum, Telski?«

»Ja, die Innenpolitur war nicht trocken.«

»Aha, Sie haben das GEWUSST?«

»Ich hatte die Jungs gebeten, ein bißchen zu warten.«

»Wir können nicht immer warten, Telski. Wir haben Fristen einzuhalten. Ich gebe Ihnen einen guten Rat, Telski, Sie sind nicht allein. HABEN SIE DAS VERSTANDEN?«

»Monsieur, ich habe noch einen Auftrag zu erledigen. Sonst wird das schon wieder nicht trocken.«

»Na schön, gehen Sie. Aber Sie kriegen eine Verwarnung.«

Er holte eine Karteikarte aus einem eisernen Ablagekasten und malte ein Kreuz darauf. Jeder in dem Laden hatte sein Kärtchen, jeder bekam seine Kreuzchen. Corne liebte es, die Angestellten mit einer Nadel zu durchstechen, er wollte sie verhexen.

Henri schaute ihm zu, dann ging er.

»War's schlimm?« fragte Linda.

»Würde Sie das stören?«

»Ich mag Sie, Henri. Manchmal geht Corne zu weit.«

Henri sah Linda einen Moment lang an, dann warf er einen Blick aus dem Fenster. Es war schön draußen. Nichts in seinem Leben war wirklich wichtig, er würde nichts vermissen.

»Was haben Sie gerade gesagt?« fragte er.

»Manchmal geht er zu weit.«

»Nein, vorher.«

Sie wurde nicht rot, sie blickte ihm tief in die Augen.

»Ich habe gesagt, daß ich Sie mag, Henri. Das ist wahr.«

»Herrgott, das hört man gern. Darf ich Ihnen mal etwas sagen...?«

So fing alles an. Er hatte angebissen, und sie hatte ihn ganz sanft geführt, um ihn nicht zu erschrecken. Er war wirklich überglücklich, daß sie ihn eingefangen hatte, er fand sie jeden Tag ein wenig schöner, ein wenig mehr seine Frau, und als es ans Unterschreiben ging, fiel er darüber her wie ein Verrückter. Er war es wirklich leid, weiter in seinem eigenen Bett in der Patsche zu sitzen.

Nach dem Schreibkram fuhren sie zu ihm nach Hause. Henri lenkte seinen alten Ford Taunus mit einem Finger, die

Scheiben waren runtergekurbelt, hin und wieder strich er seine Haare zurück, sie hörten beide nicht auf zu lachen. Mein Gott, sie war dermaßen schön, Henri, altes Haus, stell dir vor, das ist DEINE Frau, jawohl, kein Zweifel, er konnte mit der Hand über ihre Schenkel streichen, und sie schmiegte sich an ihn, ganz warm, und wenn man bedenkt, daß ich sie noch gar nicht berührt habe, hoh, hoh, hooohhhhhh, die Leute auf der Straße schnitten tolle Gesichter, sein alter Karren brummte, und er bog links ab, da waren diese dicken blauen Wolken an den Hochhäusern, und ganz am Ende erwartete ihn etwas, und er wußte, was.

Vor der Tür trat er zur Seite, um Linda als erste eintreten zu lassen.

Scheiße, gestern hatte er den ganzen Tag lang aufgeräumt, er hatte zwei dicke Säcke mit schmutziger Wäsche runtergebracht, und die Alte hatte gesagt, oh, Monsieur Henri, SO VIEL?, ging sie 'nen Dreck an, sie sollte den Kram in die Maschine schmeißen und die Klappe halten, mehr nicht, noch eine, die sich für seine Mutter hielt, der Typ alte Jungfer, eine Bekloppte, die zu lange gewartet hatte und gefährlich werden konnte. Danach hatte er das Bett bezogen und war losgerannt, um drei Flaschen Champagner zu kaufen, einen Chivas, ein paar Kleinigkeiten, er hatte auch den Kühlschrank mit Garnelen, Lachs und anderem Zeug vollgestopft, es war alles okay.

Linda war noch nie zu ihm gekommen. War nichts gegen zu machen gewesen.

»Gefällt es dir?« fragte er.

»Ja, aber weißt du, ich verdurste.«

Sie ließ sich in einen Sessel fallen, machte puuuhhhh und

warf ihre Schuhe durch das Zimmer. Henri flitzte in die Küche. Es hatten schon andere Mädchen in diesem Sessel gesessen, Schuhe waren geflogen, Mädchen, die nackt rumgelaufen waren, die alles angefaßt hatten, die in diesem Zimmer alles angestellt hatten, was man sich nur denken kann, aber diesmal war es nicht das gleiche, das interessierte ihn, es beunruhigte ihn sogar, ein wenig zumindest, ich muß mir das in den Kopf hämmern, ich bin nicht mehr allein, und er kreuzte mit den beiden Gläsern wieder auf. Bin ich denn jetzt auch anders? Er hätte sich gern im Spiegel betrachtet, mit den Gläsern, um das verdammte Detail zu suchen, um zu spüren, was anders war. Sie lächelte ihn an. Das war nicht der Augenblick, um über all das nachzudenken. Er begann zu tänzeln, ein Schritt, noch einer, sank neben ihr auf die Knie.

»Champagner«, sagte er. »Brut.«

Während sie trank, legte Henri seine Wange auf ihre Oberschenkel, er wollte sie als erstes in aller Ruhe riechen, er kannte nicht einmal ihren Duft. Er schob seine Nase unter ihren Rock, und er fand alles, was er suchte. Schnüffelnd ging ihm auf, daß Linda ein wenig mehr war als eine schöne Frau, sie war auch verdammt temperamentvoll. Er fühlte sich bereits ein wenig benommen, bevor er trank, eine Biene, die aus einer Flasche Sirup krabbelt. Aber das war nichts Neues. Der Duft der Frauen wühlte ihn immer auf.

Sie machten es in dem Sessel, als wäre es das letzte Mal, und Henri zog sich nicht sofort wieder zurück, er wartete, bis sein Herz wieder am rechten Fleck war, und danach schenkte er die Gläser wieder voll. Er fühlte sich glücklich, er schüttete den Champagner überallhin, weil er glücklich war, ihre nackten Füße in den kleinen, goldenen Perlen.

Linda hatte sich nur ein Hemd übergestreift, und das Hemd stand offen. Henri setzte sich neben sie, er blieb auch gern nackt.

»Bist du enttäuscht?« fragte Linda.

»Meine Güte, das soll wohl ein Witz sein? Hattest du das Gefühl, ich langweil mich, oder was?«

»Nein, das meine ich nicht...«

»Was denn?«

»Ich hab nicht geblutet.«

War ihm nicht mal aufgefallen. Nie im Leben hätte er sie danach gefragt. Hatte das einen tieferen Sinn, all diese Typen, die die ersten sein wollten, die ersten beim Bumsen, die ersten im Ziel, die ersten im Arsch der andern, machte denen das wirklich Spaß, waren sie da hin und weg in ihren Clownsköpfen?

Henri lachte sich kaputt:

»Ich auch nicht.«

»Willst du es wissen?«

»Was?«

»Was vorher war.«

»O nein, ich will überhaupt nichts wissen.«

Eine Zeitlang hatte Henri jede Menge zu tun, die Gläser, die Garnelen und all das, und sie küßten sich, sie lachten, sie hörten nicht auf, einander zu beschnuppern, und als die Nacht hereinbrach, kamen sie sich immer näher, sie strahlten, ja, sie strahlten.

Am Ende stiegen sie aufs Bett. Henri war ziemlich blau, er war auch ziemlich kaputt. Er bekam nicht mehr viel mit, außer daß er ganz darin aufging, an Zehen zu nuckeln, und die Zehen machten hhhiiiiiii, Lindas gesamter Körper schmeckte ganz eigenartig, das ist so, wenn man den ganzen Tag bumst und sich überall Finger reinsteckt, ob er nun an ihren Zehen saugt oder woanders, das macht keinen Unterschied mehr.

»Schatz...« murmelte sie.

Vorhin, als sie sich aufs Bett setzte, da hat sie ihm eine Brustwarze ins Ohr geschoben. Sie hatte die Augen zu und er auch. Er machte uuhhh, das war alles in einer anderen Welt, weit weg von ihm. Was lutschte er da?

Am nächsten Morgen, sie kam gerade vom Einkaufen, geriet Linda unten auf der Straße unter einen Bus. Als der Bulle die Decke zurückschlug, nickte Henri nur und ging wieder nach Hause, er hatte gerade die neuen Vorhänge befestigt. Er wollte lieber zu Hause sein, wenn's losging, aber es kam nicht. Erst dieser Blitz und dann nichts, nur Stille, das wurde besorgniserregend. Wie lange mußte man warten? Henri trank die Flasche Chivas aus. Er packte die paar Sachen, die Linda mitgebracht hatte, in einen Koffer und legte sich hin. Sein Schädel war ziemlich leer. Sein Schädel war wie eine Luftblase, die auf dem Meeresgrund festhing. Sein Schädel hatte ihm nichts zu sagen. Henri stand auf. Er wühlte in dem Koffer und holte ihre Strümpfe, einen BH und die Slips hervor. Zurück aufs Bett. Er machte die Schlafzimmerlampe aus. Draußen blinkte ein helles Licht. Er schloß die Augen und preßte die Sachen gegen seine Nase. Trotz des Dufts war es nicht leicht, sich an alles zu erinnern. Er versuchte es. Das war, als wollte man draußen im Wind Zeitung lesen, war was für Blöde. Einmal schaffte er es beinahe, er hatte heftig geschnüffelt. Einen Moment lang hielt er sie mit aller Kraft hinter seiner Stirn fest, aber es kam nicht.

Am Tag der Beerdigung war immer noch schönes Wetter, und es waren viele Leute da. Henri kannte niemand außer Corne, der neben ihm stand.

Zwei Tage vorher hatte Henri in dem Laden angerufen, warum, wußte er selbst nicht so recht, vielleicht, weil das sich so gehörte, und er hatte schlicht gesagt, Linda ist tot, Monsieur, und Corne schien wirklich zutiefst betrübt, tut mir unendlich leid für Sie, Henri, wann soll das sein?, übermorgen, Monsieur, und der ganze Laden hatte sich daran beteiligt, der größte Kranz von allen, fünfzig dahinwelkende Rosen, zwei Typen mußten ihn tragen, und der Himmel wurde strahlend weiß.

Henri zuckte in der ganzen Zeit nicht mit der Wimper, er fragte sich, ob man etwas Bestimmtes von ihm erwartete, ob es da irgendwelche besonderen Gesten gab. Das war seine erste Beerdigung, und er schaffte es nicht, den Priester anzuschauen, der Typ hatte GELBE Augen, entsetzlich, er jagte einem Angst ein.

Als es ans Händedrücken ging, stellte sich eine Frau neben Henri, er konnte ihr Gesicht nicht sehen. Vielleicht Lindas Mutter, er hatte keine Ahnung, er wußte nichts von seiner Frau. Von ihm war nichts in diesem Grab.

Jedenfalls hatte er dieser Alten nichts zu sagen. Mußte er sich vorstellen, sie umarmen, mit ihr weinen und über Linda sprechen? Ihr erzählen, daß sie wahnsinnig gut im Bett war, daß er mit ihr eine wahnsinnige Nacht verbracht hatte, und das war's schon, Madame, ich weiß nicht mal, ob sie zum Frühstück Kaffee trank, ob sie manchmal weinte und was dann zu tun war, mußte man sie dann an den Schultern packen, und welche Worte sagen, um sie zu trösten, mußte man sie streicheln, mußte man ÜBERHAUPT WAS tun, ich weiß es nicht, ich weiß nicht, über wen Sie mir sprechen.

Und so hielt sich Henri nach den letzten Grimassen, den letzten feuchten Händen, Beileid, Beileid, tiefe Trauer, nicht lange auf. Er rannte los. Die Alte blieb wie angewurzelt mit ihren Blumen unter der Sonne stehen, während das Grab zugeschüttet wurde, so als hätte sie alle Zeit der Welt. In ihrem Alter konnte man solche Sachen ernst nehmen, da konnte man verstehen, was los war.

Am Ausgang stieß Henri auf Corne. Der Tag war sowieso im Eimer.

»Henri, Henri.«

»Ja, ja.«

»Sie dürfen sich nicht unterkriegen lassen, mein Freund.«

»Ich werd's versuchen.«

»Kommen Sie, trinken Sie ein Glas mit mir, das wird Ihnen guttun.«

Corne packte Henri am Arm und schleppte ihn in eine Kneipe. Sie nahmen einen Tisch im hinteren Teil, lassen Sie mich machen, sagte Corne und kam mit zwei Gläsern von der Theke zurück, zwei großen Gläsern, trinken Sie das, und Henri kippte seinen Cognac und schaute Corne in die Augen, kein Vergleich mit dem Chef in der Bude, vielleicht nur um die Sechzig, vielleicht weniger bösartig, vielleicht, und Henri, was meinen Sie, vielleicht noch einen, hm? Henri meinte ja. Das war erträglich, einen trinken und sich das Gesülze dieses Typen anhören, wirklich erholsam, da gab's nichts zu verstehen.

»Sie sollten jetzt nicht allein bleiben, Henri. Es führt zu nichts, Trübsal zu blasen. Dadurch bekommen Sie sie auch nicht zurück.«

»Ja.«

»Passen Sie auf, ich fahre heute abend zu Freunden. Machen Sie mir die Freude und kommen Sie mit, das wird Sie auf andere Gedanken bringen.«

»Sagen Sie...«

»Ja, Henri...?«

»Warum tun Sie das für mich?«

Corne trank sein Glas aus, bevor er antwortete. Ein alter Trick, wie die Zigarette, die man sich anzündet, oder jemandem irgendein Zeug über die Hose schütten oder Pingpong-Bälle aus dem Mund zaubern.

»Meine Freunde und ich kannten Ihre Frau gut. Sie werden uns willkommen sein, Henri. Was meinen Sie?«

Er meinte überhaupt nichts, er konnte sich unter der ganzen Sache nichts vorstellen.

»Nun, einverstanden? Ich hole Sie heute abend ab. Wir helfen Ihnen da raus, Henri.«

Er verzog sich. Henri blieb sitzen und malte eine Zeitlang mit seinem Glas Kreise auf den Tisch. Scheiße, was stellten die sich eigentlich vor? Daß das Leben ein Kinderspiel war, daß es jede Menge bekloppte Paraden, Tricks und Machenschaften gab, um damit fertig zu werden? Jaja, und was gab's noch? All diese Lebensgeschichten, die nichts wert waren...

Henri kehrte nach Hause zurück und trank weiter. Er tigerte herum. Das Beste, was er tun konnte, war, so schnell wie möglich wieder arbeiten zu gehen, sich nicht abzukapseln. Vielleicht war gar nichts passiert. Es hatte ihn urplötzlich erwischt, aber er konnte es noch versuchen, es gab noch eine Chance, wieder auf die andere Seite zu kommen, ein gewaltiger Satz oder irgendwas in der Richtung, er funktionierte, er dachte nach, er drehte total durch, weinte, lachte, dieses ganze seelische Theater, er konnte nichts dagegen machen, er kannte sich trotz allem ein wenig aus, gezwungenermaßen. Anscheinend hatte sie in die Höhe geguckt, als der Bus aufkreuzte, Scheiße, das sollte man nicht. Henri lief durchs Zimmer, Blick zur Decke. Nichts passierte. Er versuchte es erneut, und diesmal stieß er irgendwo an, er schlug der Länge nach auf den Teppich, das Glas zerschellte an der Wand. Er schloß die Augen. Das hatte alles keinen Sinn.

Als Corne auftauchte, war Henri fix und fertig.

»Mir wäre lieber, wir nähmen Ihren Wagen«, sagte er.

»Oh, das ist aber dumm, ich habe mir nämlich ein Taxi genommen.«

»Dann rufen wir halt ein Taxi, Monsieur.«

»Bitte, Henri, wir sind nicht im Büro. Heute abend bin ich Ludovic.«

»Okay, was machen wir, Ludovic, ein Taxi?«

»Das ist schwierig. Meine Freunde wohnen am Stadtrand. Es bestünde Gefahr, daß die Rückfahrt ein kleines Problem wird. Warum, Henri? Ist Ihr Wagen defekt?«

»Nein, aber der Tag war hart, und...«

»Ooohhhhh... Na klar, Henri, na klar, ich verstehe. Aber ich kann doch fahren, was halten Sie davon?«

Oje, Mann, mach doch, was du willst, ja, einverstanden, einverstanden, EINVERSTANDEN, es ist alles paletti, großartig, aber ohne mich, tu so, als wär ich gar nicht da, fahr ruhig, nimm mich mit, oh, ich schwöre dir, es ist alles wunderbar, wirklich, ich hau mich in der Karre nur ein bißchen aufs Ohr, genau, das werde ich tun, und du, alles klar, wohin du willst, ja, ja, ja. O ja.

»Einverstanden«, sagte Henri.

Er gab ihm den Zündschlüssel, aber Corne zögerte, also zeigte ihm Henri alles, Zündschloß, erster, zweiter, sehen Sie, und so weiter, sämtliche Schalter, und wie man's anstellt, daß man nachts was sehen kann, und sogar ganz weit, dann preßte er sich in den Sitz und schloß die Augen, das würde ihm guttun, sich fahren zu lassen. Corne machte den Motor an.

»Sicher, bei meinem DAF ist das leichter«, sagte er. »Vorwärtsgang, Rückwärtsgang, das ist alles. Aber ich habe solche Fahrzeuge schon gefahren.«

Henri richtete sich wieder auf und öffnete die Augen.

Der Typ fuhr los und ließ den Motor im ersten Gang aufheulen, und nach einer Weile sagte Henri zu ihm, vielleicht würde es der zweite jetzt auch tun, und klar doch, ein fürchterliches Knirschen, der war bestimmt Schrotthändler, einer, der dir deinen Motor in Null Komma nichts zerlegt, wenn er ihn nur anschaut, noch so 'n Versuch, dann war's soweit, und irgendwann scherte der Wagen zur Seite aus, die Scheinwerfer strichen über diese Mauer, schwarze Quadersteine, rauh wie Granit, und das rechte Vorderrad knallte gegen den Kotflügel, BONG, und sie kurvten weiter im Zickzack durch die Straße, voll aufgeblendet, das war überall das gleiche, lauter Bekloppte, Lichter und die ganze Scheiße, der Himmel hing zu tief.

Ein Bulle schaute ihnen nach, aber manchmal ist das Gesetz ohnmächtig.

»Oh, was war das?«

»Nichts, Ludovic. Nur der Bürgersteig.«

»Ich glaub, ich hab die Pedale verwechselt. Bei meinem DAF...«

»Ja, ich weiß. Das macht nichts. Schauen Sie nach vorn.«

Auf dem Périphérique verlor Henri das Interesse. Corne konnte ruhig so weiterfahren, er war nicht mehr allein. Das war das Stelldichein der Übergeschnappten und der naßgeschwitzten Männlein, alle rasten wie verrückt. Das Blut Unschuldiger gab es nicht, die wollten es alle nicht anders.

Schließlich fuhren sie durch einen piekfeinen Vorort, und Ludovic parkte auf der falschen Seite ein, neben einer alten Platane, und würgte den Motor ab.

»Jetzt habe ich ihn vollkommen im Griff«, sagte er.

»Jaja, ich habe gesehen, wie Sie all diesen Idioten ausgewichen sind.«

»Och, wissen Sie, dazu braucht es nur ein bißchen Augenmaß.«

»Und Kaltblütigkeit.«

»Na ja, ich sage nicht...«

»Wir hatten ja auch nichts zu verlieren, was?«

»Pardon?«

»Nichts. Gehen wir.«

Es war ein altes, verwinkeltes Haus mit kleinen Fenstern, Glasmalereien, einem Taubenschlag und merkwürdigen, sehr breiten Dachrinnen. Eine Tür mit einem Drachenkopf als Klopfer, BUMM BUMM machte Ludovic, und die Tür ging leise auf und spie eine kleine Wolke fahlen Lichts aus, die direkt von der Nacht verschlungen wurde. Ein großer, kahler Typ stand im Türrahmen, er trug eine Art langes Cape aus roten Pailletten, das bis zu seinen Füßen herabfiel. Ludovic stürzte auf ihn zu:

»Ah, Meister! Meister!«

Er hatte die Hand des weiten roten Dings ergriffen, er küßte und leckte die Hand. Der Meister machte sich los. Er richtete über Ludovic hinweg ein Paar blaue Augen auf Henri, von oben herab, dieser Kerl hatte wirklich Klasse, sein Blick war beeindruckend wie ein Flammenwerfer, und mit leicht verzerrtem Mund machte er tsss tsss, als hätte er eine kleine Blume zwischen den Lippen, aber Henri sah keine Blume.

»Bruder Ludovic?« fragte der Meister.

»O Meister, ja, entschuldigen Sie, darf ich Ihnen Henri, Lindas Gatten, vorstellen? Ich habe gedacht...«

»Aha. Eine sehr gute Idee. Treten Sie näher, Bruder Henri.«

Henri übersah die Stufe. Er stolperte und landete vor den Füßen des Meisters, er ertappte sich dabei, daß er den Saum der weiten roten Robe zerknüllte.

»Es ist gut, mein Bruder, erheben Sie sich. Seien Sie willkommen.«

»Ach du Scheiße!« knurrte Henri, während er sich aufrappelte. »Was is'n das für'n Arsch?«

Aber der Typ war schon im Flur verschwunden, Bruder Ludovic folgte ihm in gebückter Haltung. Henri holte sie in einem großen Raum wieder ein, in dem jede Menge Leute unter einem fürwahr gewaltigen Kronleuchter standen, ein

Meer von Tränen aus Kristall, als habe Gott geweint, sehr, sehr schön, seidene Fäden über dem Morgentau, das Netz einer Wasserspinne.

Henri stand da und riß unter dem schillernden Ding die Augen auf.

Eine Frau kam hinter einer weißen, zwei Zentimeter dicken Puderschicht auf ihn zu. Schwirig, sich eine Vorstellung zu machen.

»Oooooooooooh…. Ein neuer Bruder!«

Sie flatterte um ihn herum wie ein müder Schmetterling, auf und nieder, und das war ein angenehmes, leises Klickern wegen der Juwelen.

»Ja«, sagte Henri. »Gibt's hier auch was zu trinken?«

»Oh, aber sicher. Chaaaarles!«

Chaaaarles kam mit einem Tablett voll Sektschalen angetanzt. Trotz seiner selbstgefälligen Dienervisage hatte Henri Mitleid mit ihm. Er leerte die Schale in einem Zug und nahm sich noch eine.

»Ich habe Ihnen gerade eine Tour erspart, Charles.«

Dieser Trottel konnte nicht mal lächeln oder gucken, er verzog sich mit zusammengekniffenem Hintern, stockstein, und genau so würde er irgendwann im Stehen sterben und umfallen und in Stücke zerspringen, lautlos in einer Ecke.

Der Schmetterling ließ sich nieder.

»Nun, mein Lieber…«

»Ja.«

»Cecilia.«

»Cecilia.«

»Ich habe gehört, daß De la Molle Sie Bruder Henri genannt hat. Es ist also wahr?«

»Was?«

»Daß Sie sich den Söhnen Des Auges angeschlossen haben?«

»Nee, ich bin bloß hier, um mich ein bißchen abzulenken.«

Sie drängte Henri gegen eine üppig wuchernde Pflanze, die bis zur Decke reichte.

»Sie haben recht, man soll die Dinge von ihrer angenehmen Seite nehmen«, murmelte sie.

Sie preßte sich weiter an ihn.

»Ich spüre, daß wir uns gut amüsieren werden, Sie Schlingel!«

Sie ging lachend davon. Henri schob die Blätter zur Seite, er hob seinen Fuß aus dem Blumentopf. Charles sah ihm zu. Er jaulte nervös. Bestimmt war er das, der Mann mit dem grünen Daumen.

In diesem Moment bat der Meister ums Wort, das heißt, er breitete die Arme über der Gesellschaft aus. Das Teil mit den Pailletten gab seine Waden frei, und falls ihr es wissen wollt, na ja, De la Molle hatte kein einziges Haar an den Beinen, enthaart oder sonstwas, Henri hatte keine Ahnung, jedenfalls war das alles kreidebleich, ganz glatt, fast durchscheinend.

»Freunde, meine lieben Freunde«, sagte er. »Ich denke, wir sind jetzt vollständig versammelt. Aber bevor wir beginnen, möchte ich Ihnen die Ankunft eines neuen Bruders bekanntgeben. Ich spreche von Bruder Henri!«

Begeistertes Murmeln, Beifall, allerlei Geräusche, und Cecilia machte uuuuhhh und verlor Puder.

»Treten Sie näher, Bruder Henri.«

Henri stellte sich neben den Meister, und der Meister legte seine Hand auf Henris Schulter.

»Leider, leider«, fuhr er fort, »wird die Freude, Sie unter uns zu wissen, von unendlicher Trauer getrübt. Das schreckliche Drama, das uns unserer teuren Linda beraubt hat, geht uns alle an. Sind wir nicht alle, meine lieben Freunde, ein wenig unter den Rädern dieses vom Satan gesandten Busses gestorben? Verschließen wir nicht die Augen vor der bitteren Wahrheit, liebe Brüder und Schwestern, daß wir nun, da unsere Hohepriesterin tot ist, nicht mehr auf sie zählen können und in großer Verlegenheit sind.«

Cecilia trat vor.

»Meister, wenn Sie wollen...«

»Nein, nein. Sie werden es nicht schaffen.«

»Ich hatte heute morgen Zeit zu üben.«

Anerkennendes Murmeln, Beifall, und Cecilia errötete unter ihrem Puder.

De la Molle stieß einen Seufzer aus.

»Gut«, sagte er. »Gut. Ziehen Sie sich um.«

Henri folgte der Menge. Alle gingen in ein Nebenzimmer, wo Charles wartete und jedem eine lange, schwarze Robe überreichte.

»Was ist das denn?« fragte ihn Henri.

Charles zog ein Augenlid in die Höhe, es war ganz gelb darunter. Die Leber vielleicht, oder ein schlechtes Karma, oder beides, der Ärmste. Er gab keine Antwort, er zog ab.

»Nun, brauchen wir eine Extraeinladung?« fragte Cecilia.

Sie hatte Henri am Nacken gepackt und machte sich daran, sein Hemd aufzuknöpfen. Die anderen waren schon weiter. Röcke fielen, Hosen, Mieder, Hüfthalter und alles, was einem eine menschliche Form verleiht. Charles hatte eine Heidenarbeit, er rackerte sich ab inmitten dieser vornehmen Gesellschaft, hob deren Klamotten auf, sortierte sie, räumte vollgeschissene Unterhosen weg, ohne aufzublicken, als fürchtete er, geblendet zu werden, als wäre der Teppich mit Fünfzigtausenderscheinen übersät.

Eine Art Fieber zog auf, ähnlich dem Nebel, der über den Sümpfen treibt und sich um das Schilf wickelt. Henri war besoffen, aber er spürte das trotzdem, diese Hitze, die ihn allmählich beschlich. Er zog seine Robe an, während Charles seine Sachen faltete.

»Hey, das Ding ist durchsichtig!« sagte er.

Das rief ein Lachen hervor, alle blickten sie selig drein. Im Schnitt waren sie fünfzig, sechzig vielleicht, aber Henri sah nur kindlich lächelnde Gesichter, eine schelmische Freude, lauter Gören mit welker Haut und einer Handvoll Goldzähne im Mund.

Dann wogte die Gesellschaft in den hinteren Teil des Raumes, alle quetschten sich durch eine kleine Tür. Ludovic nahm Henri am Arm, er führte ihn.

»Henri, ich bin glücklich, daß Sie heute abend hier sind. Von jetzt an wird es im Büro nicht mehr so sein wie vorher, verstehen Sie?«

»Verstehe.«

»Sicher, vorher, da gab es Linda, aber das war etwas anderes. Henri, wir werden Hand in Hand zusammenarbeiten.«

»Ja, das gefällt mir.«

»Sie werden befördert, Henri.«

»Echt?«

»Sie haben mein Wort. Ein Posten, der nicht mehr unter Ihrer Würde ist.«

»Jesses!«

Jetzt standen sie in einem anderen, kleineren Raum, die Wände waren mit rotem Samt bespannt, und in einer Ecke stand ein Podest. Charles war auf einen Hocker gestiegen und fummelte an einem Scheinwerfer herum, der in einer anderen Ecke hing.

»Laß mich mal ran, ich kenn mich damit aus!« sagte Henri.

Aber dieser gottverfluchte Hocker war stur wie ein Esel, und Charles wollte nichts davon wissen.

»Komm runter, sag ich dir!«

Aber Henri konnte noch so viel rütteln, der Typ blieb wie angeleimt oben, schlimmer als ein Affe.

»Herrgott noch mal, kann mir jemand mal helfen, diesen Wichser da runterzuholen?«

Niemand schien sein Problem zu bekümmern. Rund fünfzehn Schwestern und Brüder waren in dem Raum versammelt, kleine Gruppen, die miteinander redeten und lachten und warteten und das Podest umringten, nur Henri war ganz allein und dieser Typ da, der nichts von ihm wissen wollte, ihr seht, so ist das oft im Leben, bestimmte Sachen erscheinen euch wichtig, und der Rest schert sich nicht drum, man spielt in seiner Ecke mit einer Lupe, und wer als erster bekloppt wird, hat verloren.

Der Meister trat ein und kletterte aufs Podium. Charles machte das Licht aus und schaltete seinen Scheinwerfer ein. Vor dem Ding drehte sich eine Scheibe, und die wechselte ständig die Farbe und strich damit über den leuchtenden Schädel des Meisters, rot, blau, flaschengrün, goldgelb, lila, Henri fing an zu applaudieren, aber nicht lange, denn De la Molle gebot Schweigen. Dann hob er die Arme zur Decke und sagte:

»Ya Kerim! Ya Kerim!«

Ein Bruder begleitete ihn auf einer kleinen, mit echter Menschenhaut bespannten Trommel, ya kerim, ya kerim, bong bong mit einem Schienbein, und der Meister wandelte über einem Weihrauchspender, der Rauch stieg ihm direkt zwischen die Beine und bong bong, ya kerim, rot, lila, goldgelb, in einem Geruch nach Harz und Schweiß.

»Oh… Oohhhh, Brüder, Gott schaut auf uns! Gott ist da!«

Das war wohl ein Zeichen. Cecilia stieg zu ihm hinauf, während Henri sich nach Gott umschaute. Wie mochte Er aussehen? Woher konnte der Meister das wissen? Warum waren das immer dieselben? Wie machten sie das? Sag, welche Chance blieb dem Rest?

»Jaaa… Jaaaaaa!« rief eine Schwester.

Das war eine Dicke, die ganz nahe bei Henri stand. Sie fiel auf die Knie, ein wahrer Veitstanz, sie schwang die Arme im Kreis, und Henri ging in Deckung, er hatte die langen roten Fingernägel bemerkt, DIE RASIERKLINGEN, die an seiner Nase vorbeipfiffen.

»Verdammt noch mal, Vorsicht!« sagte er und packte Ludovic.

»Keine Angst, Henri. Das macht sie immer.«

»Ja?«

»Pssst!«

Auf dem Podest tat sich was. Cecilia hatte sich gerade nackt ausgezogen. De la Molles Hände strichen geheimnisvoll durch die Luft, immer schneller, und der Mann mit der Trommel wurde richtig gut, und der Meister murmelte irgendein Zeug, und alle fielen ein, das wurde beinahe schön, sie wollten alle das gleiche, und vielleicht war Er am Ende wirklich da.

Der Meister brach ab. Schweigen. Man hörte nur noch das Surren der Scheibe, die sich vor dem Scheinwerfer drehte. Der Meister war gerade ganz in Lila, als er das Ding mit seinem Auge machte. Er schob mit zwei Fingern seine Lider auseinander, eine fürchterliche Grimasse, und das Auge fiel in seine Hand.

Er schwenkte es in der Luft.

»YAAWK!« machte die Versammlung.

»GOTT! GOTT! Brüder, wir müssen vor Ihm rein werden! Wir sind schmutzig, wir müssen uns SCHÄMEN! Wir müssen uns LÄUTERN vor SEINEM AUGE, wir müssen den DÄMON aus unseren Körpern vertreiben!!«

Ja, ja, keiner hatte etwas dagegen. Also kniete der Meister vor Cecilia nieder, sie konzentrierte sich, man spürte, daß sie ein wenig angespannt war, das war gewissermaßen eine Premiere, und das Lampenfieber, versteht ihr, keine leichte Sache, und dann noch GOTT dabei, stellt euch das vor! Aber der Meister zögerte nicht. Er drückte das AUGE in Cecilias Bauchnabel, und das Ding HIELT GANZ VON ALLEIN!

Die Versammlung war aus dem Häuschen. O welche Freude kam auf, o Sanftmut des Ewigen, o Abglanz des Lichts auf dem geheiligten Leib, o ihr alle, die ihr glaubt, daß nichts geschieht, o all jene, die nichts verstanden und die gelitten haben, o jener, der auf den Schwanz des Tigers trat, o Bammel desjenigen, der in seiner unendlichen Einsamkeit sucht, o Ya Rahim, wehe und nochmals wehe all dem, das uns ankotzt, o du, Umm es Sibyan, komm uns zu Hilfe.

»Jetzt, da Er uns sieht, Brüder, können wir beginnen.«

Im gleichen Moment stieß Cecilia einen kurzen Schrei aus. Ihr Nabel war leer, das AUGE Gottes war auf den Teppichboden gekullert.

»O NEIN! NEIN!« schrie De la Molle. »ICH WUSSTE ES, ICH WAR MIR SICHER, DU IDIOTIN! AAARGH!«

Er war wie von Sinnen, er versuchte sich ganze Büschel auszureißen, er verfluchte die Heiligen, und Bestürzung zeichnete sich auf sämtlichen Gesichtern ab, bestimmt war das etwas Schlimmes, vielleicht war das ein Zeichen, eine Art Katastrophe.

Henri schob die Leute zur Seite.

»Nicht bewegen«, sagte er.

Er machte sich daran, auf allen vieren den Teppichboden zu durchkämmen. Viel sehen konnte man nicht, und besonders schwer wurde es, als sie es ihm alle gleichtun wollten, man kam kaum noch vor und zurück, und als Henri sich umkehrte, geriet er mit der Nase zwischen zwei Pobacken, und natürlich versuchte er zurückzuweichen, aber der Arsch rückte nach, wackelte, wurde immer lebhafter, und blitzartig schoß Henri das Bild eines sonderbaren Todes durch den Kopf, das war wirklich zu blöd, er fühlte sich von allen Seiten eingeengt. Dann steckte er einen Finger in diesen Arsch und bekam den Kopf frei. Und nur durch Zufall bekam seine andere Hand das AUGE zu fassen, er wollte sich nur abstützen.

Er zog seinen Finger zurück, er stand auf, ohne sich um die flehende Stimme zu kümmern.

»Hier ist es«, sagte er, »ich hab's.«

De la Molle war dabei, Cecilia systematisch zu ohrfeigen. Ohne den Puder sah sie schon viel besser aus.

Henri stieg auf das Podest, er hatte noch nie einen Mann geschlagen. Er versuchte es, ohne jede Erfahrung, er schlug sehr hart zu. De la Molle hatte einen ganz weichen Bauch, Henri spürte, wie seine Knöchel bis zur Wirbelsäule vordrangen, und der Meister fiel auf die Knie, lautlos, das eine Auge weit aufgesperrt. Niemand hatte etwas mitgekriegt, sie hatten sich alle zu einer dicken, schwarzen Schlange vereinigt, die über den Boden kroch und sich wand, der geringste Stoß erschütterte sie der Länge nach, und sie zischte, ächzte und suchte sich in den Schwanz zu beißen.

Henri wich Cecilia im letzten Moment aus, die Krallen verfehlten haarscharf sein Gesicht. Er stand aber nicht mehr sehr sicher auf den Beinen, und wie das so ist, wenn man den Kanal voll hat, verlieh er seinem Manöver zuviel Schwung und verlor das Gleichgewicht, seine Arme flatterten, als er nach hinten abhob, denn der Körper hofft bis zuletzt, oder habt ihr das noch nicht bemerkt?

Er plumpste hart auf den Rücken. Cecilia setzte zu einem fürchterlichen Sprung an, sie landete rittlings auf ihm und hämmerte mit den Fäusten auf sein Gesicht ein. Zum Glück gibt's nicht viele Frauen, die sich auf so was verstehen, und sie, sie schlug mit der Seite zu, wo nicht so viele Knochen sind und einiges an Fleisch. Henri schnappte sich ihre Handgelenke. Neben ihnen war der Meister, der immer noch nach Luft rang, er schaute ihnen fassungslos zu.

Jetzt wollte ihn die Bekloppte beißen, sie schlug um sich und quiekte wie eine Besessene. Henri sah ihre Titten auf und ab hüpfen, dazu dieses Haarbüschel direkt auf seinem Bauch, er spürte das Brennen der Spalte, die sich auf seiner Haut öffnete, dieser beschissene Mechanismus, der sich in seinem Kopf, dem Kopf eines Mannes, in Bewegung setzte, und im Ernst, irgendwie hat das was von Sklaverei an sich, aber das ändert auch nicht viel, natürlich nicht, die wollen das nicht verstehen.

Fast hätte sie es doch geschafft, ihm ihre Zähne in den Arm zu hauen. Henri packte die helle Wut.

»AH, DU MISTSTÜCK! DU SITZT GRADE RICHTIG, WEISST DU DAS? ICH FICK DICH GLEICH IN DEN ARSCH, ICH SCHIEB IHN DIR BIS ZUM ANSCHLAG REIN, DU WIRST SEHN! AH, SCHEISSE!«

Das bremste sie. Sie hörte auf, um sich zu schlagen, und schaute Henri ganz komisch an. Unmöglich, etwas in ihren Augen zu lesen, es war, als vernähme sie eine Botschaft aus dem fernsten Winkel des Universums. Henri wartete. Dann wurde sie ganz schwach in seinen Händen, sie kippte vornüber und rieb ihre Brust an ihm. Eine ihrer Hände machte sich auf die Suche nach seinem Ding. Sie packte es und führte es an die richtige Stelle, dabei wackelte sie mit dem Hintern.

Henri leistete sich eine wahrlich schmerzhafte Erektion, ein schlanker, zerbrechlicher, schräg abstehender Knochen. Zuviel Blut drin oder sonstwas, mit Spaß war da jedenfalls nichts mehr, das Ganze würde eine einzige Strapaze für ihn sein, das hatte er manchmal, er konnte sich gut vorstellen, was für Qualen die frigiden Tussis erdulden mußten, wenn irgendein fetter Trottel schwitzend und knurrend ihren Unterleib bearbeitete.

Cecilia stieß ordentlich zu, und das Ding ging zur Hälfte rein. Henri schrie auf. Schon bei der Vorstellung, daß sie das ganz vorsichtig machen würde, war ihm der kalte Schweiß ausgebrochen, und jetzt hatte sie ihn regelrecht überrumpelt, der Schmerz stieg aus seinem Unterleib nach oben und bildete einen dicken Kloß in seiner Kehle. Ein Tiefschlag, bei dem man kotzen möchte, der einem die Tränen in die Augen treibt, ja.

Er konnte nicht weitermachen, das brannte wie Feuer, und das geschah ihm auch ganz recht. Was war in ihn gefahren? Er hatte eh keine Lust gehabt, es mit dieser Bekloppten zu treiben. Das hatte sich in seinem Kopf selbständig gemacht, das hatte er nun davon. Ein verrücktes Räderwerk, und das war in allem so, brauchte man sich nicht zu wundern, niemand war schuld.

Henri zog sich wieder zurück. Das war in etwa so angenehm, als zöge man sich ein Messer aus dem Fleisch, auch wenn ihr da einen Unterschied seht.

Cecilia klammerte sich an ihn.

»Nein«, sagte sie.

»Hör mal, das tut mir zu weh.«

»Na gut, dann von vorne.«

»Das ist dasselbe, Cecilia.«

»Willst du es nicht versuchen?«

»Nein, ich schwör dir, das ist nicht schön für mich.«

»Meinst du, für mich ist das schön?«

»Ich weiß.«

»Nein, du weißt gar nichts. Für wen hältst du dich?«

»Scheiße, laß mich in Ruh. Ich kann nichts dafür. Ich komme von einer Beerdigung, versteh mich doch...«

»He, ich LEBE aber! KANNST DU DIR ÜBERHAUPT VORSTELLEN, WAS DAS HEISST, DU ARSCHLOCH?«

Sie fing wieder an, ihn ins Gesicht zu schlagen, sie machte Ernst. Mit einem Hüftschwung warf Henri sie ab, sie rollte nach unten und wurde von der dicken Schlange verschlungen, sie verschwand. Henri rappelte sich auf. Der Meister hatte sich wieder erholt. Er zitterte vor Wut. Henri hätte ihm am liebsten noch eine verpaßt, er wußte selbst nicht warum, der Typ konnte einem eher leid tun mit seiner leeren Augenhöhle.

»HAUEN SIE BLOSS AB!« zischte De la Molle.

Henri stand fast mit dem Fuß drauf. Er hob es auf und reichte es seinem Besitzer. Das war nur ein Auge mehr oder weniger in dieser Welt, das hatte keine Bedeutung, versuchte ja doch keiner, sie aufzumachen. De la Molle riß es ihm fast aus der Hand.

»KOMMEN SIE NIE WIEDER HIERHER!«

»Bestimmt nicht.«

Henri verließ den Raum. Um seine Klamotten wiederzuerlangen, mußte er Charles aufwecken, der mit offenem Mund auf einem Stuhl schwankte, kurz davor, runterzupurzeln.

Draußen war immer noch finstere Nacht. Henri dachte an nichts, während er zu seinem Wagen ging. Weit und breit keine Menschenseele, kein Laut. Er, er zählte nicht. Als er gerade losfahren wollte, sah er jemanden auf den Wagen zulaufen. Es war Cecilia.

»Darf ich einsteigen?«

»Die Tür ist offen.«

Sie fuhren eine ganze Weile. Hatten einander nichts zu sagen. Straßen, Straßen, irgendwelche, irgendwohin, wahllos, nicht einmal verfahren (wäre zu schön?), nichts zu geben, nichts zu entlocken, zwei Verlorene, die in einer schlimmen Stunde durch die Straßen huschten, zwei, die wirklich allein waren.

»Ich hatte die Nase voll«, sagte Cecilia.

»Jaja.«

»Und was jetzt?«

»Keine Ahnung. Nichts.«

»Doch.«

»Du bist bescheuert.«

»Zum Glück. Weißt du was Besseres?«

Sie bogen gerade auf den Périphérique ein. Henri wählte eine Fahrspur, die auf eine Autobahn führte, ohne zu wissen warum, er folgte den größten Schildern, den dicksten Pfeilen, die oben am Himmel hingen. Er spürte, daß sein Verstand arbeitete, aber er kam nicht dahinter, woran er dachte, das war beunruhigend, irgend etwas klappte nicht. Cecilia saß reglos neben ihm, sie schaute nach vorn, hatte ein paar Sekunden Vorsprung.

Henri nahm die erste Ausfahrt, eine langgezogene Kurve, die über die Autobahn hinwegführte. Anstatt bis zu den Kabinen der Mautstelle vorzufahren, wendete er quer über die gelbe Linie und fuhr gegen den Verkehr zurück.

Herrgott, und er gab Gas. Cecilia schien aus einem Traum zu erwachen, sie schaute Henri an und lächelte. Noch waren nicht viele Wagen unterwegs. Henris Fuß trat das Pedal durch, und der alte Ford bebte und vibrierte, eine Tonne wutentbranntes Altmetall, das am frühen Morgen mit hundertfünfzig dahinraste, quicklebendig, und die ersten Scheinwerfer tauchten auf, ja, die ersten, und der Typ legte los mit seinem fanatischen Blinken und Hupen, was bildete der sich ein, der Arsch?

Cecilia schmiegte sich an Henri, sie drückte ihren Fuß auf das Gaspedal, auf Henris Fuß, und sie packte das Lenkrad.

So begegneten sie dem ersten Wagen, wie zusammengeschweißt, wortlos, sie waren gut drauf, beinahe glücklich.

Dann kamen noch mehr, immer mehr, je mehr sie sich der Stadt näherten. Das wurde immer schwieriger, daran vorbeizukommen, immer besser, und dann die durchgedrückten, hysterischen Hupen, iiiioooonnnngggg, die Scheinwerfer mitten ins Gesicht, und der Tag brach an, dieser ganze Scheiß, dieser ganze unbegreifliche Mist und all das, all das, Herrgott noch mal.

Der dicke Stab

Nelly kniete zwischen meinen Beinen. Die Sonne drang ins Zimmer und knallte auf uns herab, ein schöner Wintertag, ihr Rücken war wie eine Eierschale, und es gelang mir nicht, an etwas anderes zu denken.

Sie hob den Kopf.

»Na, du bist aber nicht in Hochform, Will«, sagte sie leise.

Eine feine Schweißspur glänzte wie eine Silberader zwischen ihren Brüsten. Ich fühlte mich ein bißchen dämlich, das war das vierte Mal in dieser Woche, und dabei hatte ich Lust, ich spürte es, das war wie ein dicker Wattebausch in meinem Unterleib, und Nelly war eine Künstlerin.

»Ich bin zur Zeit ziemlich kaputt«, sagte ich. »Ich bin von Mal zu Mal mehr geschafft.«

Wahrhaftig, dieser Job an der Tankstelle die Nacht über, der bekam mir nicht. Ich befürchtete, dabei Federn zu lassen, und in gewisser Weise hatte ich nicht unrecht. Das fing bei den Drüsen an. Ich würde noch auf dem Mull landen, ich ging schnurstracks darauf zu, aber ich entrichtete meine Beiträge, und seitdem ließ man mich in Ruhe.

Nelly setzte sich auf meinen Schoß. Ich mußte mich trotz allem bei ihr revanchieren, na klar, die Ärmste, mit dem Finger, wenn auch mit dem Kopf nicht bei der Sache. Nach einer Weile hörte ich die Maschine aufheulen. Das verschaffte mir einen kleinen Aufschub.

»Hast du keine Lust mehr auf mich, Will?« fragte sie nach einem wohligen Moment der Stille.

Ich sprang auf.

»Wo denkst du hin, mein Engel?«

Ich zog sie an mich und drückte ihr einen sanften Kuß auf den Hals.

»Nein, ich nehm mir eine Woche Urlaub«, sagte ich. »Ich muß wieder zu Kräften kommen, das ist alles.«

»Warte, ich mach das schon.«

Sie nahm das Telefon. Ich ließ sie machen, Scheiß drauf.

»Monsieur Ocker...? Ach so... Na gut, dann richten Sie ihm aus, Will ist krank. Er kommt heute abend nicht zur Arbeit. Danke...«

Das war immerhin etwas. Nelly wirkte glücklich, und ich wollte ihr das nicht nehmen, in meinem Zustand war es besser für mich, sie pfleglich, wie ein rohes Ei, zu behandeln. Der kleinste Zusammenstoß, und ich war erledigt, sie würde mir das wie eine Handvoll Messerklingen aufs Tapet knallen.

Wir gönnten uns ein kleines romantisches Mahl auf dem Bett, und ich, der ich einen Horror vor Austern habe, ich zog mir zwei Dutzend von denen rein, eine Idee von ihr, ich renn schnell zu dem Laden an der Ecke, und eine Zitrone dazu, das wird dir schmecken, diese lebenden Dinger, und das ist unheimlich GUT für dich, tu mir den Gefallen. Dann irgendein mit Pfeffer und Paprika vollgestopftes Teil, ich aß mit den Fingerspitzen, Schatz, das ist wirklich köstlich, und sie überwachte verstohlen jeden Bissen von mir, wir machten das alles sozusagen auf Zehenspitzen.

Der Weißwein schoß mir direkt unter die Schädeldecke, eine Streicheleinheit aus Blei, und zum Schluß gab es kandierten Ingwer, Hilfe, kandierter Ingwer, auf so was waren die Leute auch schon gekommen, die schreckten auch vor nichts mehr zurück.

Nelly räumte ab. Soll heißen, sie pfefferte alles auf den Teppichboden. Scheiße, der Teppichboden, habe ich gedacht. Dabei war das gar nicht ihre Art. Eher superordentlich. Manchmal echt ein Drama. Sie ortete jeden noch so kleinen Fleck, andere mußte man mit der Nase drauf stoßen, sie hatte das im Blut.

»Will! Hol mir schnell die Spraydose!«

Ich trabte in die Küche. Unter dem Spülbecken stand ein gutes Dutzend davon, und alle mit einer ganz bestimmten Wirkung, ich hätte Stunden gebraucht, mich da zurechtzufinden, ich war total aufgeschmissen. Also nahm ich irgendeine, und ich konnte Gift drauf nehmen, daß das nie im Leben die richtige war.

»Ach, du bist wirklich doof, Menschenskind. Siehst du nicht, daß die für den Herd ist?«

»Für den Herd?«

Sie holte ihr Zeug selbst. Das Ding produzierte einen dünnen, weißen Schaum, und FFfffff... ja, ein wahres Wunder, die kleine Schweinerei war verschwunden, hatte ich geträumt?, und sie war zufrieden, im siebten Himmel.

Das war also nicht ihre Gepflogenheit, aber ich merkte sofort, worauf sie hinauswollte, als ich ihre Klamotten durchs Zimmer fliegen sah, ungeheuer heiß, ungeheuer lebendig.

Sie fing an, sich wie eine große Schlange auf dem Bett zu winden, eine Art Zeremonie, schon ein bißchen lächerlich, laszives Lächeln, zwei Pobacken, die sich vor meiner Nase bewegten, und eine rosa Spalte, die mir zuzwinkerte wie ein Auge. Voller Einsatz, was? Ich sah, wie sie sich um mein Bein wickelte. Bestimmt hatte sie mich hypnotisiert, ansonsten, verdammt, wäre mir schon was eingefallen, ich wäre abgehauen, ja, da hätte sie schön geguckt... Aber ich war woanders. Als sie meine Hose aufmachte, stieß sie ein Fauchen aus wie ein wütendes Raubtier, und dann kriegte sie einen Tobsuchtsanfall in unserer malvenfarbenen Bettwäsche aus Satin, eine Schnapsidee, auf die wir mal gekommen waren, ich sage euch, manchmal fängt man auch nichts richtig an.

Ich versuchte sie zu beruhigen.

»Mein Liebling...«

Seltsamerweise dachte ich vor allem an sie, soviel Mühe hatte sie sich gemacht, und nun blieb ihr das ganze Verlangen im Halse stecken, das war hart, mit mir war vorher schon nicht viel los, aber jetzt war mit mir gar nichts mehr anzufangen, sie hatte allen Grund, sich zu vergessen. Hätte ich ganz genauso gemacht.

»Nelly... Nelly, Schatz...«

»Laß mich.«

»Tut mir leid. Scheiße, das war zu früh. Ich war kurz davor...«

Sie drehte sich um. Ich hatte nicht daran gedacht, mein Ding wieder einzupacken, und beim Anblick dieser ganzen offen ausgebreiteten Tristesse brach sie erneut in Tränen aus, malvenfarbener Satin mit Salz, sagt mal, kann das je passen?

Ich blieb neben ihr auf den Knien, und ich mußte wieder an die Sache mit dem rohen Ei denken. Ich hatte keine Ahnung, wie ich aus dem Schlamassel rauskommen sollte. Binnen kurzem würde ich nur noch abträglich sein, ein Hemmschuh bei einem Sprint, und erzählt mir keinen Schmus, welches Mädchen könnte das länger als achtundvierzig Stunden aushalten? Die Typen hielten so was keine fünf Minuten aus. Ein klein bißchen braucht es nun mal, und ich hatte nichts, überhaupt nichts. Leckt mich doch alle am Arsch.

Ich erspare euch den folgenden Monat.

Ich wurde mit jedem Trank, jedem Mittelchen, jedem Ratschlag versorgt, den sie da oder dort aufgelesen hatte. Zum guten Schluß hatte das Zeug wirklich einen komischen Geschmack, seltsame Farben in kleinen runden Phiolen, auf denen nur ein handgeschriebenes Etikett klebte. Ich wollte gar nicht erst wissen, woher das kam und woraus das bestand, ich kippte unter Nellys strengem Blick alles in einem Zug runter. Manchmal wollte sie sich sogleich von der Wirkung des Zeugs überzeugen und fuhr mit nervöser, unruhiger Hand in meine Hose, es ließ sie schier verzweifeln.

»Och, Will...«

»SSSsssssss...!«

Gelegentlich gelang es mir, ihr notdürftig zu helfen, oder ich preßte mich an sie, ich versuchte meinerseits wirklich alles, lange Spaziergänge in der Abgeschiedenheit hinter dem Périphérique, Pranamaya und der ganze Kram, der Geist rissig, der Körper morsch.

Eines Nachts sagte ich sogar, Herrgott, ich bitte dich, ich

wußte wirklich nicht mehr ein noch aus, ich dachte nicht einmal daran, mich umzubringen, ich hatte diese Kraft nicht mehr, die in einem aufsteigen muß, um Großes zu vollbringen. Wenn sie sich, gefangen in irgendeinem wundervollen Traum, nachts an mich schmiegte, schlug ich die Bettdecke zurück, ich stützte mich auf den Ellbogen und betrachtete mich. Ich hatte das Gefühl, mein Unterleib sei weicher geworden und weißer. Ich spürte, daß ich den Kontakt verloren hatte. Die kleinen Mädchen glaubten, daß die Jungen mit einem KNOCHEN zwischen den Beinen herumliefen, und das stimmte nicht. Man hatte zuviel Mist am Hals, dermaßen bekloppte und sinnlose Jobs, und je kleiner das Gehirn war, um so zufriedener war man.

Ich nahm mein Ding in die Hand und ließ es auf meinen Bauch fallen, einmal, zweimal, ich nahm es und ließ es los, wieder und wieder, klapp, klapp, klapp.

Nelly wurde wach, sie schaute mich ausdruckslos an, wie ein ganz weißer Himmel.

»Na komm, bleib ruhig«, meinte sie.

Sie zog die Decke wieder hoch, und ich blieb allein zurück mit diesem gelben Lichtschein, der von der Lampe aus über mich floß.

Auf der Arbeit war es auch nicht lustig. Ich konnte dieses Teil, diesen Stutzen, in keinen Tank stecken, ohne daß ich anfing zu zittern, und die Typen knauserten mit dem Trinkgeld, weil ich die Hälfte danebenschüttete. Ich war auf dem absteigenden Ast, und die Hoffnung, das ist was für Krebskranke und Schiffbrüchige, man ist immer auf der Suche.

Eines Morgens dann, ich lag noch keine zwei Stunden im Bett, rüttelte mich Nelly wach und schleuderte die Decken fort, sie strahlte vor Glück, sie strahlte.

»Will, mein Schatz, endlich, ich hab's, ich hab's gefunden, o mein Schatz...«

»Hmm?« machte ich. »Was hast du gefunden, mein Engel?«

Endlich hatten mich meine Träume mal in Frieden gelassen, und ich brauchte zwei Sekunden, um zu begreifen, was sie meinte. Aber da hatte sie sich schon auf mein Ding gestürzt – wie würdet ihr das denn nennen, hm? –, sie hielt es in der hohlen Hand, rote, leuchtende Fingernägel wie Jack the Ripper.

»O du armes kleines Ding...« sagte sie. »Du bist so süß... Ich hab eine Überraschung für dich, du wirst sehn, deine Freunde werden vor Neid platzen, oohhh, du bist so süß, mein Schatz, ooohhhh, hihihiiii...«

Sie öffnete ihre Handtasche. Ich war auf eine weitere Schnapsidee gefaßt, eine von der Art zapfen Sie sich an einem Freitag im Frühling Blut ab, kochen Sie es auf dem Herd ein und zusammen mit zwei Hasenohren und einer Taubenleber... Aber sie holte eine große Spritze hervor, aus Glas, durchsichtig, ich schrie entsetzt auf.

»OOHHHH...«

»Was denn? Willst du so bleiben, Scheiße?«

Sie lachte nicht mehr, nein.

»Du weißt genau, daß ich bei Spritzen...«

»Oh, ich bitte dich, stell dich nicht so an.«

Sie hatte recht. Ich klammerte mich ans Kopfkissen und bot ihr mein zusammengekniffenes Hinterteil dar.

»Nein, nicht in den Hintern«, sagte sie sanft.

»Was?«

Man ist schon komisch veranlagt, die Schaltkreise, all das, wirklich, und schon fängt der Instinkt an zu kreischen.

»Bist du verrückt oder was?«

Ich war entschlossen, ihr irgend etwas ins Gesicht zu schmeißen, wenn sie nur mit der Hand zuckte. Ich hörte ein Blubbern in meinem Bauch, wenn ich nur daran dachte, ich verspürte einen unbändigen Drang, aus dem Fenster zu springen, erster Stock, es bestand die Aussicht, heil davonzukommen, ganz und gar unverletzt.

Sie holte tief Luft.

»HÖR ZU, DU TROTTEL! Das ist die EINZIGE Möglichkeit. Dieses Zeug ist harmlos. Das ist eine Art flüssiger Wachs. Und dein Ding wird HART werden, hörst du, das wird einiges bei uns ändern. Was glaubst du eigentlich? Deine Finger und all diese Kinkerlitzchen, dafür brauch ich dich nicht. Und dann quäle ich mich auch noch für nichts. Ja, ich hab ein viel zu weiches Herz. Dabei dürfte es mir nicht schwerfallen, was Besseres zu finden, bestimmt nicht. Das ist für dich, mein Freund, für DICH!!!«

Sie stand auf. Ich überlegte. Ich mochte sie sehr. Harmlos? Sie stand am Fenster. Allein zu leben, dafür war ich noch nicht reif. Überall ließen Leute an sich rumschnippeln, die übelsten Sachen. Eine Spritze? Nur eine Spritze? Die Mädchen hatten Augen, da konnte man nichts gegen machen. Ich sagte: »Okay, nur zu.«

Sagte ich mit entschlossener Stimme.

Bewundernswert. Dann ging ich auf Tauchstation.

»O mein Liebster, mein Schatz, das ist wunderbar, mein Gott…«

Nelly fuhr mir mit einem Handschuh übers Gesicht, ich kam ganz langsam zum Vorschein wie bei einer schweren Geburt.

»Guck mal, Will, Schatz, das ist einfach GROSSARTIG! HERRLICH!!«

Ich guckte. Meine Fresse! Das war wirklich große Klasse. Nelly hatte ganze Arbeit geleistet. Ich konnte mich nicht erinnern, jemals solch ein Ding zwischen den Beinen gehabt zu haben.

»Meine Güte!!!« sagte ich.

»Merkst du was?«

»He, sag mal…«

Das war ein komisches Gefühl, aber weh tat das nicht, nein, ich fand das höchstens ein bißchen schwer, als ich mich erhob. Ich schlenderte durch das Zimmer, am Fenster vorbei, in die Sonne, auf der Straße war einiges los, es wimmelte von Menschen, die hin und her rannten, Herrgott, und ich stand da mit meinen fünfundzwanzig Zentimetern, ja, seit Jahrtausenden.

Ich baute mich vor Nelly auf, und die Ärmste wußte nicht, ob sie lachen oder weinen sollte, es mußte, grob geschätzt, rund fünfzig Tage und genauso viele Nächte her sein, das war gut zu verstehen, all diese elenden Nächte. Ich preßte mein Schwert gegen ihren Bauch, und ich drängte sie an die Wand, ich geb dir zwei Sekunden, um es dir bequem zu machen, Schatz, und ihr könnt denken, was ihr wollt, ihr wart nicht an meiner Stelle.

Ich drang ganz tief ein, und ihre Augen schrien mir etwas

zu wie Will!, Will!, laß mich erst Luft holen, und Worte, die ich noch nie gehört hatte, die sie aus einem früheren Leben hervorholte.

Als ich mich zurückzog, ließ sie sich seufzend aufs Bett sinken, und ich rannte in die Küche, zwei Gläser und ein kleiner, trockener Weißer, den ich fast vergessen hatte, paß auf, daß du dich nicht stößt, prost.

»O mein Gott, was war das schön. Liebling, das war so lange her, du warst großartig.«

Sie schmiegte sich sanft an mich.

»Du bist süß, Nelly.«

»Und guck mal, er ist immer noch so groß. Stell dir vor, wir könnten sofort wieder anfangen, wenn wir wollten.«

»Sicher.«

»Sogar stundenlang, was glaubst du?«

»Sieht ganz danach aus.«

»Ich glaub, es überkommt mich wieder, Will.«

»Tu dir keinen Zwang an, mein Schatz. Wir haben Zeit genug.«

Und wir legten wieder los.

Mir fiel das nicht schwer, ich brauchte nur in Stellung zu gehen, vorbei die Ängste, ich lief nicht mehr Gefahr, nach fünf Minuten in ihrem Unterleib abzuschlaffen – und sie, sapperlot, ich danke dir, daß du auf mich gewartet hast, ja. Jetzt konnte ich sie mühelos zum Gipfel bringen und noch weiter, das war wirklich sehr schön, ich sah, wie sie diese Welt verließ, einem kleinen Mädchen gleich, das durchs Fenster in den Garten klettert, und ich war es, der dieses Fenster aufgemacht hatte, ich konnte diesen Duft genießen, ein Vergnügen, das nicht vielen vergönnt ist. Da gehört eine gewisse Gleichgültigkeit zu, und die ist bei der Sache nicht vorgesehen. Brauchst dich bloß zu bremsen und zurückzuhalten, schon bist du außen vor, weil dir dein Problem einen großen Knoten im Bauch verschafft, so ist es, tust du's aber nicht, kannst du deine Sachen packen, du mieser kleiner Egoist, raus aus meinem Bauch. Nie wollen sie wissen, wer dabei ärmer dran ist, und da haben sie natürlich recht.

Am frühen Abend sagte Nelly:

»Liebster, ich kann nicht mehr.«

Sie lag auf dem Rücken, die Beine angewinkelt, wickelte sich eine Haarsträhne um einen Finger, wickelte sie wieder ab und so weiter.

»Was, schon?«

»Sei mir nicht böse, Schatz, ich war so glücklich.«

Ich stand auf, und man sah sofort, daß das schon ein bißchen unpraktisch war, ständig dieses aufgerichtete Ding mit sich rumzutragen, das war der Nachteil bei der Sache, und als ich pinkeln ging, merkte ich gleich, das wird einige Übung erfordern, ein regelrechtes Training.

Wir ließen uns das Problem ein wenig durch den Kopf gehen. Nelly kramte einen Art weißen, dehnbaren Hüfthalter aus einer Schublade hervor, so was sah man sonst nur auf Fotos, allmählich nahm die Sache eine komische Wendung.

»Dann kannst du dich wenigstens anziehen, so sieht man das nicht. Hihi...«

»Jaja, nimm mich nur auf den Arm...«

Ich zog den Hüfthalter an. Na gut, das ging einigermaßen, etwa so, als hätte ich eine Flasche Schnaps in meiner Hose versteckt, na ja, fast so. Ich hatte kein Verlangen, mich bei Nikolaus zu verspäten oder mir Schuhe mit Schnürsenkeln anzuschaffen, aber jeder hienieden trug sein Kreuz, und ich hatte vorerst die Schulter gewechselt.

Ich war also ein tolles Ding geworden, ein schöner Apparat, und ich ließ mich nie lange bitten. Nelly hatte ihren Spaß dabei, und das reichte mir, ich durfte nicht zuviel verlangen, ich führte ein fast normales Leben, vorher das war gar keins. Kaum war ich von der Arbeit zurück, schälte ich mich als erstes aus diesem Hüfthalter, in dem ich halb erstickte, und keine fünf Minuten später rückte mir Nelly auf die Pelle. Und wenn ich noch so kaputt war, eine lange, schlaflose Nacht in den Knochen, mein Ding stand stramm und glänzte wie ein Spazierstock, und ich konnte sanft einschlummern, während sich Nelly auf mir austobte. Ich schlug alle, selbst die Besten, mit Leichtigkeit. Wenn ich wach wurde, fand ich neben meinem Kaffee stets eine kleine Aufmerksamkeit, ein paar Croissants, ein bißchen Konfitüre, Blumen in einem Glas oder einen Orangensaft, auch in einem Glas, und während ich meinen Zucker umrührte, kam sie und erzählte mir, wie gut ich gewesen sei.

»Corinne würde verrückt werden, wenn sie das wüßte«, sagte sie eines Morgens.

»Kann ich verstehen«, erwiderte ich.

Corinne war so etwas wie ihre beste Freundin, ihr versteht schon, eine gute Mischung aus Haß und freundschaftlicher Zuneigung, und ich kannte keinen, der mit ihr fertig geworden wäre. Es war auch nicht so, daß ich nie auf sie scharf gewesen wäre, seit ich sie kennengelernt hatte, aber ich stand nicht auf der Liste ihrer möglichen Eroberungen, denn dieses Mädchen konnte überhaupt nicht teilen und DAS schon gar nicht. Sie brauchte Frischfleisch. Ein Typ, den eine andere halb rausgeschmissen hatte, interessierte sie nicht mehr. Sie fing erst an, ihre Ohren zu spitzen, wenn ein unglücklicher Kerl sechs Monate lang in die Röhre geguckt hatte, und selbst dann schaffte der arme Teufel nicht die gesamte Distanz. Sie war wirklich unmenschlich.

Wenn ich auf dieses Mädchen zu sprechen komme, dann nur, weil ich eines Tages, als ich nach Hause kam, einen Zettel von Nelly vorfand, und auf diesem Zettel teilte sie mir mit:

> Corinne hat angerufen
> Ich bin in ein paar Stunden wieder da
> Denkst du auch an mich?
> Du Schlingel, wäre es doch schon heute abend.
> N.

Ich war nackt und spazierte mit dem Zettel in der einen und einem Brot in der anderen Hand umher, als es laut an der Tür klopfte. Keine Zeit mehr, den Hüfthalter anzuziehen, das Klopfen hörte nicht auf, ich sprang in meinen Morgenrock und hielt mir eine Zeitung vor den Körper, als ich aufmachte.

Es war Corinne. Feuerrote Mähne, ganz in Wildleder und Nylonstrümpfen trat sie ein, und mir war, als hätte ich den Ofen einer Bäckerei geöffnet, solch ein heißer Luftwirbel schlug mir entgegen. Sie wählte sich eine Ecke des Betts, kreuzte sie, nicht die Arme, nein, und streckte mit einer langen, fließenden Bewegung ihre Hand nach mir aus.

»Ich hätte gern eine Zigarette. Geht's gut, mein lieber Will?«

Ich ging mit meiner Zeitung durchs Zimmer, und ich nahm eine mit Filter, ich warf sie ihr zu.

»Jaja, nicht schlecht.«

»Nelly hat gesagt, dir ginge es SEHR gut.«

»Ich dachte, Nelly ist bei dir«, sagte ich.

Ich mußte die Lage sondieren.

»Ich bin vor zehn Minuten los, sie ist noch bei mir. Sie wartet auf den Klempner.«

»Ja?«

»Ich hatte etwas Dringendes zu erledigen. Ohne sie wäre ich in der Klemme. Außerdem haben wir von dir gesprochen.«

»Aha...?«

Ich hatte einen Weg gefunden, diese Zeitung loszuwerden, die ein ungewöhnliches und auffälliges Requisit wurde, fand ich. Ich hatte mich auf den Teppich gesetzt und die Knie bis unters Kinn angezogen, das Ding stieß gegen meinen Adamsapfel.

»Nelly meint, du bist unglaublich gut in Form. Ich finde, sie sah richtig müde aus. Sollte das an dir liegen?«

Sprachen sie auch schon mal über was anderes? War das alles, was für sie zählte? Vielleicht hatten sie alles in allem ja recht, vielleicht machten wir uns einfach nur etwas vor, sie ließen unsere kleine Eitelkeit unangetastet, und so regierte die Illusion die Welt, stets hatten sie eine Handvoll Sand, den sie uns in die Augen streuen konnten, und eins kann ich euch sagen, was Gott angeht, ich glaube, die Typen, die in den Himmel kamen, die mußten sich auf eine komische

Überraschung gefaßt machen, die Chinesen, die hatten das beinahe kapiert mit ihrem Yin und Yang, nur daß das Yin, das Kalte, das Finstere, das Weibliche, alles andere wegfegte, guckt euch doch nur mal um, denkt mal ein bißchen nach. Deshalb durfte man die Frauen nicht lieben, man mußte sie bewundern. Das einzige, was man machen konnte, das war, es ihnen nicht zu sehr zu zeigen, damit konnte man ein klein bißchen Zeit gewinnen, und wir hatten noch Glück, daß sie es nicht eilig hatten.

»Man soll nichts übertreiben«, antwortete ich.

»Mach ich dir angst?«

»Du eigentlich weniger. Das ist eher eine allgemeine Angst oder Müdigkeit. Außerdem versteh ich nicht so ganz, was du hier zu suchen hast, das ist alles.«

»Du bist aber gar nicht nett, sag mal. Ich hab dich schon netter erlebt, erinnerst du dich?«

»Ich suhle mich nicht gern in unangenehmen Erinnerungen.«

»Du Blödmann, damals hatte ich meine Tage.«

»Ach, Quatsch, ich hatte keine Chance«, sagte ich.

Sie wurde unruhig auf ihrer Bettkante.

»Möchtest du etwas trinken?«

Klassisch, aber effektiv, sollte man stets auf Lager haben, um die zweite Runde vorzubereiten.

»Wenn du willst«, antwortete sie.

Scheiße, noch eine, die ihre Augen für Laserstrahlen hielt. Ich stand auf. An der Stelle, wo ich mich hingesetzt hatte, war der Teppich versengt. Herr im Himmel, dachte ich, die hat voll zugeschlagen! Ich packte die Zeitung und flitzte in die Küche.

Ich füllte zwei Gläser, und dann hatte ich meinen Auftritt, zwei Hände, die Gläser und die Zeitung, probiert's mal, das ist kinderleicht.

Corinne hatte eine Höchstgeschwindigkeitstechnik angewandt. Ich sah das an dem in der Strumpfhose eingerollten Slip und dem im Pulli steckenden T-Shirt, eine einzige Bewegung, hopp hopp, ein ungewöhnliches Tempo. Sie lag auf dem Bett, die Arme hinter dem Kopf, anscheinend ganz zufrieden mit ihrem kleinen Streich, die Beine ziemlich breit, ein sehr schönes Bild, wirklich, sehr ruhig und sehr schön.

»Was ist das?« fragte sie.

»Was?«

»In den Gläsern.«

»Whisky-Cola.«

»Hoppla... Willst du, daß ich den Kopf verliere?«

Die sind lustig. Das war bestimmt das letzte, was sie zu verlieren drohten, aber den Dreh haben sie sich ausgedacht, um uns träumen zu lassen. Ich lächelte.

»Komm. Was machst du eigentlich da mit dieser Zeitung?«

»Och... Nichts.«

Und das stimmte, viel mehr, als seinen Schwanz zu verstecken, konnte man mit dieser Ansammlung von Schwachsinn und Scheiß nicht anfangen. Seit die Typen im Fernsehen immer toller und immer lumpiger wurden, ging es mit den großen Tageszeitungen rapide bergab. Ich ließ das Ding zu Boden fallen, das machte weniger Lärm als ein Baum. In dem Moment verstand sie alles.

»FFFfffiiiiuuuu«, pfiff sie.

Ich stürzte mich auf sie.

Sie fiel über mich her.

Wir machten Ernst. Ich schob ihr unverzüglich, mit einem Ruck voll blinder Wut und Liebe, mein Ding rein, und sie grunzte. Wir waren wie von Sinnen. Wir wälzten uns, zerkratzten uns, schrien, und ich preßte sie an mich, indem ich das Laken von beiden Seiten zusammenzog, ich wollte sie ersticken, und sie, drück mich, ja, drück mich fester, und sie leckte mir über das ganze Gesicht, über die Augen, ich gab's ihr mit aller Kraft – ALLER Kraft? –, und ihr Arsch war glühend heiß, flüssig, ich mußte mich dem Zentrum nähern, sie schrie, und ich brüllte Sachen, die mir durch den Kopf gingen, und ich spürte, daß es ihr bald kam, ich fuhrwerkte wie ein Irrer, rasend schnell, mit vollem Risiko, ich dachte, komm jetzt, Scheiße, komm jetzt, das war dermaßen unsicher, und je näher sie dran war, um so unsicherer wurde das, sie schwebte zehn Sekunden lang über dem Abgrund, dann folgte ein unvorstellbares Beben, es war soweit, und sie kreischte, und ich kreischte mit ihr, denn diesmal, wirklich, trotz meines bekloppten Dings, diesmal war es wirklich zuviel. Eine Achterbahn war nichts dagegen.

Mindestens fünf Minuten lang sagte keiner ein Wort, nichts als das Rasseln unseres Atems, das war eine schwierige und schmerzhafte Landung mit zuckenden Blitzen und kleinen leuchtenden Punkten.

Ich erholte mich schneller als sie, aber ich hatte nichts zu sagen. Ich genoß das.

»Puuuuhhh…« sagte sie und räkelte sich. »Das hatte ich nicht erwartet.«

»Wäre auch zu einfach.«

»Hm?«

»Wenn man alles erwarten könnte, das wäre doch zu einfach, oder nicht?«

»Will...«

»Hmmmmm?«

»Ich habe keine Lust, mir irgendeinen Schwachsinn anzuhören. Wir haben toll gebumst, versuch nicht, mehr daraus zu machen, tu mir den Gefallen.«

»Okay, meine Liebe. Kann ich sonst noch was für dich tun?«

»Wenn du mir meine Sachen geben könntest... Nelly wird's bestimmt langweilig. Ich werde sie erlösen.«

»Die Glückliche.«

»Was?«

»Nichts, vergiß es.«

Für mich war das keine üble Zeit. Corinne schaffte es immer wieder, hier und da ein paar Stündchen für uns abzuzwacken, Nelly war eine verdammt gute Freundin, die nichts ahnte. Ich litt zwar ein bißchen unter dem Mangel an Konversation, aber ich sah, daß ich in beider Leben eine Rolle spielte, und das war tröstlich, ich war ein privilegierter und gefügiger Staffelstab. Ich kannte die Grenze zwischen der Wahrheit und der Lüge, und ich wußte, daß man mit den Leuten nicht weitergehen durfte, es war auch so schon schön.

Mit den ersten Frühlingstagen fing der Verdruß an. Mein Apparillo nahm zu guter Letzt eine ganz komische Farbe an, er wurde gelbgrün und auch unmerklich weicher. Ich wurde nervös, und es kam vor, daß ich eine Nummer verschluderte, ich dachte mir irgendeinen Vorwand aus, ich war nicht auf der Höhe, oder ich ging nach der Arbeit einfach nicht nach Hause, ich verdrückte mich irgendwohin, und es wurde früher hell, ich fuhr durch die Straßen, ohne eine Menschenseele zu sehen, nichts war zu hören, ich spürte, daß ich krank wurde, und ich hatte Schmerzen im Unterleib, von denen mir ganz schwindlig wurde.

Corinne verzichtete. Ich schaffte es nicht mehr. Beim letzten Mal hatte ich sie dazu überreden können, im Dunkeln zu bleiben, ich hatte die Vorhänge zugezogen und machte mich daran, sie auszuziehen.
»Ist mal eine Abwechslung, oder?« fragte ich sie.
Ich fühlte mich elend wie ein geprügelter Hund.
»Wie du willst... Küß mich.«
Ich fuhr mit der Zunge über ihre Oberschenkel und dachte, das bringt uns schon ein großes Stück voran, und als sie die Beine spreizte, legte ich mich derart ins Zeug, daß ich mir fast den Kiefer ausrenkte, und vielleicht war das auch das Beste, was mir passieren konnte. Ich kannte sie inzwischen, und sie ging mir nicht durch die Lappen. Als sie mich zur Seite schieben wollte, hielt ich mich wie ein Irrer fest, und mochte sie noch so stöhnen und betteln, und sie fing an zu heulen, vielleicht hatte ich sie mit meinem Schmerz angesteckt, was wußte ich, mir doch egal, ich war schon halb tot.

Dann legte ich mich auf sie, und daß ich mein kümmerliches Ding, kaum härter als ein Kuheuter zwischen ihren Beinen, überhaupt reinschieben konnte, ging nur, weil sie derart naß und offen war, daß nichts unmöglich war. Ich gab mir alle Mühe, ich hechtete auf und ab, schlingerte wild hin und her und stieß heftig gegen ihr Schambein, ich dachte, damit könnte ich ihr was vorgaukeln, doch nach einer Weile merkte ich, daß ich mich allein abrackerte wie einer, der es noch mit einer Herzmassage versucht, wenn es längst zu spät ist, und sie lag total locker da, ich spürte, daß sie mich anschaute, ich hielt inne, ich atmete durch.

Sie schob mich runter. Ich wälzte mich auf die Seite. Sie strich um meinen Bauch herum und nahm mich in ihre Hand, die Wut stieg ihr bis in die Fingerspitzen.

»Nun...?« sagte sie mit leiser Stimme.

Einen Moment lang war mir danach, ihr an die Gurgel zu springen oder sie zusammenzuschlagen, mich packte die blinde Wut, ein fürchterlicher Anflug, ich zitterte, und als Empfindung ist das einem guten Fick nicht unähnlich, wenn man richtig loslegt, sofern ich mich recht erinnere. Genauso kurz, übrigens. Ich war niedergeschlagen, verletzt, deprimiert, sie hatte nichts zu befürchten.

»Ist das alles?« fuhr sie fort.

Im Tonfall einer Frau, die man auf halbem Weg im Stich läßt, das durchfuhr mich wie kalter Stahl. Ich wußte keine Antwort, ich würde ihr nicht sagen, daß ich halb verfault war.

»Na gut, ich hoffe, beim nächsten Mal bist du besser drauf...«

»Nein, ich glaube nicht, daß ich beim nächsten Mal besser drauf bin«, sagte ich. »Ich hab keine Lust mehr. Das macht mich kaputt, zwei auf einmal.«

Im Dunkeln war das leicht.

Es folgte ein zäher Moment der Grabesstille, dann stieß sie hervor:

»Du Schwein...!!!«

Ich fand mich damit ab, und sie verdrückte sich. Schließlich hätte ich das gleiche von ihr behaupten können.

Mit Nelly lief das ein bißchen besser. Nelly war sanfter, sensibler, und ich konnte ihr nicht lange verheimlichen, in was für einem Zustand ich war. Eines Abends, kurz bevor ich zur Arbeit ging, biß ich die Zähne zusammen und holte vor ihren Augen mein Ding ans Licht. Sie wurde kreidebleich und erstarrte, das war wirklich kein schöner Anblick.

»Oh, Will, du mußt zum Arzt... Eine Infektion, oder was meinst du...?«

»Ach, keine Ahnung, ich weiß es nicht«, erwiderte ich.

Dieses Wort Infektion, das gefiel mir ganz und gar nicht, ich schüttelte den Kopf, um es loszuwerden, aber es war hartnäckig wie ein Ölfleck und breitete sich über mein Leben aus.

Ich hatte mir den letzten Moment für meine Horrornummer ausgesucht, ich wollte keine Diskussionen und kein Wimmern, ich wollte diesem ganzen Scheiß unbedingt aus dem Weg gehen. Ich hatte nichts gegen Mitleid, ich hatte etwas gegen Gewissensbisse. Ich rettete mich schnell auf die Straße, als sie den Mund aufmachte, sie war bestimmt erleichtert, glaube ich.

Als ich am nächsten Morgen nach Hause kam, traf ich sie über einem Telefonbuch an. Sie hatte ihren Mantel auf der Schulter, sie war taufrisch und lebendig, und mir stand's bis obenhin, ich ging brummend Richtung Bett.

»Nein, nein, du kommst mit«, sagte sie.

Sie gab mir einen raschen Kuß auf den Mundwinkel, das ging schnell.

»Sonst noch was, verdammter Mist?« sagte ich freundlich.

Ich wollte nur noch meine Ruhe, ich hatte die Zeche bezahlt. Darauf sie:

»Wir gehen ins Krankenhaus. Das ist nicht weit. Du darfst das nicht länger rauszögern, Will, ich hab mir die ganze Nacht Gedanken gemacht.«

Ich hatte die ganze Nacht verrückt gespielt.

Der helle Wahn. Ich war zwischen diesen glitzernden, da und dort mit Benzinspritzern versifften Karren hin und her getigert, eisiges Schweigen in der Halle, außer wenn sich die Kerle neben den Zapfsäulen aufregten, ich ließ die Drecksäcke brüllen, und um mich herum roch es nach Tod, nach Fäulnis, nach Benzin und kaltem Gummi, und ich hatte kapiert, verdammt noch mal, ich hatte kapiert.

Ich wußte, daß sie recht hatte, das war das einzige, was noch blieb, schön, ich hätte sie auch zum Teufel jagen können, natürlich, aber das Netz zog sich immer enger, und ich mochte ja halb durchgedreht sein, blöd war ich deshalb nicht.

Wir gingen zum Krankenhaus, ich ging hinter ihr her, sie vorweg, so schnell, so wunderschön und wortkarg in der Sonne, ich schleppte mich mindestens zwei Schritte hinter ihr dahin, und selbst das sah sie nicht.

Kaum waren wir da, eilte sie auf einen jungen Typen in weißem Kittel zu, warte da auf mich, sagte sie zu mir, ein großer Saal voller Leid, ich entdeckte einen freien Stuhl zwischen einem alten, unrasierten Kerl im Bademantel, der total weggetreten war, und einer jungen Fau mit einem plärrenden Kind in den Armen. Ich sah, daß Nelly mit dem Typen redete, und hin und wieder beugte sich der Typ ein wenig zur Seite und warf mir einen Blick zu, und ich war schon drauf und dran abzuhauen, als er mich zu sich winkte, und ich schritt auf ihn zu, und die Sonne schien durch die Fenster und schlotterte bei dem Elend, und das Leben verdrückte sich auf Zehenspitzen, tschüs Jungs.

Ich folgte dem Doktor in einen zweiten, kleineren Raum, und er nahm sich einen Stuhl und setzte sich zwischen meine Beine.

»Dann zeigen Sie mal her«, sagte er.

Ich zeigte her.

»Ach du Scheiße, Sie müssen bekloppt sein!«

»Sie müssen höflich sein«, sagte ich.

»Ich BIN höflich«, meinte er, dieser Klugscheißer.

Im Leben sind die Jungs, die das letzte Wort haben, immer auf der richtigen Seite der Klinge, man dankt DIR, man begegnet DIR mit Wohlwollen für all das.

Und von Hölzchen auf Stöckchen, von Flur zu Tür, tschauuuu Nelly, von Hand zu Hand, von aahhhh Scheiße zu Vorsicht, das tut weh, von he, was machen Sie da? zu gar nichts mehr... gelangte ich in ein Bett und jemand sagte zu mir:

»Es ist alles sehr gut verlaufen, seien Sie unbesorgt.«

»Was ist gut VERLAUFEN?« fragte ich mit schwacher Stimme.

So schwach, daß mich die Krankenschwester wohl nicht verstanden hatte, sie ordnete auf einem Tisch irgendwelche Blumen an, das tun sie alle. Ich brüllte ein wenig lauter, und schließlich erfuhr ich, daß sie mir diese Schweinerei von einem Wachs entfernt hatten und mich dann gewaschen, desinfiziert und wieder zusammengenäht hatten und daß ich noch gut eine Woche bleiben müsse, ärztliche Aufsicht, Verbände, Schonung, haha, Schonung.

Am letzten Tag faßte ich mir ein Herz. Ich entfernte den Verband und fühlte nach. Ich fühlte verdammt noch mal nach, aber vergebens. Obendrein hatte man mir zwei häßliche Einschnitte verpaßt. Ich packte alles wieder in den Verband und machte, daß ich wegkam.

Es war Anfang Mai. Ich ging ein wenig spazieren. Nach einer Weile überquerte ich die Straße, und dieser Arsch pfiff mir nach, er schäumte. Herrgott, dieser Bulle war ein gemeingefährlicher Irrer, kreidebleich, ich sah ihn näher kommen, er hatte sich nicht den richtigen Moment ausgesucht, ich dachte, na gut, so endet das also, warum nicht, und als ich seine bekloppte Birne von nahem sah, so nah, daß seine Haare wie dicke Stromkabel waren, fand ich, als Kostprobe ist das nicht schlecht, und ich holte tief Luft, dieser Kerl sollte mir für die andern büßen, und ich rechnete schwer damit, daß ihn seine Kumpel rächen würden. Dieser Gedanke schoß mir durch den Kopf, leicht, aber radikal, ein satter Spritzer Adrenalin. Der Typ muß das gespürt haben, ich sah, wie sich ein Schleier über seine Augen legte, und während ich noch darauf wartete, daß er anfing zu meckern, mich ins Visier zu nehmen, daß er mich ankläffte, nur ein Dezibel, eine Spur zu laut, sagte er höflich, mit beinahe sanfter Stimme:

»Nehmen Sie doch bitte beim nächsten Mal den Zebrastreifen.«

Und er entschwand wie ein Engel, das Leben gab ihm ein

paar kräftige Klapse zwischen die Flügel, bravo, Alter, bravo, hui, FFFfff...

Ich wartete, bis sich das ein wenig legte, dieses Zittern, ich blieb eine Weile in dieser Kneipe, um einen zu trinken, ich hatte allmählich kein Gefühl mehr für irgend etwas, Nelly hatte mich kein einziges Mal besucht, aber das war okay, und es wurde langsam Abend, und wie einsame Wölfe stiegen die Typen auf die Barhocker und eröffneten die Nacht, diese lange, triste und schreckliche Nacht.

Ich ging weiter, und dann stand ich vor dem Haus. Es gibt etwas, was unsere Schritte lenkt, und ab fünftausend Kröten im Monat nennt man das Schicksal, aber in Wirklichkeit ist es nur das menschliche Elend, der Hunger oder die Verrücktheit, und im Grunde ist das belanglos, ich ging rauf und trat ein.

Ich fand Nelly im Schlafzimmer, sie lag auf dem Bett, und das war hart für mich, denn bei ihr war ein Typ, und dieser Typ zog an einer Zigarre – ich dachte, sie hätte einen Horror davor –, und er hatte ein GOTTVERFLUCHTES SCHEISSGRINSEN, und vor allem war das mein Chef, der gute alte Ocker, und das war der Gipfel. Ich stand da wie vom Schlag gerührt, mein Körper wollte nicht mehr, dabei warteten sie bestimmt auf eine Reaktion von mir, der Typ konnte mindestens hundert Kilo Muskeln in die Waagschale werfen, dazu eine eiserne Gesundheit und einen dicken Batzen Knete, haste was, kannste.

Ich rührte mich immer noch nicht. Nelly versteckte ihre Titten hinter ihren Händen, ich hätte mich fast kaputtgelacht, diese blöde Ziege. Und der Typ stand seelenruhig auf, er genierte sich nicht, er streifte sich mit nacktem Arsch sein

Hemd über, langsam und genüßlich, er blieb der Boss bis zum Schluß, und ich nahm schwer an, daß er über meine Sache im Bilde war, na klar, brauchte man sich nur ihre Visagen anzusehen, brauchte man sich nur den Lauf der Welt anzusehen, den ganzen Dreck, nichts als Tiefschläge in eisigem Schweigen und die Einsamkeit deiner klapprigen Seele.

Wir wechselten kein einziges Wort. Ich wartete nur darauf, daß er endlich abhaute, denn ich war müde und jetzt auch völlig unbeteiligt an allem, was sich um mich herum tat, irgend etwas tief in mir wollte nicht mehr raus, und der Typ gab Nelly einen Kuß auf die Haare, ohne mich aus den Augen zu lassen, das gefiel ihm, und als er an mir vorbeiging, war er bestimmt in jeder Hinsicht ein paar Zentimeter gewachsen.

»Bis heut abend, Nel«, sagte er, als er zur Tür rausging.

Nel. Das klang viel schicker. Die Typen von seinem Schlag sahen immer zu, daß sie allem, was sie anfaßten, ihren Stempel aufdrückten, das hatte Klasse, Nel, verdammt, da hatte ich nicht dran gedacht, ich war wirklich ein Versager, Nel, meine Liebe, Nel, Nel, schnuckelige, süße Nel, Nel, kommen Sie her, Nel, blasen Sie mir einen, Nel, Sie verdammtes geiles Luder, jaja, die einen hatten den Dreh raus, die anderen nicht.

»Scheiße! Was glaubst du denn?« legte sie los.

Ich gab keine Antwort, ich stand immer noch reglos da, es dauerte, bis das in meinem Schädel ankam.

»He, was glaubst du denn?«

»Nichts, ich glaube überhaupt nichs«, erwiderte ich.

Das war die Wahrheit.

»Du willst mir doch nicht vorwerfen, daß ich lebe, oder?

Wolltest du etwa, daß ich WARTE? Herrgott, du bist vielleicht ein Witzbold, findest du nicht?«

»Ich hab nichts gesagt, Nelly.«

»Brauchst du auch nicht! Guck dich doch an, du bist leichenblaß. Versuch bloß nicht, mich mit deinem Märtyrergetue einzuwickeln, auf den Quatsch fall ich nicht mehr rein. Alter, so ist das Leben, und du hast halt Pech. Tut mir leid, bei so was heißt es jeder für sich, das weißt du. Wir sind keine Kinder mehr, Will...«

»Sicher. Und weißt du, was wir sind? Du weißt nicht, was wir sind, Nelly! Wir sind wirklich schlimmer als alles andere, und jetzt, wo ich keine Chance mehr habe, damit fertig zu werden, ist mir das sonnenklar. In meiner Lage hält man die Augen OFFEN, man lügt sich nicht mehr in die Tasche, du hast gar keine Ahnung von der Realität, Nelly, das hast du wirklich nicht!«

»Ja, gut, aber ich kann nichts dafür. Was gedenkst du jetzt zu tun?«

»Darüber hab ich noch nicht nachgedacht.«

»Hier kannst du natürlich nicht bleiben, aber mit deinen Sachen, weißt du, das eilt nicht, ich setz dir nicht die Pistole auf die Brust... Übrigens, wegen deinem Job, Frank... na ja, dein Chef, du weißt schon, er hat nichts dagegen, dich dazubehalten, wenn du willst.«

»Das ist aber ein feiner Zug von ihm. Der gute alte Frank.«

»Na ja, das mußt du selbst wissen, aber ich an deiner Stelle, das bringt doch nichts, sich zu quälen, ich glaube, du solltest besser ganz die Tapeten wechseln...«

»Ihr beiden seid wirklich gut zu mir.«

»Ach was, wir versuchen uns nur in deine Lage zu versetzen, Will, wir sind nicht so mies, wie du meinst.«

»Jaja, du hast recht.«

»Ach, weißt du...«

»Jedenfalls seid ihr zwei riesengroße Arschlöcher«, sagte ich.

Sie sagte nichts mehr. Ich schaute sie mir noch einen Moment an, wie sie da auf dem Bett lag, das war bestimmt das letzte Mal, daß ich sie nackt sah, und ich muß sagen, sie war schön, wunderschön, mußte man ihr lassen, und ich schaffte es nicht, mich an die Vorstellung zu gewöhnen, daß dieser Körper, den ich so gut gekannt hatte, jetzt so weit weg war, irgendwas haute da nicht hin, oder aber wir spielten unglaublich Theater, es war zum Heulen oder was ihr wollt, und die Blumen lachten sich bestimmt kaputt und die kleinen Tierchen auch und Das Was Hinter All Dem Ist.

Ich machte mich aus dem Staub und rannte zur Tankstelle, ich mußte ein wenig verschnaufen, und da, da war noch ein Pfeiler meines Lebens, der nicht zusammengekracht war, und das war besser als nichts, ich hatte nicht die Kraft, mehr zu verlangen.

Ich hing da ein, zwei Stunden lang herum, mein Kopf war vollkommen leer und dazu dieses Ding in meinem Innern, das nicht reif werden wollte, ich kassierte jede Menge Schotter für den guten alten Frank, ich hatte das seit fast einem Jahr jede Nacht gemacht, ich gehörte zu dieser Kategorie, die für andere kassiert, zur schweigenden und ohnmächtigen Mehrheit.

Dann kreuzte dieser weiße Jaguar auf und hielt vor den Zapfsäulen an, ganz sanft, nicht ganz so laut wie ein Seufzer, aber echter. Und ich kannte sie gut, diese verfluchte Kiste, hatte ich sie doch zigmal gewaschen, gewienert, abgewischt, poliert und den ganzen Scheiß, ich hatte mich halb totgeschuftet für nicht mal eine lausige Schachtel Zigaretten, mußte man ganz schön bescheuert sein oder ganz arm dran, und oft genug war man beides auf einmal. Der Macker dieser Kiste, der hieß Frank Ocker, und ich trat näher.

Er kurbelte seine Scheibe gut einen halben Zentimeter runter. Ich erblickte Nelly neben ihm, und der tolle Frank hatte eine seiner dicken Pranken zwischen ihren Schenkeln geparkt.

»Tank voll«, sagte er. »Wir haben's eilig.«

Ich ging um die dicke Chaise herum und steckte das Ding in ihren Tank. Ich wartete. Die beiden vorne befummelten sich in der Zeit, und ich hörte sie lachen, ich sah, wie sie sich im Schatten aneinander rieben, und das Ding in mir wurde reif. Ich war dermaßen in Gedanken, daß der Tank überlief, der ganze Boden war voll.

»Na, bist du soweit?« brüllte er.

»Ja, ich bin soweit.«

Ich nahm die kleine Schachtel aus der Tasche. Er ließ den Motor an, aber ich war schneller als er. Bevor er den Gang einlegen konnte, riß ich das Streichholz an und steckte den ganzen Saustall in Brand, und hopp, vorbei.

100 zu 1

»Nix!«
»Ja, der hat nicht mit der Wimper gezuckt.«
»Bist du sicher, daß du ihn erwischt hast?«
»Scheiße, hast du gesehn, was der für'n Arsch hatte?«
»Klar, war nicht zu übersehen.«
»Meinst du, bei so 'nem Ding ballere ich daneben? Das kannst du mir glauben, Junge, den hab ich voll erwischt. Verlaß dich drauf. Der hat nur nichts gespürt, das ist alles. Der zählt.«
»Na gut.«
Richard hatte das Blatt auf seinen Knien. Er notierte ein Kreuz.
»He, Alex...«
»Ja?«
»Hast du keinen Hunger?«
»Moment. Einer fehlt noch. Danach können wir was essen. Was hast du denn mitgebracht?«
»Cassoulet.«
»Aus der Dose?«
»Wo soll ich denn was anderes herkriegen?«
»Ja, schmeckt aber zum Kotzen. Man weiß nicht mal, was die da reintun.«
»Ist vielleicht besser so.«

»Arschloch. Da macht man keine Witze drüber. Hör mal, könnte doch gut sein, daß das davon kommt.«

»Scheiße, es gibt doch andere Sachen.«

»Jaja, ich frag mal den Professor.«

Alex schob den Pfeil in das Aluminiumrohr, und sie warteten, ohne einen Ton zu sagen. Trotz einiger Wolken und der üblichen Scheußlichkeiten, die in der Welt passierten, konnte man sagen, es war ein schöner Tag. Drei Tage steckten sie nun schon hinter dieser Hecke, aber sie hatten es bald geschafft, sie hatten ganze Arbeit geleistet.

»Da, eine Witwe.«

»Du kannst sagen, was du willst, Mann, aber das ist eine Soutane.«

»Scheiße, das gilt nicht.«

»Warum sollte das nicht gelten? Wo ist da der Unterschied?«

»Ich weiß nicht. Ich hab so das Gefühl.«

»Noch fünf Sekunden, dann wärmen wir das Cassoulet auf.«

Alex wartete, bis der Priester an ihnen vorbei war. Er ging schnell, mit entschlossener Miene und keineswegs in Gedanken versunken. Alex gönnte ihm noch zwanzig Meter, dann gab er Feuer.

Nichts. Der Priester hatte nicht mal kurz gestockt. Dabei war das kleine weiße Ende des Pfeils deutlich auf der Soutane zu sehen. Zwei Zentimeter Stahl, gut plaziert, oben links im Fett des Hinterteils, und der Mann war kein bißchen zusammengezuckt. Nicht das geringste Erzittern. Ein Mann, der sein Leben im Gebet verbrachte, stets empfangsbereit für das ewig Spürbare, und der es eilig zu haben schien.

»Hast du das gesehn?« fragte Alex.
»Ja, nicht zu fassen.«
»So ist es.«
»Scheiße.«
Richard machte ein weiteres Kreuz.
»Na gut, gehen wir essen.«
»Glaubst du, wir werden heute fertig?« fragte Richard.
»Ich weiß nicht. Wie viele fehlen noch?«
»Knapp hundert.«
»Das ist machbar.«

Sie kehrten zu dem Haus zurück. Alex ließ sich auf ein geblümtes, in der Mitte durchgesessenes Liegesofa fallen. Die Bude war seit zehn Jahren unbewohnt, sie hatte ihren ganz eigenen Geruch, und dieser Geruch deprimierte Alex, ein Gefühl, als erzählte ihm jemand eine Geschichte, die er nicht verstand.

Er entkorkte eine Flasche, während Richard die Konservendose mit dem Hammer aufschlug.

»Scheiße, hättest längst mal auf die Idee kommen können, einen Dosenöffner zu kaufen. Das ist vielleicht ein Scheißkrach, machst du das extra?«

»Du willst das doch essen, das Cassoulet, oder?«

»Ja.«

»Dann geh mir nicht auf die Eier.«

»Jaja, außerdem kannst du dich mit dem Hammer verletzen.«

»Werden wir ja sehn.«

»Wär doch bescheuert, wenn man uns jetzt entdeckt. Hier haben wir unsere Ruhe.«

»Keine Bange. In dem Park hier ist der nächste Nachbar über hundert Meter weit weg. Gib mir auch mal ein Glas.«

Alex brachte es ihm und setzte sich wieder. Er trank seinen Wein in kleinen Schlucken. Es war Zeit, daß das aufhörte, er hatte allmählich die Nase voll. Anderen Leuten in den Hintern schießen, das machte vielleicht Kindern Spaß. Sicher, ihm auch, aber nach drei Tagen war ihm der Spaß vergangen. Vor allem, da die meisten überhaupt nichts spürten. Das war, als schösse man auf Leichen.

Aber da war noch etwas, was ihn quälte. Er trank sein Glas aus und nahm eine Schachtel mit neuen Pfeilen. Er lud das Rohr. Richard hatte die Dose endlich aufbekommen und rührte jetzt in einem kleinen Topf über dem Gaskocher. Er schmökerte in einem Buch. Er hielt *Das Gras des Teufels und Der kleine Rauch* in der Hand.

»Fertig?« fragte Alex.

»Demnächst koch ich dir mal was Anständiges.«

»Jaja. Hör mal, Richard.«

»Hhmmmm?«

»Könntest du mir mal helfen?«

»Was gibt's denn?«

»Nichts. Ich möchte, daß du mir einen verpaßt.«

»Im Ernst?«

»Ja. Hier, nimm den, ich stell mich neben das Sofa.«

»Bist du sicher?«

»DRECKSACK! GIB ZU, DU BIST DOCH TOTAL SCHARF DRAUF, ALSO LOS, VERDAMMTE SCHEISSE, STELL DICH NICHT SO AN!!«

Alex stellte sich neben das Sofa und drehte sich um. Er hatte Schiß. Er wartete.

»Na los, mach schon, verdammt noch mal!«
»Sofort, sofort.«
Noch fünf Sekunden. Dann...
»Ah, aaaahhh. Ich glaube, ich...«
»Idiot, ich hab doch noch gar nicht.«
»WORAUF WARTEST DU NOCH??? WENN DU...«

Ah, da, er spürte ihn. Ein Stich. Nicht schlimm, aber dennoch spürbar. Er befühlte ihn mit der Hand. Der saß fest. Kein Irrtum, Herrgott. Und er hatte ihn GESPÜRT.

Er riß das Ding mit einem Ruck heraus. Kleiner Schmerz, große Wonne.

»Na, war das gut, du alter Widerling?« fragte Richard.
»Sehr angenehm. Scheiße, ich versteh das nicht, das tat fast WEH!«
»Du warst drauf gefaßt. Das ist kein Beweis.«
»Ja, der Professor hat recht.«
»Ich hab Angst davor.«
»Meine Fresse.«
»Scheiße.«

Sie aßen das Cassoulet und rauchten eine Weile, schweigend und fast regungslos, sie kannten sich schon sehr lange. Sie waren gern zusammen, keine Hemmungen, keine Ansprüche, keine Heuchelei, keine scheißintellektuelle Beziehung, etwas äußerst Seltenes.

Dann gingen sie wieder in den Park. Zur Abwechslung nahm Richard die Leute aufs Korn, Alex notierte die Punkte. Auf Kinder zielten sie nicht. Das hatte ihnen der Professor strikt untersagt, das würde alles verfälschen, hatte er gesagt.

Der Nachmittag verstrich so leidlich, bis die Büros Feierabend hatten. Plötzlich kamen so viele Menschen vorbei, daß sie nicht mehr zu warten brauchten, einfach laden, schießen, nachladen, schießen und so weiter, ohne die Kreuzchen zu vergessen. FFffffiiitttzzz... tschak!

»Laß mir den letzten«, bat Alex.

»Schon tausend?«

»Ja, einer noch.«

Ein dicker Kerl kreuzte auf, nicht mehr ganz jung, schickes tailliertes Hemdchen, schickes weißes Höschen, braungebrannt, Goldkettchen, ein Herzchen baumelte vom Handgelenk, zwischen Gliederarmband und Siegelring.

»Der letzte. Noch einmal volles Rohr«, sagte Alex.

»Bist du bescheuert? Doch nicht von so nah!«

»Ich werd mich schämen...«

Aus nächster Nähe, knapp einem Meter vielleicht, konnte man durch den feinen Stoff den winzigen Slip sehen, schön prall und rund, fiiittzz... Tschik!!! Blut befleckte die Hose. Der Typ setzte seinen traurigen Spaziergang fort.

»He, hast du gesehn? DER BLUTET!«

»Du hast eine Ader getroffen.«

»Nie im Leben! Aber das ist doch nicht zu fassen. IST DER NOCH NORMAL, DER KERL??!!«

»Ach, der war sowieso nicht ganz bei Trost. Jedenfalls sind wir fertig.«

Wieder in der Bude. Sie setzten sich aufs Sofa, links und rechts von der kaputten Stelle, Büschel von Roßhaar hingen bis zum Boden, ein Zehnjahresbart. Alex machte zwei Zigaretten an.

»Wir sollten die Zusammenstellung machen, bevor er kommt«, sagte Richard.

»Das geht schnell.«

»Ja.«

»Herrgott, das ist zum Kotzen.«

»Ja, waren keine Überraschungen dabei.«

»Verdammt, ich darf gar nicht dran denken. Aber was willst du machen? Wie kommt man damit zu Rande?«

»Ich hab's dir schon mal gesagt, Alter. Man muß mit der Masse verschmelzen. Sich klitzeklein machen und mitspielen.«

»Scheiße, nach allem, was du gesehn hast? Willst du etwa so sein wie diese ganzen Bekloppten?«

»Wir sind nicht anders. Das spielt sich alles nur in deinem Kopf ab.«

»Na schön, das spielt sich nur in meinem Kopf ab. Natürlich nur in meinem Kopf. Na und? Ich hab trotzdem Lust, es zu probieren.«

»Was denn?«

»Willst du das wissen, hä, du Arsch? Legst du so einen Wert darauf, dich mit fünfzig selbst umzubringen, ist es das, was du willst?«

»Die sind nicht alle tot.«

»Alle, die fünfzig Jahre lang warten, bis sie sich die richtigen Fragen stellen, sind tot. Oder sie werden noch größere Kotzbrocken als die andern.«

»Mensch, das ist vielleicht die Lösung...«

»Jaja, und dann hängst du da mit einem Karma, das schwerer beladen ist als eine Scheißhaus-Wand. Dann viel Vergnügen.«

»Okay. Ich mach jetzt die Zusammenstellung.«

Was dabei rauskam, kannten sie schon. Aber das so in

nackten Zahlen direkt vor der Nase zu haben, berührte sie ganz seltsam. Zahlen waren todernst, da war nichts mit Diskutieren oder Weggucken. Miese Zahlen voller Gewalt, das war aus ihnen geworden.

»Glaubst du, das war früher genauso?« fragte Richard.
»Wen kratzt das schon?«
»Ich frag mich ja nur.«
»Sehe ich aus, als wär ich ein Geisteskranker, Richard?«
»Ja, warum?«
»Hau ab, Mann, sonst geh ich dir an die Eier.«
»Na komm schon, los!«
Er lächelte. Er hielt den Hammer in der Hand.
»Schon gut«, meinte Alex. »Keiner versteht mich.«
»Offensichtlich. Trinken wir einen?«

Sie tranken, und die Nacht brach herein. Ihre Seelen öffneten sich wie exotische Blumen, sie sahen allmählicher klarer. Die Nacht war die einzige Zuflucht, die Betten schlossen sich wie Särge, und selig die, die sich verdrückt hatten, die noch auf den Beinen waren mit den Katzen im Mondschein und ihr Leben darboten und etwas anderes entdeckten. Selig die, die Angst hatten vor den Laken, die, die bis ans Ende ihrer Kräfte gingen, obwohl sie den Tod fürchteten, selig die Einsamen und die Spinner, die, die sich am Tag verstecken, die sich vor den wahren Bekloppten verstecken, den Korrupten und den Bullen, selig die, die dem Leben hinterherrennen, die, die ihren Wecker zertrümmern, die, die sich um Mitternacht eine unmögliche Visage leisten und sich einen Dreck drum scheren, die, die keine Stoßzeiten kennen, ja, selig die, die auf die Frühzubettgeher scheißen und auf die

Vierzigstundenwoche, die Atombombe, die Risikospiele, auf Fußball, Zins und Zinseszins, auf Das Klare Leben, Das Leben In Vollen Zügen, auf diesen ganzen Quatsch, diesen ganzen verfluchten Horror, der einem wie Honig ums Maul geschmiert wird und der einen von A bis Z auslaugt, auf die Hoffnung und die Sicherheitsmaßnahmen.

Sie waren groß in Form, fast freie Männer, die grölten und lauthals lachten, als es an der Tür klopfte. Richard ging hin und machte mit dem Glas in der Hand auf.

»Hallo, Professor«, sagte er.

»Guten Abend, Jungs.«

Der Professor ging quer durchs Zimmer, er legte seinen Stock und seine Aktentasche auf das Sofa. Weiße Haare, gebeugter Rücken und eine gelbe Haut, aber sein Blick machte derlei Kleinigkeiten vergessen. Denkt euch dazu eine phantastische Energie – den Stock, den hab ich nur, um die Wichser zu prügeln, pflegte er zu sagen – und ein merkwürdiges Gebaren, er steckte den ganzen Tag die Hand in die Hose und unter sein Hemd und kratzte sich wie wild, mußte man drüber wegsehn. Er nahm sich ein Bier, öffnete es mit den Zähnen, fuhr sich mit der Hand unters Hemd und wählte eine Ecke des Sofas.

»Und?« fragte er.

»Tja.«

»Nicht gerade toll«, sagte Alex.

»Von tausend?«

»Ja, ich gebe Ihnen die Zahlen.«

Alex nahm das Blatt. Allmählich juckte es ihn auch.

»Nun denn, neunhundertfünfundsiebzig haben überhaupt nichts gespürt«, sagte er.

»Donnerwetter!«

»Ja. Zweiundzwanzig sind kurz stehengeblieben und haben vielleicht ein wenig das Gesicht verzogen. Und drei haben geschrien. Laut und deutlich, zwei Frauen und ein Mann.«

»Ja, die Frauen kommen etwas besser weg. Aber das wird nicht so bleiben. Schön, Jungs, das Ergebnis ist eindeutig: DIE MENSCHEN SIND VOLLKOMMEN GEFÜHLLOS GEWORDEN!!!«

»Ja, da wird einem ganz komisch.«

»Da kriegt man Durst«, sagte Richard.

»Könnte das damit zusammenhängen, was sie so alles schlucken?« fragte Alex.

»Ja, Kriege, Katastrophen, Hungersnöte, Lügen überall, Bullen, die wie bekloppt um sich schlagen, und die fast irreale Visage der Chefs vor dem Fußballspiel am Abend. Das schlucken sie Tag für Tag. Das macht ihnen nichts mehr. Zuviel Blut, keine Nerven mehr.«

»Das ist traurig.«

»Nein, das ist gefährlich. Eine Handvoll Fanatiker könnte den Planeten umkrempeln, ohne daß sie es merken. In meiner Eigenschaft als Wissenschaftler muß ich zugeben, Kinder, die Anästhesie ist perfekt. Zwei, drei Millionen Tote werden locker weggesteckt für ein paar Zugeständnisse von der Art allgemeine Gehaltserhöhung um ein Prozent oder Wegfall der Kraftfahrzeugsteuer für alle, die noch ein fröhliches Gesicht machen... So, meine Herren, in meiner Aktentasche habe ich alles, was ich brauche, und wenn einer von Ihnen so nett wäre, ein paar Joints zu drehen, erkläre ich Ihnen, was ich von Ihnen erwarte. Nur... Jessesmaria, wo zum Teufel ist denn hier die Toilette?«

»Na ja …«

»Macht nichts. Öffnen Sie bitte ein Fenster.«

Alex machte ein Fenster auf. Im Park war alles ruhig, nur ein leichter Wind in den Ästen, wie Wasser, das über Kieselsteine läuft, da packt einen das Verlangen, ganz tief Luft zu holen, das bringt einen wieder auf das Wesentliche. Der Professor stellte sich neben ihn und fing an zu pinkeln. Das prasselte eine Etage tiefer ins Gras, ein heller, dampfender Strahl, nicht uninteressant. Alex warf einen Blick auf den Pimmel des Professors.

»Sie haben den gleichen, wissen Sie das?« sagte der Professor.

»Ja, nur nicht so lang.«

»Das spielt keine Rolle, mein Junge.«

»Jaja, das habe ich auch immer gesagt.«

Richard tauchte auf. Er reichte dem Professor den brennenden Joint. Der nahm in aller Ruhe einen tiefen Zug, er schaute vor sich hin.

Dann gab er ihn an Alex weiter.

»Hier, probieren Sie den mal. So was findet man heutzutage nicht mehr. Was für ein herrlicher Abend, nicht wahr?«

Von Zeit zu Zeit hetzte ein Krankenwagen vorbei, Blaulicht, das ins Dunkel der Nacht raste, aber es war ein schöner Abend, mit Sternen und dem Aufatmen der Menschen, mit Plänen für den nächsten Morgen.

»Haben Sie noch mehr Arbeit für uns?« fragte Alex.

»Ja, ja, ich komme gleich darauf. Aber reichen Sie ihn bitte weiter.«

Alex gab Richard den Joint.

»Verdammt, das ist diese Liste. So eine Scheiße!«

»Ja, Sie hat es auch erwischt«, sagte der Professor. »So ist das Leben. Ich frage mich, ob man das in Betracht ziehen muß. Weil ihnen nur die Krümel geblieben sind, haben die Leute den Mut sinken lassen. Sie glauben nicht mehr daran. Und sie haben angefangen, die Krümel zu lieben, das ist ärgerlich.«

»Wenn man sich in ihre Lage versetzt...«

»Ja, sicher. Zünden Sie noch einen an, Richard. Das geht schon ganz lange so, und sehen Sie, was dabei herausgekommen ist? Jeder steckt in seinem Loch wie ein tollwütiges Raubtier, stocktaub und blind. Kreuzworträtsel, das Häuschen auf dem Land, das einem wie ein Klotz am Bein hängt, der Spaziergang mit dem Hund, Kinder, die plärren, und das Leben geht so schnell vorbei, schnelll, SCHNNELLLL... Um ein Haar, hörst du, um ein einziges Haar hätte es mich auch erwischt, zweihunderttausend, Menschenskind, ich habe meine Hütte abbezahlt, den Rest legte ich mit zehn Prozent an, und so war ich fein raus. O Gott! Wie gern habe ich meinen Platz einem anderen überlassen, ich bin in aller Ruhe meinen Weg zu Ende gegangen. Sauerei! Um ein Haar...!! Tja, oft ist das alles, was bleibt«, sagte der Professor.

»Ja«, erwiderte Alex.

»Manchmal bilden sich die Leute ein, Gott habe sie mit dem Handrücken gestreift. Das macht sie noch blöder, dann sind sie erst recht aufgeschmissen. Trotzdem, ein schöner Abend, riechen Sie auch diesen Veilchenduft?«

»Ja, und Labkraut auch. Das riecht nach Honig.«

»*Cruciata laevipes*. Eine delikate Mischung, nicht wahr?«

Alex pinkelte auf das Labkraut.

»Wenn wir jetzt über die Arbeit sprechen könnten, Professor?«

Er erlärte ihnen, was er wollte, und gab ihnen ein dickes Bündel Scheine.

»Oooooohhhh, SOVIEL??« fragte Richard.

»Pah, das ist doch nichts«, sagte der Professor. »Die Geschäfte laufen ganz gut, seit ich diesen Typen aus dem Ministerium aufgetan habe. Er versorgt sämtliche wichtigen Typen des Landes direkt. Zu einem hohen Preis, aber erstklassige Ware.«

»Ehrlich?«

»Meine Fresse!«

»Aber ja, Jungs, natürlich. Gut, ich bin weg. Das Material liegt vor der Tür. Ihr haltet mich auf dem laufenden, nicht wahr? Tschaauuuu!«

Er verzog sich. Alex stellte sich wieder ans Fenster. Sein Atem ging langsam, während er dem Professor nachblickte, der sich durch den Park entfernte.

»Wenn man bedenkt, daß es immer noch Typen gibt, die den Absprung wagen«, sagte Richard.

»Scheiße, wenn du bedenkst, daß man keine Spitzenqualität mehr kriegt!«

Die Sonne ging auf, und der Dunst schien vom Himmel angesogen zu werden, wie ein Typ, den man an den Haaren zieht. Alex und Richard hatten sich wieder hinter der Hecke versteckt. Sie qualmtem eine Zigarette nach der anderen, während sie warteten. Müde waren sie nicht, aber vor Aufregung hatten sie ein wenig weiche Knie.

Ein Typ kreuzte auf.

Sie sprangen hervor, und Alex schlug sehr hart zu, auf den Kopf, und gleich noch einmal, weil der Typ nicht umfiel, sondern nur auf die Knie sank, mit seinem kahlen Schädel, der in der Sonne wie eine Christbaumkugel schwankte, und den blonden Löckchen ringsum sah er aus wie ein behämmerter Stier, aber noch voller Kraft und gefährlich, und Scheiße, Alex visierte den breiten rosa Nacken an, und der Mann drehte noch eine halbe Pirouette und klammerte sich an Alex' Hose, bevor er in dem flimmernden Staub zusammenbrach, verdammt, der hat mir Angst eingejagt, Alex, und Alex massierte sich mit verzerrtem Gesicht die Hände, ja, mir auch.

Niemand zu sehen. Das war in Wirklichkeit viel leichter, als sie gedacht hatten. Sie trugen den Kerl in die Bude, das war nicht so leicht, sie fesselten ihn auf ein Bett, schön feste, sie verschnauften fünf Minuten und gingen wieder raus.

Fünf Minuten später tauchte eine Frau auf. Hatten sie sich nicht ausgesucht, aber sie war wunderschön, große Klasse, die Krallen voll raus, die Typen fingen bestimmt an zu schreien, wenn sie sie nur sahen. Ganz bestimmt.

»Du bist dran«, sagte Alex.

»Was?«

»Du bist dran.«

»O nein. Nein. Nie im Leben.«

»Du Wichser, hast du Chloroform dabei?«

»Was?«

»Dann schlag zu.«

»Nein, keine Frau.«

»Das spielt keine Rolle. Die meisten lassen dir auch keine Chance.«

»Was für eine Scheiße.«

»Jaja.«

Sie war näher gekommen. Richard wählte eine Stelle, wo die Hecke weniger dicht war, und er packte die Frau quer durch die Zweige am Arm und zog mit voller Wucht. Sie fielen beide in das feuchte Gras, und kleine Tautropfen spritzten auf, die Frau schrie und schlug um sich, und Richard brüllte auch. Alex umklammerte die Frau von hinten, mein Gott, CHANEL, ging es ihm für Sekundenbruchteile durch den Kopf, und er brüllte, mach schon, ich hab sie, knall ihr eine, aber Richard begnügte sich damit, ihre Beine zu packen, schaffen wir auch so, sagte er, und sie rannten zum Haus, im Zickzack, weil die Frau ihre Hüfte so fest hin und her schleuderte, daß sie darüber ihr Schreien einstellte, außerdem waren alle drei außer Puste, irgendwann stolperte Alex über seine Füße und alle drei fielen hin, und sie rappelte sich als erste wieder auf und lief los, welch wunderbarer Körper, gern hätten sie ihr beim Laufen zugeschaut, nur zugeschaut, sonst nichts, sie war schön, vielleicht zu schön, Scheiße, sie holten sie ein und drückten sie in ihre Arme, Richtung Haustür ging's den Berg rauf, Alex sagte, wir tun Ihnen nichts, haben Sie keine Angst, aber wenn einer zitterte, dann er, weil sie ihn anschaute, und das fuhr ihm in die Arme und in die Beine, es gibt solche Frauen, das passiert einem vielleicht ein- bis zweimal im ganzen Leben, seid wachsam, ich sagte EIN- BIS ZWEIMAL!

Sie fesselten sie an das Bett im zweiten Zimmer. Richard knebelte sie. Der Dicke in dem anderen Zimmer war immer noch im Tran. Am Ende hatten sie ihn einfach über den Boden geschleift, seine Klamotten waren voll Staub, seine

Haare total verklebt, es brauchte nicht viel, um einen Menschen zu verwandeln, die Welt legt Wert auf Äußerlichkeiten, das war eine Welt des Bluffs, es gab welche, die einem etwas weismachten, und welche, die daran glaubten, und letztere waren gefährlicher, die, die einen erdrosseln und die ganze Nacht im Schweiße ihres Angesichts nur einen Traum haben, mehr, mehr für mich, o ja, mein Gott, noch mehr, soviel es geht, Herr, die andern sollen ihre Dreckspfoten wegnehmen, Gott, was sind schon zehn Millionen Dollar, Herr, Herr, es wird Tag, berühre mich mit deinem Finger, den Rest mach ich schon, O Du Weißt Wie Schwer Das Ist, Amen.

»Worauf warten wir?« fragte Richard.

»Auf nichts. Fangen wir mit dem Kerl an?«

»Ja, ich nehm Wasser mit.«

Als sie eintraten, hatte der Mann die Augen weit auf.

»Wir brauchen kein Wasser«, sagte Richard.

»Wohl kaum. – Tut's sehr weh?« fragte Alex.

Der Typ fing an zu brüllen. Beleidigungen, eine endlose Flut in allen Schattierungen, das ganze Zimmer voll.

»Schütt ihm das Wasser ins Gesicht, das wird ihn zur Ruhe bringen.«

Seeeehr wirksam, das Wasser. Eine ganze Schüssel voll.

Während der Typ hustete und die Augen zusammenkniff, trat Alex näher und nahm ihm seine Brieftasche ab. Manchmal schafft man es, ein ganzes Leben darin unterzubringen, das reichte. Alex kippte alles aufs Bett: Papiere, zerknitterte Fotos, vierblättriges Kleeblatt, ein dickes Bündel RIESEN, eine kleine Hülle, die sich wie ein stummes Akkordeon auseinanderziehen ließ und rund zwanzig Plastikkärtchen enthielt, ein getackerter Stoß Rechnungen.

»Du heißt Hervé DELANAY, oder?«

»Was geht euch das an?«

»Nichts. Wir wollen uns nur mit dir unterhalten, DELANAY.«

»Was wollt ihr von mir?«

»Komm, reg dich ab. Ich möchte bloß wissen, was in dir steckt.«

»Mach mich los, Kleiner.«

»Ja, ja, einen Moment. Sag mal, Hervé, warst du im Krieg?«

»Ja. Ich hätt dich gern mal erlebt.«

»Sechzig Millionen Tote. Was fällt dir dazu ein?«

»Wir haben gewonnen.«

»Chile, Afrika, Hungersnot, Völkermord, Transamazonien?«

»Das ist weit weg.«

»Die Wälder, die Flüsse, der ganze Scheiß, den wir ins Meer kippen?«

»Ich habe im ersten Wahlgang GRÜN gewählt.«

»Was regt dich auf?«

»Der allgemeine Kostenanstieg, die Mauscheleien in den Fußballvereinen, der Tod von Madame Claustre, das Martyrium von Claude François, Punks mit ihren Blumen im Haar, manipulierte Pferderennen, die Kraftfahrzeugsteuer, der Drogenmißbrauch, Verkehrsstaus, die Affäre Mesrine, die Vermögenssteuer, Nudisten, die Pille für Männer, Flittchen, Kriegsdienstverweigerer und so kleine Arschlöcher, wie ihr es seid. Ich hab bestimmt noch was vergessen.«

»Schön. Was gefällt dir?«

»Ich liebe das Leben, Golden Delicious, Gläser mit gewundenem Stiel, Flittchen, den Sonntag bei einem Glas Pastis und ab und zu ein gutes Buch, Guy Des Cars oder Borniche, ich mag Ferienclubs, kaltblütige Scharfschützen, Yves Saint Laurent für Männer, meine Familie, mein Haus, meinen Hund...«

»Hör auf, das reicht. Jeder ist sich selbst der Nächste, stimmt's?«

»Na klar. Seid ihr bekloppt, Jungs, oder was?«

»Du bist arm dran, DELANAY.«

»Was? Hört auf zu träumen, Jungs, ihr seid Komiker. Ist doch nicht mein Fehler, wenn ihr Schiß vorm Leben habt. Ihr seid total daneben, Kinder. Ich weiß, worauf ihr hinauswollt, ihr mit eurem ganzen Kram. Ich hoffe für euch, das geht vorbei. Aber mich laßt solange in Ruhe. Herrgott, ihr seid vielleicht komisch. Guckt euch mal an. Ich finde nicht, daß ich arm dran bin. Ich liebe das Leben, ich genieße es. Ich bin frei, ich lebe in einem freien Land, kapiert ihr das? Ich mach mich bloß nicht kaputt mit so Scheißideen wie ihr, und was heißt das? Das heißt doch nicht, daß ich arm dran bin. Und außerdem geht ihr mir auf die Eier, aber das heißt nichts.«

»Das heißt, daß du wie ein verschnürtes Ferkel auf diesem Bett liegst und daß wir dich in deiner Scheiße steckenlassen. Vielleicht werden wir dir die Füße anbrennen oder dich in Scheiben schneiden. Vielleicht wirst du Grund haben zu heulen, wissen wir noch nicht. Das heißt das, Hervé.«

»HILFE!« rief Delanay.

»HILFE!! HIIIIILFE!!!« schrie Alex.

»Ja. HIIIEEER!!!!« grölte Richard.

»Tja, Scheiße, keiner kommt«, sagte Alex.

»Wo sind die nur alle hin? Wir sind wirklich ganz allein in diesem freien Land.«

»Überall das gleiche, Richard.«

»Ja. Da kann man nichts machen.«

»Stimmt. Der arme Hervé steckt bis zum Hals in der Scheiße.«

»Scheißleben!«

»Genau. Na ja, Hervé, laß dich nicht unterkriegen. Schrei ruhig weiter, man weiß nie. Schrei, soviel du willst, wir haben nichts dagegen.«

Sie verließen das Zimmer. Alex stürzte sich auf die Bierflaschen. Sie tranken, und dann rauchten sie in aller Ruhe. Erst zwei Uhr, kein Grund, sich verrückt zu machen.

»Was hältst du von dem?« fragte Alex.

»Pah, der tut's, oder? Der ist wie alle anderen auch. Und wär doch Scheiße, noch mal einen zu suchen.«

»Okay. Schön, lassen wir ihn den Fragebogen ausfüllen, das wär's dann.«

»Wird trotzdem eine Weile dauern. Vierzig Seiten voller Fragen, dann die Dias und die Musik, ich weiß nicht, ob dir das klar ist, Alter.«

»Hör mal, wir werden dafür nicht schlecht bezahlt, oder? Willst du lieber in eine Fabrik oder, schlimmer noch, Bilder malen, Bücher schreiben und mit weniger als tausend Mäusen im Monat auskommen? Hast du Lust, ständig nein zu sagen zu dem schönen Schweinekram, den man uns als Köder unter die Nase hält, findest du dich toll, du Wichser, wenn es Typen gibt, die sich ein kleines Paradies im Pazifik leisten, Inseln mit massenweise blauem Wasser drum rum und Haien für die Störenfriede? O Junge, weißt du, daß es so was GIBT?«

»Den ganzen Tag mit dem Arsch im Sand? Wirklich?«

»Jaja, von morgens bis abends. Nackt in der Sonne, kristallklares Wasser keine drei Zentimeter neben deinen Füßen und einen großen Strohhut auf dem Kopf, naßgeschwitzt und mit kleinen weißen Pünktchen, die Welt in deinem Glas, wie ein glitzender Eiswürfel.«

»Und sich total öffnen?«

»Ja, sich mit den Muscheln treiben lassen, den Himmel einen Spaltbreit öffnen, mit den Ameisen spielen.«

»Du glaubst, da sind Ameisen?«

»Verdammt, was weiß ich? Klar sind da welche, keine Ahnung, die gibt's doch überall, nehm ich an.«

»Ich hol den Fragebogen.«

»Ah, aaaaaaahhhh, wählen wir die Inseln?«

»Ich wähl die Ameisen.«

»Sag mal, Richard, wenn du nichts dagegen hast, kümmere ich mich um die Frau.«

»Okay, du bist verknallt.«

»Ach, das ist so selten. Ich hab nicht das Recht, die Augen zu schließen. Es wäre zu einfach, sich zu verziehen.«

»Jaja.«

»Ich werde mich dem Kampf stellen, Richard. Ich habe nur ein Leben.«

»Mensch, dein Gehirn fängt an zu verfaulen.«

»Ich werde vielleicht sterben, und was anderes fällt dir dazu nicht ein?«

»Ich werde die Gemeinschaft mit deiner Seele in Erinnerung behalten.«

»Einverstanden. Trinken wir darauf.«

Sie nahmen sich noch zwei Bier, und Alex legte seine Hand auf Richards Schulter.

»Ich habe Angst, weißt du.«

»Ich glaube, die ist gut gefesselt. So ein großes Risiko ist das nicht.«

»Idiot, das meine ich nicht. Ich rede von dem, was uns allen passieren kann. Das wird bald alles zusammenkrachen, die Menschen können sich nicht mehr bewegen. Scheiße, nicht mal ein anständiges Bier kriegen die noch hin.«

»Zumindest das wird sich ändern.«

»Von wegen. Ganz gleich, was passiert, es wird immer einen Klugscheißer geben, der ganz nach oben klimmt und auf uns herabkackt. Ein Vollidiot, süchtig nach Macht, schlimmer als der letzte Fixer, der die Karten neu verteilen wird, und zwar mit Vorliebe an die anderen Bekloppten, die nicht das große Los gezogen haben, aber die gleiche neurotische Mörderfresse ziehen. Der Typ mit diesem fest in seinem Schädel verrammelten Machthunger ist zwangsläufig ein Wichser, und er führt die Welt. Das dumme ist, daß der Reine sich zurückziehen muß, während der Wichser vor nichts zurückweicht.«

»He, wäre gar nicht so übel, ein Wichser zu sein.«

»Zu anstrengend, Junge, und das wird man nicht von heut auf morgen. Dazu muß man das letzte Wort gegenüber seiner Seele haben und eine gehörige Portion Dreistigkeit, lauter Sachen, die einen zu schnell alt machen und dich am Ende im Stich lassen, hast gerade noch Zeit, dir ein staubiges Stückchen Erinnerung zu krallen, während sich die Welt einen Dreck darum schert. Sie haben die Scheiße gebaut und klammern sich daran, sie haben Angst, etwas zu raffen. He, interessiert dich das eigentlich, was ich erzähle?«

»Warte. Ich suche gerade das *I Ging*.«

Er wühlte in seiner Tasche. Er trennte sich nie davon.

»Hey, hast du da eine ganze Bibliothek drin?«

»Quatsch, mal sehen, was es uns zu sagen hat.«

»Es wird uns ins Gesicht schreien, ja.«

»Räum lieber mal den ganzen Scheiß vom Tisch.«

Richard holte das Buch hervor und setzte sich neben Alex. Sie zogen den Tisch ganz nah an sich heran.

Richard nahm die Stäbchen. Er zog eins heraus.

»Welche Frage soll ich stellen?«

»Du hast ein reines Herz. Mach schon.«

»Ganz einfach. ›Was stimmt denn nicht in dieser Scheißwelt?‹ zum Beispiel.«

»Gute Frage. Du hast die Gabe der Synthese. Aber wir wissen, was nicht stimmt. Das WARUM ist interessant, mein Herzchen.«

»Jaja. Na schön, ich probier's.«

Während Richard die Stäbchen trennte, schaute Alex in den Zimmern nach. Sie war wirklich schön. Sie rührte sich nicht, das war ziemlich erschreckend. Er schloß vorsichtig die Tür, bevor sie seine Gegenwart bemerkte, Herrgott noch mal, das würde gar nicht so einfach sein, DELANAY hatte es geschafft einzuschlafen, und das ist schon toll, ein wenig zu knacken, wenn man an ein Bett gefesselt ist und sich zwei Bescheuerte hinter der Tür gegenseitig hochputschen, unglaublich, was? Der Mensch ist ein Schilfrohr, das sich wirklich allem beugt.

Richard war gerade fertig, er legte die Stäbchen zur Seite.

»Und?« fragte Alex.

»Die 47, Kun, Die Erschöpfung.«

»Au!«

»Warte, das schönste ist die Sechs an dritter Stelle. Hör zu. ›Sechs auf drittem Platz bedeutet: Man läßt sich bedrängen durch Stein und stützt sich auf Dornen und Disteln. Man geht in sein Haus und sieht seine Frau nicht. Unheil.‹«

»Unheil.«

»Der Meister sagt: ›Wenn jemand sich von etwas, das ihn nicht bedrängen sollte, bedrängen läßt, wird bestimmt Schande über seinen Namen kommen. Wenn er sich auf etwas stützt, auf das man sich nicht stützen kann, wird sein Leben bestimmt in Gefahr geraten. Wer in Schande und Gefahr ist, dem naht die Stunde seines Todes. Wie kann er da seine Frau noch sehen!‹«

»Jaja, da haben wir den Salat. Scheiße bis obenhin. Und schlechtes Bier. Die Typen tragen HEWLETT PACKARD am Handgelenk, während andere noch lernen, die Uhrzeit zu lesen. Das ist wirklich eine komische Welt, und ich würde mich gern noch ein bißchen kaputtlachen. Herrgott, ich hoffe, die Typen oben machen nicht schlapp.«

»Gut, bringen wir die Arbeit zu Ende?«

»Alter, das Drama ist, daß man immer etwas zu Ende bringen muß, das hört nie auf, ich bin gleich bei dir, aber warte einen Moment, WARTE, ich muß erst den Hund ausführen, ich muß dieses Bündel Kohle kassieren, ich muß diese prächtige und wundervolle Hütte in der freien Natur einrichten, ich muß ein bißchen an meine alten Tage denken, ich muß mich auch WEITERBILDEN, Alter, all diese KÜNSTler, entweder ist man im Bilde oder man stirbt als Idiot, warte, Alter, ich bin gleich bei dir, ICH SCHWÖÖÖRE ES DIR!!!!!«

»Ich geh jetzt zu DELANAY.«

»Aber ja, richtig, geh zu DELANAY, Alter, bestens, jeder macht sein eigenes kleines Ding, und das seit ewigen Zeiten, die Welt wurde nur aus ganz kleinen Teilchen erschaffen. Sicher, die gehen uns auf den Keks mit ihren Großen Männern und ihren Großen Anliegen, dabei sind wir für die nur Dreck, das ist alles nur aufgedunsenes Zeug, aufgebauscht von der menschlichen Eitelkeit und Idiotie, ist fast immer so, gehen wir, Alter, das ist bestimmt wichtig.«

»Das liebe ich so an dir. Du bist echt bescheuert, aber du machst das nicht mit Absicht.«

»Das liebe ich auch, weißt du?«

Richard wanderte mit dem ganzen Plunder, Projektor plus Tonband, wieder zu DELANAY, er drückte die Tür mit dem Fuß zu. Alex ging in das andere Zimmer. Die Vorhänge waren zugezogen, das war besser so, das reduzierte die Welt auf ein paar Kubikmeter, und die Dinge konnten einem nicht so schnell entgleiten.

Sie schaute Alex an. Ein klarer Blick, und trotz der Fesseln war ihre Stärke ungebrochen – das ist so was, das man voraussehen könnte, wenn man die Überlegenheit gewisser Wesen als gegeben betrachtet. Außer man findet sich selbst ganz toll, und wenn dem so ist, dann laßt es bleiben, da gibt's eine Menge Bücher drüber extra für euch, bleibt mir mit eurer teuren Seele vom Leibe, wir sind noch ein paar, aus denen ihr nichts mehr rausschlagen könnt.

Sie schaute ihn also an. Keinerlei Haß stand in ihren Augen, keine Angst, nichts, was ihm irgendwie begreiflich gewesen wäre, aber das war nichts Neues, daran war er gewöhnt. Die Augen verraten vor allem die großen Empfindungen, Schiß oder Lust zu bumsen, aber nichts sonderlich Subtiles. Alles andere, träumt ruhig weiter. Alex trat näher. Sie hatten ihre Füße und Handgelenke an die Ecken des Bettes gebunden, und ihr kennt ja diese Kleidchen, die sie beim ersten Sonnenstrahl auspacken, sehr luftig, federleicht, na ja, ihres war zwangsläufig bis auf die Oberschenkel hochgerutscht, und eine schier endlose Reihe von Knöpfen zog sich von oben nach unten, kleine Knöpfe wie bei den Dingern, die die Pfarrer tragen. Alex kniete sich vors Bett und legte seinen Kopf auf ihren Bauch, und in dieser Haltung blieb er eine Weile, er wußte nichts zu sagen, und das Herz schlug ihm bis zum Hals, kann man nicht viel gegen machen, und es tat ihm fast weh, als er anfing, das Kleid aufzuknöpfen. Aber das lohnte sich, die Haut war warm, und es passierte nichts. Ist doch klar, sie hätte sich trotz allem ein bißchen bewegen können, und sie hatten ihr auch nicht ein ganzes Kilo Baumwolle in den Mund gestopft, sie konnte schreien oder HHHHMMMMMMMMMM!!!! machen oder so ähnlich, wie es die Frauen gern tun, nun ja, das sagte er sich jedenfalls, und dann schaute er zu ihr auf, vielleicht machte sie ja nur deshalb nichts, weil sie es für sinnlos hielt, tja, er mußte sich entscheiden, und er entschied sich, er riß ihr sämtliche Knöpfe bis untenhin auf. Er schob das Kleid auseinander, und dann widmete er sich wieder ihrem Bauch, er drückte seine Lippen darauf. Keine Küsse, NEIN, SCHLUSS MIT DIESEM GANZEN SCHEISS, es ging darum rauszukriegen, wie er sie am besten berühren konnte, ja, BERÜHREN, und mit den Fingern, das steigt einem direkt ins Hirn, kann man sogar noch was dazudichten, aber das war hierbei wirklich nicht nötig. Nur zwei hauchzarte Lippen, mannomann, keine Spur von Gewalt, mal was Neues – habt ihr nicht auch die Nase voll davon? –, kein Hadern mit dem anderen oder mit sich selbst, nein, nur zwei Lippen, die wie närrische Seifenstückchen über die endlosen Fliesen des Badezimmers huschten.

Es dauerte eine Weile.

Er lutschte an einer Brustwarze, dann machte er eine Pause.

Dann lutschte er die andere, die ein bißchen dunkler war und leicht salzig schmeckte, und erneut machte er eine Pause, sie roch gut unter den Armen, enthaart, so 'n Blödsinn, vor allem, wo sie blond war, na schön, man kann sich dem Fortschritt nicht immer verweigern, man muß mit dem Geschmack der Zeit gehen, fett, schlank, dicker Arsch, keine Titten, jesses, eines Tages verhökern sie uns noch Frauen mit Brüsten aus Teig zum Modellieren.

Er stand auf. Sie schaute ihn an, aber da er dem immer noch nichts entnehmen konnte, richtete er seinen Sinn lieber wieder auf diesen großartigen Körper, und der Slip bereitete ihm ein Problem wegen ihrer gespreizten Beine. Das war ein winziges, hellblaues Ding, prall gefüllt spannte es sich zwischen den Schenkeln, so zart, daß ein Herz darunter hätte schlagen können.

Alex strich ihr mit der Hand über die Stirn, strich ihr einige Strähnen mit ihrem Schweiß glatt, dann verließ er wortlos das Zimmer.

In der Küche fand er eine Schere. Sehr gut. Er kehrte zu der Frau zurück.

Das war die Lösung. Um ihr keine Angst einzujagen, versteckte er die Schere im Ärmel und setzte sich mit dem Rücken zu ihr aufs Bett. Er hob den Slip über ihrer Hüfte ein wenig an, schnipp, dann das gleiche auf der anderen Seite. Danach zog er an dem kleinen blauen Stoffetzen, und das Ding rutschte ohne Widerstand, ganz von allein zwischen ihre Beine, vielleicht hatte sie ein wenig nachgeholfen, vielleicht hatte sie ihr Becken um ein paar wunderbare Zentimeter angehoben, wer weiß.

Nun gut, er beugte sich über sie und fing an, ihr die Rosette und die Spalte und das kleine Ding ein Stückchen höher zu lecken. Er machte das nicht nur für sie, er fand das selber toll, es gibt so wenige wirklich schöne Dinge im Leben, die sollte man nicht verpassen. Nach einer Weile glänzten die Innenseiten ihrer Schenkel wie Silberpapier, und er schob ihr zwei Finger rein, er wußte bereits, bumsen würde er sie nicht, aber diese zwei Finger schob er ihr rein, nur für sie, damit sie ein bißchen schneller kommen konnte, ihm war warm geworden, und die Sache übte keinen besonderen Reiz mehr aus, das Ganze hatte nicht mehr viel Sinn.

Er stand gerade auf und wischte sich mit dem kleinen blauen Slip das Gesicht ab, als er jemanden brüllen hörte. DELANAY. Das machte alles einfacher. Er verdrückte sich schleunigst aus dem Zimmer. Was sonst, den Knebel entfernen und mit zwei, drei blöden Sätzen alles kaputtmachen? Er hatte sich genommen, was sie ihm niemals hätte geben können, und damit Sense.

Er rannte los, und DELANAY grölte immer noch, er machte die Tür auf.

Es roch nach verbranntem Kunststoff.

»Was ist los?«

»Nichts. Ich hab seine Kreditkarten angezündet. Der kotzt mich an. Unmöglich, was aus dem rauszuholen. Dem ist alles scheißegal. Ich hab seine verfluchten Karten angesteckt, und da hat er angefangen zu brüllen.«

»Richard, du bist ein grüner Junge. Es gibt Dinge, die kann man einem Mann nicht antun. Das ist dasselbe, als hättest du seine Knete verbrannt.«

»NEEEIIINNN!!! Ich flehe euch an, tut das nicht!« wimmerte DELANAY. »Das ist meine Miete, die erste Rate für meinen Wagen, meine Versicherungsprämie, mein Gas, mein Strom, meine Küche, das Haushaltsgeld meiner Frau, das Taschengeld meines Jungen und alles andere. Das gehört mir schon nicht mehr, tut das nicht, ich bitte euch, Erbarmen, ich werde euren Fragebogen ausfüllen, ich unterschreib ihn sogar, zeigt mir noch mal die Fotos und spielt *Persian Surgery Dervishes* von Terry Riley, ich werde mich konzentrieren, seid nett, Jungs, tut mir das nicht an.«

Alex nahm Richard die Brieftasche aus der Hand, er schaute sich die Kohle darin an. Ein Jahr Mexiko ging ihm durch den Kopf, in aller Seelenruhe, einfach eine geraume Zeit ausspannen, ein wenig schreiben, schlafen und diese ganzen Scheißjobs vergessen, das sah ihm ganz nach einem Stück Freiheit aus, und für DELANAY war es das genaue Gegenteil, versteht ihr das, hmm? Alex klappte das Ding wieder zu, er warf es aufs Bett, neben DELANAYS Kopf. Der Typ reagierte wie eine mausende Katze. Er schlug seine Zähne in die Brieftasche und biß mit aller Kraft zu. Er lief beinahe blau an.

»Du Vollidiot, du bist doch nicht mehr zu retten«, meinte Alex. »Du hast doch 'n Knall. Ich dachte, die Kohle gehört dir gar nicht mehr.«

»Alex, die Sache geht mir allmählich auf die Eier. Ich bin müde. Weißt du was, wir hauen ab, das bringt doch eh alles nichts, was wir hier machen. Verdammte Scheiße, der Professor ist doch auch bescheuert«, sagte Richard.

»Ja, das ist alles Scheiße, du hast recht. Komm, wir verziehn uns.«

In diesem Augenblick ging die Tür sperrangelweit auf. Sie erblickten die Frau, sie hatte ihr Kleid nicht wieder zugeknöpft.

»Scheiße, wie hat die sich denn losgemacht?« sagte Alex.

»HEY, DU MEINST WOHL, WO HAT DIE VERDAMMT NOCH MAL DIE KNARRE HER!!!!!!!!«

Sie winkte sie mit der Mündung ihres kleinen, perlmuttenen Dings in eine Ecke. Diesmal sagten ihre Augen etwas, kein Zweifel. Sie trat auf DELANAY zu. Diese Schere eignete sich wirklich vorzüglich, um Slips und alles mögliche aufzuschneiden. DELANAY spuckte seinen Hartkäse aus und erledigte mit der freien Hand den Rest.

Er stand auf. Er steckte die Brieftasche in seine Gesäßtasche.

»Na, Kinder, wer ist hier arm dran?« sagte er. »Jetzt habt ihr Grund zu meckern, die Chancen stehen hundert zu eins gegen euch!«

Er wandte sich an die Frau, an die Titten und das Schamhaarbüschel:

»Alles in Ordnung, Madame? Was hat dieser Schweinehund mit Ihnen angestellt?«

»Nichts.«

Ihre Stimme verdarb alles. Schrill, klang einem wie eine Handvoll zerstoßenes Glas in den Ohren, an irgendwas hapert's immer, ein Glück.

»Was machen wir jetzt, Madame? Diese Typen da sind echt Schweinehunde, was sollen wir machen?«

»Wir wollten gerade gehen«, sagte Richard.

»Ach nee?«

Er nahm sich einen Stuhl und ging auf Richard zu.

»Du bist ein Witzbold, mein Junge. Nach allem, was du mit mir gemacht hast?«

»Was habe ich denn gemacht?«

»Vergiß es, Richard«, sagte Alex.

Dann wandte er sich direkt an die Frau.

»Lassen Sie uns gehen, Madame.«

DELANAY schlug Alex auf den Mund, mit geballter Faust und voller Wucht.

»Du hältst die Schnauze«, sagte er. »Dich hat keiner gefragt. Ich rede jetzt mit diesem Wichser, der sein Gedächtnis verloren hat. Du kannst dich also an nichts mehr erinnern, hm? Denk mal gut nach...«

Richard schaute auf Alex, dem das Blut aus Mund und Nase tropfte, er bekam kaum noch Luft, wie Richard sah. Als er erkannte, was der Typ mit ihnen vorhatte, stürzte er sich auf ihn, aber DELANAY sprang schnell zur Seite, er hob den Stuhl hoch und zerschmetterte ihn auf Richards Kopf. Holzstückchen flogen wie aufgeschreckte Vögel durchs Zimmer. DELANAY drehte Richard mit der Fußspitze auf den Rücken.

»So ein Schlappschwanz«, sagte er. »Zwei Schwuchteln sind das.«

Die Frau hatte nicht mit der Wimper gezuckt. Sie stand reglos da, wie verwachsen mit ihrer Knarre, leichenblaß und richtig dämlich. Alex schloß die Augen, er lehnte sich gegen die Wand und rutschte ganz sanft ab.

Seine Rutschpartie hätte wohl nie ein Ende genommen, aber die Kugel erwischte ihn in der rechten Lunge und nagelte ihn sozusagen an die Wand, stellt euch einen großen Nagel vor und einen Schmetterling, so hing er dort ein paar Sekunden lang, Zeit genug, um die Augen zu öffnen und sich vom Licht blenden zu lassen, er rannte, wohin, wußte er selbst nicht, in eine Art glühenden Schnee, und er geriet außer Atem, er keuchte, bis er die Schnauze voll hatte, er legte sich der Länge nach hin, so, dachte er, mir geht's gut, und ich werde wieder Luft kriegen, aber dafür muß ich aufhören zu rauchen, Scheiße.

»Nun, Madame, wir sollten jetzt besser gehen, finden Sie nicht?«

»Ja... Ich hole nur meine Tasche.«

»Und, Madame... Sie sollten Ihr Kleid zuknöpfen, Madame, Sie verstehen, oder?«

Sie lächelte.

»Ach ja, entschuldigen Sie.«

Er trat auf sie zu.

»Dank Ihnen sind wir ja noch mal davongekommen...«

Er redete aus nächster Nähe, direkt in ihr Gesicht, und sie rührte sich nicht.

Also steckte er seine Hand in ihr Kleid und nahm eine

ihrer Brüste. Er drängte sein Knie zwischen ihre Beine. Das lief wie geschmiert. Diese kleinen Wichser hatten doch von nichts eine Ahnung, dachte er, als er seine Zunge in ihren Mund schob, wirklich von nichts, und jetzt, Alter, diese Schlampe, die zwischen deinen Fingern zergeht.

Drei Nächte, ein Paar Beine und ein paar blaue Schriftzüge

Er war einer dieser jungen Typen um die achtzehn, ein echter Kotzbrocken, der zu allem seinen Senf dazugeben mußte – oft genug nur Stuß –, mit einer Visage wie neue Klamotten, schön, aber seelenlos. Er schnippelte gerade an einem Schwein in meinem Kamin herum, er versaute alles.

Er schmiß mir seine zackigen Befehle an den Kopf:

»Mist, verdammter, hol mir mal ein Messer, mit dem man schneiden kann…! WAS??? EIN ANDERES HAST DU NICHT??!! Mann, wie lebst du eigentlich? Hör mal, wir brauchen noch Holz, holst du welches? Gib mir mal das Öl da drüben…«

Er war einen Kopf größer als ich. Er hatte das Tier zwar aufgetan, wußte aber nichts damit anzufangen. Er hatte trotz allem ein bißchen Angst vor mir. Er konnte mich nicht einschätzen. Auch ich war nach all den Jahren noch nicht übers Brabbeln hinausgekommen, aber je öfter ich auf die Nase fiel, um so stärker fühlte ich mich, ich konnte eine Weile allein sein, ohne zu trinken, ohne den Klugscheißer zu spielen, einfach nur ruhig dasitzen und warten, ein Kerl, der mit seinem Stuhl verwachsen war, Tag und Nacht, Scheiße, das Leben ist so fürchterlich, da muß man sich an etwas klammern. Der Knabe hatte noch nie den Taumel erlebt, er wußte nicht, wie gut das war.

Ich reichte ihm das Öl und ging raus, Holz holen. Eine gottverfluchte Eiseskälte, bei der einem die Eier schrumpften. Ich rannte durch den Garten, ich schnappte mir einige Holzscheite, hopp, marsch, kehrt! ich stiefelte zurück, ein Tritt gegen die Tür, beide Arme voll, das müßte reichen, sagte ich, und darauf er: WO ZUM TEUFEL HAST DU DEIN BLÖDES SALZ???

Ich gab ihm das verdammte Päckchen.

»Versuch doch mal bitte, allein klarzukommen.«

Er hörte nicht zu, er streckte mir seine Hand entgegen: »HEY! WARTE!! Hilf mir mal ein bißchen. Schnell, Scheiße, das Biest ist SCHWEEEER.«

Wir durchbohrten das Ferkel, einfach ekelhaft. Wir rissen es fast in Fetzen, bis endlich der Spieß an der Kehle rauskam, und der Knabe lachte sich halb kaputt, HERRGOTT, was hatte ich schon mit den Hartgesottenen, den Wilden, den Bekloppten, den Echten Männern am Hut? Es war wirklich ekelhaft.

»Eine irre Idee war das. HEY, ich hab Wein mitgebracht.«

Hatte ich schon gesehen. Eine große, unwiderstehliche Pulle mit einem zwei Meter langen Hals, sie stand rot schimmernd mitten in meinem Zimmer, wir würden garantiert die Hälfte auf den Boden schütten, aber bei meinem Lebenswandel konnte ich Typen wie ihm nicht aus dem Weg gehen, manchmal schneite er mitten in der Nacht herein, er hämmerte wie ein Vollidiot gegen die Tür und schrie HEY, MACHEN SIE AUF! POLIZEI, KEINE MÄTZCHEN!!!, und ich stand auf, öffnete die Tür, ich hatte genommen, was ich kriegen konnte, und er stieß mich dann fast um, er trat ein, er machte Festbeleuchtung, er johlte HOOO, du schläfst

SCHON? und packte mit breitestem Grinsen eine Tafel Schokolade aus, ein Feuerzeug, HEAVY METAL, ein halbes Gramm Marokkaner – ich glaube, er besaß einen dicken Batzen, bot einem aber nur Krümel an, sein ganzes Leben war so – mit anderen Worten: Er war nicht boshaft, ich meine, nicht brutal übergeschnappt, obwohl, viel fehlte nicht. Meistens nahm ich mir gähnend einen Stuhl. Ich schenkte uns zu trinken ein. Wenn ich dann hellwach war, verzog er sich wieder, wirst du denn gar nicht müde, wie schaffst du das?, und danach konnte man mich die halbe Nacht brüllen hören, die Nachbarn regten sich auf, wenn ich mir mal wieder ein ganzes Büschel Haare im Reißverschluß eingeklemmt hatte, dieser Trottel schnarchte längst, er hatte mir ein Stück meines Lebens geraubt, und was er damit gemacht hatte, kriegte er womöglich gar nicht mit. Es gibt eine Menge Theorien, wie man es so weit bringt.

»Hey, kümmerst du dich um den Wein?«

Ich kippte die Flasche zu mir hin. Das konnte klappen. Es waren immer dieselben, die mit einer fünf Meter hohen exotischen Pflanze bei mir auftauchten, Konfetti in meiner Bude, ein riesiges Reisgericht, Ferienfotos und diese wunderbaren Zigaretten aus aller Herren Länder. Normalerweise langweilten einen diese Leute zu Tode. Hey, was hatte er mit mir vor??? Er kam näher.

»Hey, du schreibst, wie ich seh? Wußt ich gar nicht...«

O nein, Herrgott, NICHT MIT IHM! Das ging mir schon bei anderen Leuten auf die Eier, das war schrecklich genug, dieses Gefühl, ihnen etwas zu schuldig zu sein. Ich stand da mit seiner Scheißflasche und sagte:

»Zum Kotzen, was?«

»Ich hab mit vier Jahren damit angefangen. Wenn du das sehen könntest, ganze Koffer voll. Ich glaub, da sind ein paar sehr gute Sachen drunter, weißt du, da könnte man ein verdammt gutes Buch draus machen. Aaaaaaah, muß ich mich unbedingt drum kümmern. Mann, ich hätte dir das mitbringen sollen, ich bring's dir mal mit, du wirst sehn, das ist seiner Zeit voraus, da wird das Schreiben regelrecht zerfetzt, ganz im Ernst. Ich geb dir mein erstes Gedicht, ha, du wirst es nicht glauben. Bin gespannt, was du davon hältst. Sag mal, ich glaub, ich nehm dieses irre Ding da wieder mit, doch doch, ich mach da eine Lampe draus, he, wie findest du das?«

»Irre. Mit einem Cinzano-Lampenschirm.«

»Au ja, paß gut drauf auf.«

»Ja.«

Ich blickte ihn an. Er saß auf einem Stuhl. Um mir zu beweisen, daß er sich wie zu Hause fühlte, schlug er auf dem Tisch die Beine übereinander, seine Stiefel waren voll Erde. Ich lächelte und ließ die Flasche los. Das Ding zerplatzte auf dem Boden. Keine Ahnung, wieviel Liter, jedenfalls war das eine gehörige Pfütze aus tiefrotem Wein. Wir hatten beide die Füße mittendrin. Er war aufgesprungen.

»ACH DU SCHEISSE!« sagte er unmittelbar darauf.

»Ach du je, die ist runtergerutscht. Hast du das gesehn?«

»Jetzt ist kein Wein mehr da.«

»Tja.«

»Scheiße, das war WEIN!!«

»Stimmt.«

Ich zündete mir als erstes eine feine Zigarette an. Ich fühlte mich sehr ruhig. Sehr rein.

»Na schön, ich geh dann«, sagte er.

Aber er blieb da und tigerte, fast lächelnd, um mich herum. Ich wühlte in meiner Tasche und hielt ihm einen Schein hin. Als er ihn gerade nehmen wollte, sagte ich:

»Ich glaube, das reicht DICKE, oder?«

»Hey, du Geizkragen, warte wenigstens, bis ich mich erholt habe.«

»Das habe ich doch sonst auch.«

»Oooo Mann, komm mir doch nicht immer mit den alten Geschichten. Verdammt, du hast eine Gabe, einen wieder auf den Boden zu holen, weißt du das...?«

»Heiliger Bimbam, vergiß es. Schande über mich. Wie kann man nur so sein?«

»Ich sag Nadine Bescheid, sie soll das wegmachen.«

Er zog ab. Ich nahm einen Schwamm und die große Schüssel und machte mich an die Arbeit. Ein Mädchen kreuzte auf, Nadine, seine neue Tussi, ich kannte sie nicht.

»Kann ich dir helfen?« fragte sie. »Soll ich?«

Sie setzte ihren Hintern auf den Tisch und seufzte dabei ganz laut auf.

Ich hob den Kopf, ich hielt inne, um wie gewünscht einen Blick zwischen ihre Schenkel zu werfen, im Grunde war sie sich gar nicht so sicher, aber immerhin, das war gespannt und brüchig wie das Leder eines Boxhandschuhs, ich spürte den leichten Stoß, ich spürte ihn, ich sagte:

»Wenn du willst. Da ist noch ein Schwamm.«

So wie ich da hockte, mußte sie sich über mich beugen, um sich das Ding vom Spülbeckenrand zu angeln. Zuerst strich ihr Kleidchen über mein Gesicht, es wird Nacht, ein frischer Wind kräuselt die Erdoberfläche, und dann passierte es, sie drückte ihr warmes, lebendiges Dingsda gegen meine Backe, das war, als hätte sie einen kleinen Softball in ihrem Slip, ich zerdrückte meinen Schwamm und machte mich ganz steif. Ich schloß die Augen, ah, sagte ich mir, komm, BEISS IHR IN DIE MUSCHI!, aber ich weiß nicht, ich hatte in meinem Leben schon so einiges sausenlassen und Besseres als das hier, ich rückte ein wenig zur Seite, ich sagte:

»Ist dir in dem Ding nicht kalt?«

»O nnneeeiiinnnnnnn…«

Der Schwamm mußte ganz schön weit weg sein, sie preßte sich wieder gegen mich.

Kurz und gut, ich dachte gerade über die Sache nach, ich versuchte zu ergründen, was sie damit sagen wollte, als der Knabe wieder auftauchte, er hatte fünf, sechs Flaschen in den Armen. Er blieb wie ein Ölgötze in der Küchentür stehen. Er schaute uns an. Dann breitete er die Arme aus.

»AH, VERDAMMTE SCHEISSE!« rief er.

Im gleichen Moment knallten die Flaschen auf den Boden, ein fürchterlicher Knall, der Inhalt ergoß sich, ein paar Glasscherben verfingen sich in meinen Haaren. Dann fiel er über das Mädchen her und klebte ihr eine. Aber sie wehrte sich nicht übel. Gute Reichweite. Der Auftritt war fast perfekt.

»DICH KANN MAN KEINE DREI MINUTEN ALLEIN LASSEN, WAS?«

Sie sagte keinen Ton. Ihre Arme gingen ab wie Pfeile, und der Typ plazierte seine Schläge nicht richtig, er heulte fast vor Wut, er keuchte. Sie hätte ihn leicht erwischen können, sagte ich mir, sie spritzten sich voll, sie schwitzten, und der Typ bekam eine Lehre fürs Leben erteilt. Keine Chance, weil die anderen über Technik verfügen. In der Patsche stecken und kein Rettungswagen in Sicht, kein Gong, fern von allem, und der Tod haucht einen an, Scheiße.

Als sie zum Infight übergingen, verschwand ich schnell im Nebenzimmer. Dort lag ein Typ unter dem Tisch, eingehüllt in einen dicken Wintermantel. Er rührte sich nicht. Ich stemmte mich mit beiden Händen auf die Tischplatte. Ich verpaßte ihm einen Tritt.

»Komm unter meinem Tisch hervor! KOMM DA RAUS!«

Eigentlich wollte ich nur wissen, ob er noch lebte. Er grunzte. Er sagte, laß mich in Ruh, du Wichser. Ich erkannte ihn wieder. Er probierte die merkwürdigsten Sachen aus, alle möglichen Medikamente durch alle möglichen Körperöffnungen, den einen Tag ist er total aufgekratzt, er plappert einem mit einer ganz komischen Stimme frech ins Gesicht oder schwitzt wer weiß wie, und am nächsten Tag liegt er stundenlang zu Hause auf dem Bett, die Augen weit aufgerissen und schwer atmend, er wird nie wissen, daß man vorbeigekommen ist, schwer atmend, wird nie wissen…

»Hast du wieder ein Aufputschmittel genommen?« fragte ich ihn.

Die Fäuste in den Taschen seines Mantels, wälzte er sich auf die Seite.

»Blödmann, vierzehn Tage Urlaub hab ich genommen. Ich glaub, ich hab's geschafft, die Zeit anzuhalten.«

»Wie ist das unter dem Tisch?«

»Sehr SCHÖN. Fast unerträglich.«

»Und du willst da unten bleiben, was?« fragte ich.

»Ich hab noch eine, wenn du willlllst…«

Er kramte nervös in einer seiner Taschen, ich beugte mich

zu ihm runter, doch in diesem Augenblick schallte aus der Küche ein lauter Schrei des Entsetzens herüber und dann ein Geräusch, PLOCK, das konnte nur einer meiner Küchenhocker sein, ich flog regelrecht los.

Der Typ kniete in der Weinlache, er hielt sich mit blutbefleckten Händen den Kopf und schaute mich an. Ohne mich aus den Augen zu lassen, legte er eine Hand flach auf den Boden, um sich abzustützen. Auf Anhieb konnte ich ihm keine Erklärung liefern.

»Da hab ich nur drauf gewartet«, sagte das Mädchen. »Dieser Saukerl!«

Sie ließ den Hocker los. Das Kleidchen klebte an ihrer Haut, vor allem am Unterleib, und ich gab ihr tausendmal recht, doch, ich stand voll und ganz auf ihrer Seite bei dieser ganz neuen Sicht der Dinge, kleine feuchte Strähnen klebten an ihrem Gesicht, an ihren Schläfen, sie hatte ganz rosige Wangen, sie war wie ein Topf voller Licht, das sich über eine Mauer ergießt, wie die kleine Sirene, die neben deinem Floß auftaucht.

Ich sagte Vincent, er solle sich um den Knaben kümmern. Ich hätte das nicht ertragen, nicht jetzt, nicht mit diesem überbordenden Verlangen, das uns vom Rest der Welt abschneidet, das uns um den Verstand bringt, Scheiße, habt ihr vielleicht was anderes erwartet? Jaja, am Ende kommt die große Trauer, aber ich denke so sehr an den Tod, ich weine so oft, daß ein bißchen Schweiß und zwei, drei Worte, selbst wenn ich nichts davon kapiere, ein wenig wie Nägel sind, die einem wachsen und die den Fall bremsen. Klar, es gibt auch ganz schlaue Typen, die immer ein fröhliches Gesicht machen, die jungen leitenden Angestellten, die Fans, die, die sich verkaufen, die, die diejenigen kaufen, die sich verkaufen, die Lügner, die Schauspieler, die selbstverliebten Spinner, die, die einen Bullen im Kopf haben oder was anderes statt eines Kopfs, die, die einem den schlimmsten Quatsch erzählen, jaja, all die, aber was haben wir mit denen am Hut?

Vincent ist ein Typ, der sich irgendwie immer im Griff hat. Er dreht nie ganz durch. Er grinste mich an. Er packte den Kerl unter den Armen und schleifte ihn ins Nebenzimmer, ein wimmerndes Etwas, nur noch ooohhh, ooooohhhhh und eine Hand auf dem Kopf, auf seinem armen Kopf, wie ein Blitz war das verchromte Bein auf seinen Schädel niedergegangen, die hatte doch eine MACKE, die Tussi, oder was?, oh, das ist Blut, MEIN BLUT, was ist los, halb so wild, mein Junge, und er warf ihn auf einen Sessel.

»Hast du alles da?« schrie er.

»Alkohol, Verbandszeug. Auf so was bin ich immer vorbereitet. Ja, in der Kiste.«

Es wurde langsam dunkel. Gegenüber hatten sie ihre beschissene Leuchtreklame angestellt, rot, blau, man bekam nichts geschenkt, das waren wirklich gnadenlose Typen mit einer Genehmigung, über das Leben der Menschen zu bestimmen. Aber dieses Ding sollte drei Nächte später durchknallen, o ja, dem Himmel sei Dank.

Danach ging alles sehr schnell, ZU SCHNELL. Ich saß auf einem Küchenhocker, die Hose bis unter die Knie runtergelassen. Ich war nicht mit den Gedanken woanders, und das Ding war nur noch zwei Zentimeter von ihrem Mund entfernt, ich dachte schon, ich käme ungestört davon, als der Typ über uns herfiel, mit einem dieser Verbände um den Kopf und einem ziemlich bedrohlichen Knurren, wie ich fand.

Ich kam gerade noch dazu, einen Arm zu heben und mir die Hose über die Knie zu ziehen, BBOOIING, bei mir standen jede Menge Hocker herum, und er hatte sich bedient. Das Mädchen sank zu Boden, ohne einen Ton, ich, ich hatte geschrien, sie landete vor meinen Füßen, das Kleid bis zum Hintern geschürzt. Ihre Haare verteilten sich kreisförmig in dem Wein, eine komische Farbe.

Der Typ beugte sich über sie, er rührte sich nicht, während ich meine Hose ganz hochzog. Ich machte ruck zuck. Er achtete nicht auf mich. Er blickte weder besonders fröhlich noch traurig drein, höchstens ein bißchen überrascht. Ich schlich mich hinter ihn, und die Hocker hatten Hochsaison, ich schmetterte ihm einen auf den Kopf, einen blauen, der gut in der Hand lag. Der Knabe taumelte zu Boden, er landete auf dem Rücken.

Ich ging nach nebenan, VERDAMMT NOCH MAL, WIE KONNTEST DU DEN ALLEIN LASSEN, HMM…??!! HE, VINCENT? Ich schüttelte ihn, ich sagte, ich weiß, ich geh dir auf den Wecker, dauert nur fünf Minuten, nebenan ist der reinste Saustall, und er machte ein Auge auf, er klammerte sich an mich, gehn wir, du Wichser, sagte er, und er wäre mir, glaub ich, überallhin gefolgt, er war mein Freund, diese verrückte, wunderbare Sache.

Wir trugen sie einzeln zu dem Fenster, das zum Garten und zur Straße hin lag, und warfen sie raus. Ein toller, mit Rauhreif bedeckter Rasen erwartete sie. Das war bloß ein kleiner Flachbau, er gehörte einer Verrückten, die mir diese beiden Zimmer vermietete, und ich konnte unmöglich mit den beiden unterm Arm durch den Flur gehen, sie war zwar bescheuert und halb taub, aber nicht blind. Die Leute sind bei so was wacher, als man glaubt. Die Leute sind Geräte, die die Welt aufzeichnen.

Ich machte das Fenster wieder zu. Dann überlegte ich noch mal, ging in die Küche, hob das Schwein mit beiden Armen hoch und kehrte zum Fenster zurück. Ich öffnete es und kippte den Kadaver in die Nacht, auf die beiden Störenfriede. Ich hörte ein Wimmern im Mondschein. Ich sagte nichts. Dann machte ich endgültig zu.

Wir fühlten uns sofort um einiges besser. Vincent kredenzte uns zwei Gläser, und ich drehte die Musik voll auf, um unsere Nerven zu beruhigen, man gerät im Leben schon mal an Vermieter, die dieses oder jenes sind, aber TAUB sind sie selten, wie ihr sicher schon bemerkt habt, und in dem Punkt hatte ich keine Lust, klein beizugeben, ich kannte zu viele Pechvögel, wirklich freiheitsliebende Typen, die um zehn Uhr abends leiser stellten, hey, hör dir mal diesen SAGENHAFTEN Schlagzeuger an, oooohhhhh, WAS?, WAS??, ICH HÖR ÜBERHAUPT NICHTS, WAS FÜR'N SCHLAGZEUGER DENN?, und dann der andere Scheiß, die Nachbarn, schrei nicht so, oooohhhh, hörst du das?, nein, nein, ich hör kaum was, kann man da nur murmeln und angestrengt die Ohren spitzen.

Die Nacht wurde lang. Nach ein paar Mixturen fing Vincent mit seinem Schüttelfrost an, und ich mußte mich aufrappeln, um die Decke über ihm zurechtzuziehen, willst du etwas, fragte ich ihn, aber er gab keine Antwort oder irgendein wirres Zeug vom Kaliber, das Leben sieht anders aus – es ist nicht kalt, es ist FINSTER – warum ist das nur so schwer – IN DIE WELT ZU KOMMEN UND SIE ZU VERLASSEN? – wo ist mein LAGUIOLE – HE, KANN ICH DENN NICHT SCHNELLER

LAUFEN??? Ich strich ihm nur mit der Hand über die Stirn. Sie war eiskalt.

Am frühen Morgen warf ich ihn raus und konnte endlich selbst eine Runde knacken. Dieses Leben legte einem die Nerven blank und hielt einen auf Trab, das stand man nur durch mit einem guten Bett.

Genau das hatte ich. Und dazu diese Reklame voll in der Visage, Nacht für Nacht, seit drei Monaten. Wenn sie das Ding anstellten, hatte ich das Gefühl, beballert zu werden, das war rot und blau, vor allem auf meinem Bett, und manchmal ist einem danach, im Dunkeln zu bleiben, eine Strumpfhosenmarke, glaube ich, man sah ein Paar Beine und ein paar blaue Schriftzüge.

Nun gut, drei Tage später, ich hatte gerade ein wenig Ordnung geschaffen, kam sie zur Tür rein. Ich lugte über ihre Schulter, ob sie auch allein war. Sie trat ein paar Schritte vor. Ich machte die Tür zu.

»Zeig mal...«

Sie senkte den Kopf. Sie hatte noch ein bißchen verkrustetes Blut im Haar und drei schwarze Fäden. Und sie hatte diesen merkwürdigen, feinen Geruch.

Als wir nackt auf dem Bett lagen, stellten sie dieses Ding wieder an, und ihrer Meinung nach sollte das die ganze Nacht so bleiben, auch eine Art, einem alles zu vergällen. Am Anfang machten wir uns noch einen Spaß daraus. Sie rückte ihren Hintern ins Rot, und ich sah zu, daß mein Schwanz im Blauen blieb, ich bewegte mich ganz vorsichtig, nur eine Spur von Rot und ich hatte verloren, dann mußte ich von vorne anfangen. Ich kehrte auf Knien zu ihren Füßen zurück, ich küßte ihre Füße, ich machte mich wieder auf den Weg, ich tappte nicht mehr in die gleichen Fallen.

Schließlich waren wir uns einig. Warte, sagte ich und hüpfte durchs Fenster, es war kalt draußen, aber mir war überall heiß.

Das Ding war nicht allzu weit weg, es war auf der anderen Straßenseite. Es knallte einem brutal ins Gesicht. Der erste Versuch ging daneben, Scheiße. Ich hörte den Stein über ein Dach kullern und dann nichts mehr. Ich wurde sauer. Ich warf die Dinger mit voller Wucht, und das Blut pochte mir in den Fingerspitzen. Am Ende gab es einen Blitz und pplofff, der ganze Krempel ging aus, erstarrte Schnörkel am Himmel, wunderbar, das rauchende, kaputte Auge des Monsters, echt wie im Kino.

Ich blieb noch einen Moment da, ich tanzte von einem Fuß auf den andern und atmete sanft in der Nacht, dann wurde mir kalt, und ich ging rein.

»Diese Ärsche«, sagte ich. »ES IST VORBEI!«

Ich kuschelte mich zwischen ihre Beine. Ich hatte alles vergessen. Es war noch hell genug, um sie zu erkennen, sie sagte:

»Warum hast du dir eigentlich keine VORHÄNGE gekauft, hmm?«

»Keine Ahnung«, sagte ich. »Welche FARBE hättest du sie denn gern?«

*Bitte beachten Sie
auch die folgenden Seiten*

*Philippe Djian
im Diogenes Verlag*

Betty Blue
37,2° am Morgen

Roman. Aus dem Französischen
von Michael Mosblech

»Für jemanden, der verrückte und besessene Liebesgeschichten mag, eine Pflichtlektüre.«   *Wienerin*

»Der Rolls-Royce unter den Neuerscheinungen der letzten Zeit, zumindest für Leute, die was von Literatur verstehen. So berauschend kann der Alltag sein in seiner ganzen Tristesse.«
Pin Board/Stadtmagazin, Düsseldorf

»Djians Bücher zeichnet aus, was den meisten preisgekrönten französischen Romanen der letzten Jahre fehlt: eine lebendige, gegenwartsbewußte Sprache und ein Erzählstil, der das flirrige Lebensgefühl einer jüngeren Generation transportiert, die sich zwischen Ausweglosigkeit und Alltagspoesie neue Überlebensstrategien sucht. Und dieser flippige, alle Extreme auslotende Charme von Djians Sprache kommt in der gelungenen deutschen Übersetzung von Michael Mosblech auch zum Ausdruck.«   *Frankfurter Rundschau*

Erogene Zone

Roman. Deutsch von Michael Mosblech

Niemand kann eine Frau lieben und gleichzeitig einen Roman schreiben. Soll heißen: einen *wirklichen* Roman schreiben, eine Frau *wirklich* lieben. Philippe Djian hat es versucht. Und ist um ein paar Illusionen ärmer geworden. Dafür ist er einem leicht perversen, ziemlich intelligenten Mädchen begegnet. Er hat (wenig) gegessen. Er hat (viel, vor allem Bier) getrunken. Sich Joints gedreht. Musik gehört. Gelesen und gelesen. Er ist dem Geld nachgerannt, den Frauen, den Wörtern.

Er hat ein Buch geschrieben. Ungekünstelt, unprätentiös hat er das Unbeschreibliche beschrieben. Das Leben. In all seiner Derbheit, Schlichtheit und Hoffnungslosigkeit. Einfach großartig.

»Djians Sprache und Rhythmus verschlagen einem den Atem und ziehen einen in die Geschichte, als wäre Literatur nicht Folge, sondern Strudel.«
Göttinger Woche

Verraten und verkauft
Roman. Deutsch von Michael Mosblech

»*Verraten und verkauft*, dieser dritte Teil einer Trilogie über das Leben, die Liebe und das Schreiben, steht *Betty Blue* und *Erogene Zone* in nichts nach, weder an abenteuerlichem Geschehen noch an unnachahmlich flottem Jargon, handelt vom Alltag seines Autors, der es sich nicht nehmen läßt, Literatur für genauso wesentlich und sinnstiftend zu halten wie Autofahren, Pizzaessen oder den Sonnenuntergang. Ein Roman für alle Menschen, die gerne eine Nacht durchlesen, um dabei vor Lachen zum Bett herauszufallen.«
Tadeus Pfeifer/Basler Zeitung

Blau wie die Hölle
Roman. Deutsch von Michael Mosblech

Der Kaktus blüht nur in einer einzigen Nacht im Jahr. Eine Blume, die in den reinsten Farben blüht, mit Stacheln bewehrt und in den traurigsten Farben – so wie dieser Roman einer Liebe, voll Haß und Blut, so unbarmherzig blau wie der endlose Himmel, so blau wie die Hölle.

»Djians Thriller ist eine Art literarischer ›Road Movie‹: Stunden und Tage verbringen seine nihilistischen Helden in ihren Autos und lassen sich während ihrer Fahrt in die Verzweiflung von Rockmusik volldröhnen. Und zugleich entrichtet der Franzose seinen Tribut an die amerikanische Subkultur: Mitunter liest sich *Blau wie die Hölle* so, als säßen Jack Kerouac, Allen Ginsberg und Richard Brautigan gemeinsam in einem verschrammten Karren, den Charles Bukowski und Henry Miller durch den Dreck ziehen. The Beat goes on.« *Stern, Hamburg*

Rückgrat
Roman. Deutsch von Michael Mosblech

Dieser Roman ist eine Liebeserklärung an die Poesie des Alltags, der durch die Magie von Djians Sprache Literatur wird, eine Mischung aus tiefer Zärtlichkeit und Gewalt, Hoffnung und Verzweiflung. Sein poetischster Roman, ein Buch von überschäumender Vitalität und Sprachlust, das flirrende Orgien des Lebens feiert.

»Voll von prallem Leben, von irrwitzigen Alltagsbegegnungen und prickelnder Erotik, geschrieben in einer saloppen, aber präzisen Sprache, die reinster Jazz ist.« *Annabelle, Zürich*

Krokodile
Sechs Geschichten
Deutsch von Michael Mosblech

Schatten- und Glücksmomente, Zorn und Zärtlichkeit. Mit seinem außerordentlichen Gespür für die Macht des Augenblicks zeichnet Djian in seinen sechs Geschichten die Lebenslinie seiner Helden nach: Sie versuchen, ihr Leben zu leben und nicht nur zu ertragen. Ein Amok laufender Schriftsteller, eine alte Jungfer vom Lande, die sich von ihrem Stück Scholle trennt, um ihre weiblichen Formen zu verbessern, oder jener alte Hagestolz, der seine Gefühle entdeckt – sie alle gehen dem Leser in ihrer trotzigen Tragik nahe.

»Ein großartiger Streifzug durch die menschliche Seele, Philippe Djian hat mit seiner Sprache mühelos

Zugang zu den Emotionen: der Leser pflichtet ihm begeistert bei, erkennt mit ihm den Zauber der Existenz.«
Christian Charrière / Le Figaro Littéraire, Paris

Pas de deux
Roman. Deutsch von Michael Mosblech

Henri-John will nur das eine: daß seine Frau Edith, die er schon seit ihrer gemeinsam erlebten Jugend im Sinn-Fein-Ballett kennt und liebt, zu ihm zurückkehrt. Doch bis dahin ist es ein langer Weg, denn die inzwischen arrivierte Schriftstellerin verträgt zwei Dinge gar nicht: daß Henri-John in ihrer Abwesenheit eine Affäre hatte und daß er bei ihrer Heimkehr ihr neuestes Manuskript in Grund und Boden kritisiert. Ein Buch, das langsam anläuft wie ein Jim-Jarmusch-Film und sich steigert wie der Bolero von Ravel.

»*Pas de deux* hat mich überwältigt wie ein Klavierkonzert, piano zu Beginn, molto furioso im Finale.«
Jens-Uwe Sommerschuh / Sächsische Zeitung, Dresden

Matador
Roman. Deutsch von Ulrich Hartmann

Mani Sarramanga, 17, verwöhnter Sproß südamerikanischer Großgrundbesitzer, ist wie ein junger Stier – schön, geil, draufgängerisch und wild. Sein Vater ist tot. Ethel, die attraktive Mama, wechselt die Männer wie Modehäuser ihre Kollektionen. Eines Tages taucht sie mit Vito auf, ihrer alten Jugendliebe. Vor 20 Jahren hat der alte Victor Sarramanga, Ethels grausamer und unbarmherziger Vater, ihr den Umgang mit diesem Mann verboten. Nun hat sie ihn heimlich geheiratet. Mani, eben noch die üppige Mutter seines Schulfreundes im Kopf, steht plötzlich zwischen den Fronten. Der junge Stier muß gegen den alten antreten – und bringt dabei sein eigenes Leben in Gefahr ...

Ein rebellischer Roman über den Kampf zwischen jung und alt, so dramatisch und spannend wie eine Corrida.

»Eine Hitzeschlacht der Gefühle. Atemberaubend spritzig erzählt.« *Marie Claire, München*

»Schnell, grausam und rasant intoniert Philippe Djian seine düsteren Gesänge auf die wunden Machoseelen.« *Männer Vogue, München*

Mörder

Roman. Deutsch von Ulrich Hartmann
(vormals: *Ich arbeitete für einen Mörder*)

»Ich arbeitete für einen Mörder.« Dieser Gedanke quält Patrick Sheahan. Ein Chemieunfall in der Camex, der Fabrik seines Freundes Marc, gefährdet die Existenz zahlreicher Anwohner. Patrick nennt Marc zwar einen Mörder, tut aber alles, um seinem Freund zu helfen: Er verteilt nicht nur Lebensmittel an die aufgebrachten Menschen, sondern unterstützt die brisanten illegalen Machenschaften Marcs zur Verdunkelung. Das kostet Patrick nicht nur seine innere Ruhe, seine Unschuld, sondern bedroht auch die zarten Bande, die ausgerechnet jetzt zu seiner neuen Untermieterin, der rothaarigen Eileen aus Irland, entstehen. Was ist eigentlich Schuld, und wie kriminell kann ein Mensch werden, wenn der Einsatz eine tief wurzelnde Freundschaft ist? Wann wird selbst der engste Freund zur unberechenbaren Gefahr?
Mörder ist der erste Teil einer Trilogie, die mit *Kriminelle* und *Heißer Herbst* fortgesetzt wird.

»Die hochspannende Geschichte eines Konflikts, der in einem tosenden Wolkenbruch endet, geschildert mit solcher Intensität und Suggestivkraft, daß auch der Leser naß wird bis auf die Haut.«
Wochenkurier, Heidelberg

Kriminelle
Roman. Deutsch von Ulrich Hartmann

Wer geht vor? Die Lebenspartnerin, der alte Vater, der halbwüchsige Sohn oder die gemeinsamen Freunde? Oder soll man ein bißchen mehr an sich selber denken? Wer glaubt, ab einem bestimmten Alter sei alles geritzt, wird wie der Ich-Erzähler Francis eines Besseren belehrt. Francis' Vater wird zum Pflegefall, seine Lebensgefährtin läßt ihn fallen, mit seinem Bruder spricht er schon seit Jahren nicht mehr, und was sein Sohn erzählt, versteht er nicht.

Eine illusionslose, feinsinnige Schilderung dreier befreundeter Paare, die ihre eigenen Ideale auf dem Gewissen haben und doch menschlich bleiben, selbst in ihren verblüffendsten Handlungen.

»Das Enfant terrible, der Einzelgänger in der französischen Literaturszene.«
Daniel Dubbe / Focus, München

Heißer Herbst
Roman. Deutsch von Ulrich Hartmann

Die Liebe und das Leiden an der Liebe sind auch nach einigermaßen überstandener Midlife-crisis noch ein Thema: Luc Paradis lebt seit drei Jahren allein in seinem Haus oberhalb des Städtchens, doch noch heute liebt und begehrt er seine Ex-Frau Eileen. Als Schriftsteller war Luc ehemals berühmt und geschätzt, heute ist er fast vergessen, wenn nicht gar bemitleidet. An einem schönen Herbsttag nun betritt Josianne, seine Ex-Schwiegermutter, das Parkett und nistet sich in Lucs Villa ein. Das paßt niemandem im Städtchen, am wenigsten Eileen. Es kommt zu einem fatalen Deal ...

Nach *Mörder* und *Kriminelle* der überraschende Abschluß der Trilogie.

»*Heißer Herbst* ist ein sinnlicher Thriller von hohem Erzähltempo, dessen fulminantem Abschluß der Leser ungeduldig entgegenfiebert.«
Henrik Bruns / Forum, Hamburg

Schwarze Tage, weiße Nächte
Roman. Deutsch von Uli Wittmann

Was bleibt, wenn die große Liebe nicht mehr ist? Wenn sich die Bücher nicht mehr verkaufen? Wenn einem die Steuerfahndung auf die Schliche gekommen ist? Wenn einen das Gefühl beschleicht, daß die ganze Welt vergiftet ist und ein globaler Komplott geschmiedet wird? Francis, 47, abgewrackter Schriftsteller und seit zwei Jahren Witwer, erfindet sich eine eigene Welt, in der er mit seiner Frau frühstückt und sie ihm dabei die verheißungsvolle und folgenschwere Frage stellt: »Warum versuchst du es nicht mit einem Porno?«
Ein furioser Roman über die Leidenschaften und Phantasien, die uns umtreiben und am Leben erhalten.

»Djian hat ein Buch ohne Tabus geschrieben, einen intelligenten Roman, der Verve mit schriftstellerischer Reife verbindet. Das ist kein Blick zurück im Zorn, sondern ein Blick nach vorn im Zorn. Es ist ein Buch über das Leben, die Liebe, die Leidenschaft. Ein bewegendes Buch.«
Alexander Kudascheff / Deutsche Welle, Köln

Sirenen
Roman. Deutsch von Uli Wittmann

Ein Mann zwischen den Fronten: als Liebhaber und als Polizist. Nathans Suche nach dem Mörder von Jennifer Brennen, Tochter eines Big Boss der Bekleidungsindustrie, ist gleichzeitig die zornige und irrationale Suche nach Gerechtigkeit und Liebe; nach einer Möglichkeit, inmitten des politischen und privaten Chaos ein anständiger Mensch zu sein.

»Ein Volltreffer. Philippe Djian schreibt mit Kraft und Können gegen das, was ihn stört an dieser Welt – ziemlich viel –, und für das, was sie, trotz allem, im Innersten zusammenhält – die Liebe.«
Ira Panic / Hamburger Morgenpost

In der Kreide
Die Bücher meines Lebens
Über Salinger, Céline, Cendrars, Kerouac, Melville,
Henry Miller, Faulkner, Hemingway, Brautigan, Carver
Deutsch von Uli Wittmann

Sag mir, was du liest, und ich sage dir, wer du bist. Ein Buch über die zehn Autoren, die Philippe Djian am meisten beeinflußt haben – nicht nur im Schreiben, sondern oft auch im Leben.

»Unter Verzicht auf jedes akademische Pflichtprogramm erzählt Djian von Schriftstellern, die sein Leben durcheinandergebracht haben.«
Manfred Papst / NZZ am Sonntag, Zürich

Reibereien
Roman. Deutsch von Uli Wittmann

Fünf *short cuts,* fünf Sequenzen aus dem Leben eines Mannes. Er sieht gut aus, ist liebenswürdig und charmant, hat Erfolg bei den Frauen und kommt zu Geld. Alles bestens, wie es scheint – wäre da nicht seine Mutter, die immer dann Hilfe braucht, wenn er sie selbst am nötigsten hätte.

»Philippe Djian – der französische Kultautor, der uns *Betty Blue* schenkte – hat einen intensiven Roman über eine vertrackte Mutter-Sohn-Beziehung geschrieben. Abgründig.« *Amica, Hamburg*

»Darf man das, was uns Philippe Djian in Reibereien vorsetzt, als gute Literatur bezeichnen? Nein, denn sie ist nicht nur gut, sondern sehr gut!« *Facts, Zürich*

Die Frühreifen
Roman. Deutsch von Uli Wittmann

Es kracht gewaltig zwischen den Kids und ihren Erzeugern. Selbst oben am Hügel, wo die Villen im Herbstlicht erstrahlen und die Swimmingpools glitzern. *Sex and drugs and rock 'n' roll?* Das waren die Ideale der Eltern. Heute ist alles komplizierter. Das muß der vierzehnjährige Evy am eigenen Leib erfahren. Und seine Familie mit ihm.
Ein Generationenkonflikt – knallhart, bittersüß und komisch zugleich.

»Schmeißt eure Platten weg, versteckt euer Gras! Werft eure sexuelle Freiheit, eure Weltoffenheit, euer rockiges Lebensgefühl über Bord! Meint ihr, daß ihr damit bei Jugendlichen landen könnt? Vergeßt es! Philippe Djian schleudert uns die Geschichte einer mißlungenen Wertevermittlung ins Gesicht, die Geschichte seiner eigenen Generation und ihrer Kinder.«
Judith Steiner/Les Inrockuptibles, Paris

»*Die Frühreifen* ist ein schonungsloser, stellenweise unverschämt komischer Bericht aus dem Stellungskrieg zwischen den ewig jungen Eltern von Achtundsechzig/Folgende und ihren abgeklärten Kindern. Ein trendbewußter Generationenroman. Aber Djian macht es auf seine eigene Art – und verweist jüngere Kollegen wie Michel Houellebecq und Frédéric Beigbeder äußerst lässig auf ihre Plätze.«
Kolja Mensing/Die Tageszeitung, Berlin

Isabelle Minière
Ein ganz normales Paar

Roman. Aus dem Französischen von Ina Kronenberger

Benjamin und Béatrice sind ein ganz normales verheiratetes Paar und Eltern der kleinen Marion. Er Apotheker, sie Kinderbuchautorin. Doch als die beiden eines Tages einen Wohnzimmertisch kaufen, hakt es Benjamin aus. Er fühlt sich leer. Und allmählich dämmert ihm, was ihn so ausgehöhlt hat in all den Jahren der Ehe. Denn er entdeckt: Sie ist die Schönste, Intelligenteste, die ideale Mutter und Ehefrau – aber eine Tyrannin. Er ist nichts mehr, um des lieben Friedens willen, und er hat Angst.

»In *Ein ganz normales Paar* wird Isabelle Minière so wie Anna Gavalda in *Ich habe sie geliebt* besonnen und feinfühlig zur Verteidigerin des Mannes. Dieser kraftvolle und mutige Roman ist ein Manifest für den Frieden zwischen den Geschlechtern.«
Patrick Besson / Marianne, Paris

»Man erstickt genauso wie Benjamin und fragt sich, wie viel von Beatrice man an sich hat. Mit spitzer Feder führt Isabelle Minière vor, wie leicht Liebe und Macht zu verwechseln sind und wie Lektüre das Leben verändern kann. Unter die Haut gehend, ermutigend und anregend.« *Cosmopolitan, Paris*

»Es ist eine kleine Geschichte, die uns Isabelle Minière mit viel Fingerspitzengefühl und Witz erzählt. Eine ganz normale Geschichte von einem ganz normalen Paar. Virtuos balanciert sie entlang am Abgrund Psychokitsch.«
Katja Weise / Norddeutscher Rundfunk, Hannover

»Ein intensives Buch, das unter die Haut geht und hintergründig humorvoll ist.«
Silke Böttcher / Die Welt, Berlin

Jakob Arjouni
im Diogenes Verlag

»Ein großer, phantastischer Schriftsteller, der genau und planvoll und lesbar schreibt.«
Maxim Biller/Tempo, Hamburg

»Seine Virtuosität, sein Humor, sein Gespür für Spannung sind ein Lichtblick in der Literatur jenseits des Rheins, die seit langem in den eisigen Sphären von Peter Handke gefangen ist.« *Actuel, Paris*

»Seine Texte haben Qualität. Sie sind ambitioniert, unaufdringlich-provokativ, höchst politisch.«
Barbara Müller-Vahl/General-Anzeiger, Bonn

»Arjouni weiß als Dramatiker genauso wie als Krimiautor, wie er Spannung erzielt, ohne platt zu wirken.«
Christian Peiseler/Rheinische Post, Düsseldorf

Happy birthday, Türke!
Ein Kayankaya-Roman
Auch als Diogenes Hörbuch erschienen, gelesen von Rufus Beck

Mehr Bier
Ein Kayankaya-Roman

Ein Mann, ein Mord
Ein Kayankaya-Roman
Auch als Diogenes Hörbuch erschienen, gelesen von Rufus Beck

Magic Hoffmann
Roman

Ein Freund
Geschichten
Daraus vier Geschichten auch als Diogenes Hörbuch erschienen: *Schwarze Serie*, gelesen von Gerd Wameling

Kismet
Ein Kayankaya-Roman

Idioten. Fünf Märchen

Hausaufgaben
Roman

Chez Max
Roman
Auch als Diogenes Hörbuch erschienen, gelesen von Jakob Arjouni

Amélie Nothomb im Diogenes Verlag

»Ein Nothomb-Buch ist immer: voller Anekdoten, Schwung und wörtlicher Rede. Schlau komponiert, humorvoll trocken, ein bißchen weise und sehr unterhaltsam.« *Jochen Förster/Die Welt, Berlin*

»So jung und so genial.«
Süddeutscher Rundfunk, Stuttgart

»Erstaunlich, wie profund und abgründig Amélie Nothomb erzählt.«
Christian Seiler/Die Weltwoche, Zürich

»Ein literarischer Superstar.«
Frankfurter Rundschau

»Wie herrlich kann Bosheit sein, wenn sie in guter Prosa daherkommt!« *Le Nouvel Observateur, Paris*

Die Reinheit des Mörders
Roman. Aus dem Französischen von Wolfgang Krege

Liebessabotage
Roman. Deutsch von Wolfgang Krege

Der Professor
Roman. Deutsch von Wolfgang Krege

Mit Staunen und Zittern
Roman. Deutsch von Wolfgang Krege

Quecksilber
Roman. Deutsch von Wolfgang Krege

Metaphysik der Röhren
Roman. Deutsch von Wolfgang Krege

Im Namen des Lexikons
Roman. Deutsch von Wolfgang Krege

Kosmetik des Bösen
Roman. Deutsch von Brigitte Große

Böses Mädchen
Roman. Deutsch von Brigitte Große

Attentat
Roman. Deutsch von Wolfgang Krege

Reality-Show
Roman. Deutsch von Brigitte Große